A Mercè con ternura y
afecto.

Jaume

Enero de 1989

Uno

Richard Bach

EDICIONES URANO, S. A.

Título original: *One*
Editor original: *William Morrow and Company, Inc.*, New York, 1988
Traducción: *Jorge Mustieles*

© 1988 *by* Alternate Futures Incorporated
© 1988 *by* EDICIONES URANO, S. A.
  Enrique Granados, 113, Pral. 1.ª
  08008 Barcelona - España
ISBN: 84-86344-55-7
Depósito legal: B. 40080-1988
Fotocomposición: EQUITHEMA
Buenos Aires, 60
08036 Barcelona
Printed in Spain
Impreso por: Puresa, S. A.
Girona, 139
08203 Sabadell (Barcelona)

con Leslie

HEMOS RECORRIDO un largo camino juntos, ¿no es así?

Cuando nos conocimos, hace veinticinco años, yo era un aviador fascinado por el vuelo, siempre en busca de significados más allá de los instrumentos y las velocidades relativas. Hace veinte años, el ala de una gaviota nos reveló una forma de vivir. Diez años más tarde, conocimos al salvador del mundo, y descubrimos que este salvador éramos nosotros mismos. Aun así, por lo que tú sabías, yo muy bien hubiera podido ser un alma solitaria con la cabeza llena de rumbos y altitudes, oculto tras una cortina de palabras. Y habrías tenido razón.

Finalmente, llegué a confiar en que te conocía lo bastante bien como para sugerir que mis aventuras, las felices y las no tan felices, podían haber sido las tuyas. ¿Estás empezando a comprender cómo funciona el mundo? También yo. ¿Te has sentido inquieto y solitario con lo que aprendías? Lo mismo me ha sucedido a mí. ¿Has pasado toda tu vida en busca de un amor verdadero? Eso hice yo también, hasta que por fin lo encontré y en *Puente al Infinito* te presenté a mi esposa, Leslie Parrish-Bach.

Ahora, Leslie y yo escribimos juntos. Nos hemos convertido en RiLeschardlie, y ya no sabemos dónde empieza uno y dónde termina el otro.

Gracias a *Puente al Infinito*, nuestra familia de lectores se ha vuelto más entrañable. A los aventureros que volaron conmigo en libros anteriores se han unido también aquellos que anhelan el amor y aquellos que lo han encontrado: nuestras vidas son espejo de las suyas, y no cesan de escribirnos una y otra vez. ¿Podría ser que hubiéramos cambiado todos, que fuéramos unos el reflejo de otros?

Solemos leer nuestro correo en la cocina. Uno de los dos lee en voz alta mientras el otro prepara el plato sorpresa del día. Las cartas de algunos lectores nos han hecho reír tanto que hemos acabado por derramar la ensalada en la sopa. Otras nos han dado la sal de las lágrimas.

Un día, ésta nos trajo el hielo:

¿Recuerdan al Richard alternativo que aparecía en Puente al Infinito, *el que escapó, el que no quiso cambiar sus muchas mujeres por Leslie? Me ha parecido que les interesaría conocerme, porque yo soy ese hombre y sé qué ocurrió a continuación.*

Los paralelismos que exponía en la carta nos dejaron atónitos. Él también era un escritor. Había ganado repentinamente una fortuna con un solo libro y se le presentaron los mismos problemas de impuestos que tuve yo. Había dejado de buscar a una mujer y se conformó con muchas.

Luego encontró a una que le amaba por lo que él era y que le dio a elegir entre dos alternativas: tenía que ser su única mujer o no formaría parte de su vida en absoluto. Se trataba de la misma elección que una vez Leslie me había planteado; también él se vio en esa misma encrucijada.

En ese punto, yo había girado a la izquierda, eligiendo la intimidad y el cálido futuro que, así lo esperaba, podía venir con ella.

Él había tomado el camino de la derecha. Huyó de la mujer que le amaba, permitió que el gobierno confiscara sus casas y aeroplanos y, tal como yo estuve a punto de hacer, se había refugiado en Nueva Zelanda. La carta añadía:

> ...*mis escritos van bien, tengo casas en Auckland, Madrid y Singapur, y puedo viajar a cualquier parte del mundo salvo a los Estados Unidos. Nadie tiene una relación demasiado estrecha conmigo.*
>   *Pero todavía pienso en mi Laura. Trato de imaginar qué habría ocurrido si le hubiera dado una oportunidad. Es posible que* Puente al Infinito *me lo diga. ¿Aún siguen los dos juntos? ¿Hice la elección correcta? ¿Y usted?*

El hombre en cuestión es multimillonario, todos sus deseos se han realizado y el mundo es su terreno de juegos. Pero tuve que enjugarme una lágrima de los ojos y, al levantar la mirada de su carta, vi a Leslie apoyada en el mostrador, con el rostro hundido entre las manos.

Durante mucho tiempo habíamos creído que era un personaje puramente ficticio, una sombra que habitaba en alguna dudosa dimensión de lo que hubiera podido ser, alguien inventado por nosotros. Después de leer su carta nos sentimos perturbados e inquietos, como si sonara un timbre llamándonos y nosotros no supiéramos qué responder.

Entonces, por azar, leí un curioso librito de física: *La interpretación de los múltiples mundos de la mecánica cuántica.* Así se titula, efectivamente: los múltiples mundos. A cada instante, el mundo que conocemos se divide en un número infinito de otros universos, con distintos futuros y distintos pasados.

Según la física, el Richard que decidió huir no desapareció en la bifurcación donde cambié mi vida. En este mismo instante sigue existiendo en un mundo alternativo que se desliza paralelamente a éste. En aquel mundo, también Leslie Parrish eligió una vida diferente: Richard Bach no es su marido, sino un hombre al que renunció cuando descubrió que no le ofrecía amor y gozo, sino sólo sufrimiento.

Después de mi lectura de *La interpretación de los múltiples mundos,* mi subconsciente se llevó a la cama un ejemplar fantasma del libro, lo leía todas las noches, exigía mi atención mientras yo dormía.

11

¿Y si pudierais hallar una manera de penetrar en esos mundos paralelos, me susurraba. Si pudierais encontrar al Richard y a la Leslie que fuisteis antes de cometer vuestros peores errores y tomar vuestras decisiones más inteligentes? ¿Y si pudierais avisarles, darles las gracias, preguntarles lo que se os ocurra? ¿Qué no deben saber ellos sobre la vida, sobre la juventud y la vejez y la muerte, la profesión y el amor y la patria, sobre la paz y la guerra, la responsabilidad, las elecciones y las consecuencias, sobre el mundo que vosotros creéis real?

Vete, respondí.

¿Acaso crees que no perteneces a este mundo, con sus guerras y destrucción, su odio y violencia? ¿Por qué vives aquí?

Déjame dormir, repliqué.

Buenas noches, me dijo.

Pero las mentes fantasmas no duermen nunca, y en mis sueños seguí oyendo volver las páginas.

Ahora estoy despierto, y las preguntas siguen ahí. ¿Verdaderamente nuestras decisiones modifican nuestros mundos? ¿Y si resulta que la ciencia tiene razón?

uno

DESCENDIMOS OBLICUAMENTE desde el norte en nuestro hidroavión de nieve y arcoiris, sobrevolando montañas del color de los viejos recuerdos. El enorme pastel de hormigón de la ciudad se alzó ante nosotros, surgiendo de entre la sofocante colina de verano como un postre de fin de viaje tras un vuelo largo y agotador.

–¿A qué distancia nos encontramos, cariño? –pregunté por el interfono.

Leslie tocó el receptor de navegación de largo alcance y en el cuadro de instrumentos se encendió una sucesión de números.

–Treinta y dos millas al norte –respondió ella–. Quince minutos para llegar. ¿Llamo ya al control de aproximación de L.A.?

–Gracias –dije yo, con una sonrisa. ¡Cuánto habíamos cambiado los dos desde que nos conocimos! Ella, que antes tenía pánico a volar, era ahora una excelente piloto. Yo, que antes tenía pánico al matrimonio, llevaba once años casado y aún me sentía como en un noviazgo afortunado.

–Hola, control de aproximación de Los Ángeles –saludé

13

por el micrófono–. Aquí Martin Seabird Uno Cuatro Bravo volando a siete mil cinco para tres mil cinco, rumbo sur con destino a Santa Mónica.

Entre nosotros, el hidroplano se llamaba *Gruñón*; pero cuando hablábamos con el control de tráfico aéreo, le dábamos su nombre oficial.

¿Cómo es posible, pensé, que seamos tan afortunados? La clase de vida que llevábamos nos habría parecido un sueño cuando éramos niños. En menos de medio siglo de luchar y aprender, de pruebas y errores, ambos habíamos logrado superar los malos tiempos para disfrutar de un esplendoroso presente que ni en sueños habíamos imaginado.

–Martin Uno Cuatro Bravo, hay contacto por radar –anunció la voz a través de nuestros auriculares.

–Tráfico por allí –señaló Leslie–, y por allí.

–Ya los veo. –También la veía a ella, la actriz convertida en compañera de aventuras: su cabellera dorada en torno a las suaves curvas de su rostro que reflejaba el sol y la sombra; sus atentos ojos azul marino que escrutaban el cielo que nos rodeaba. ¡Qué hermosa cara había forjado aquella mente!

–Martin Uno Cuatro Bravo –añadió el control de aproximación de Los Ángeles–, ajuste a cuatro, seis, cuatro, cinco.

¿Qué probabilidades había de que llegáramos a encontrarnos aquella notable mujer y yo, de que nuestros caminos se cruzaran y se unieran del modo en que lo hicieron? ¿Qué probabilidades había de que dejáramos de ser unos extraños para convertirnos en compañeros de alma?

Ahora estábamos volando juntos hacia Spring Hill, para participar en una reunión de investigadores que exploraban las regiones limítrofes del pensamiento creativo: ciencia y conciencia, guerra y paz, el futuro de un planeta.

–Ese mensaje, ¿no era para nosotros? –preguntó Leslie.

–Tienes razón –asentí–. ¿Qué números ha dicho?

Se volvió hacia mí, con expresión divertida.

–¿No los recuerdas? –inquirió.

–Cuatro, seis, cuatro, cinco.

–Ya ves –dijo ella–. No sé qué harías sin mí.

Estas fueron las últimas palabras que oí antes de que se transformara el mundo.

dos

E L TRANSPONDEDOR de radar es una
caja negra situada en el cuadro de instrumentos del hidroavión, con pequeñas ventanillas donde aparece un código de
cuatro cifras. Si fijamos un número determinado en cada ventanilla, somos identificados a kilómetros de distancia en salas
en penumbra: número de avión, rumbo, altitud, velocidad;
todo lo que interesa a los controladores de tráfico aéreo en su
lugar de trabajo, teñido con la luz verde del radar.

Aquella tarde, como había hecho quizá diez mil veces
antes en mi carrera de aviador, extendí la mano para cambiar
las cifras que aparecían en aquellas ventanillas. *Cuatro* en la
primera ventanilla, *seis* en la segunda, *cuatro* en la siguiente y
cinco en la última. Tenía aún la vista baja, concentrado en
esta tarea, cuando sonó un extraño zumbido que comenzó
con una nota baja y luego subió por la escala hasta volverse
inaudible, seguido por un estampido como si hubiéramos
chocado de pronto con una poderosa corriente ascendente, y
por un crepitante destello de luz ámbar en el interior de la
carlinga.

−¡RICHARD! −gritó Leslie.

15

Volví de golpe la cabeza para verle la cara, con la boca abierta y los ojos muy abiertos.

–Una ligera turbulencia –le expliqué–. Un poco de...

Entonces lo vi por mí mismo, y me atraganté en mitad de la frase.

Los Ángeles había desaparecido.

Desaparecida la ciudad que llenaba todo el horizonte ante nosotros, desaparecidas las montañas que la rodeaban, desaparecido el velo de neblina de un centenar de kilómetros.

Todo desvanecido.

El firmamento se había vuelto azul como las flores silvestres, de un azul fresco, intenso y frío. Por debajo de nosotros no veíamos autopistas y tejados y centros comerciales, sino un mar ininterrumpido, un espejo del firmamento. Aquél era un mar azul de trinitaria, no con profundidades oceánicas sino todo bajíos, como si apenas a una braza hubiera un fondo liso de arena cobalto, un diseño de plateados y dorados.

–¿Dónde está Los Ángeles? –quise saber–. ¿Estás viendo...? ¡Dime qué estás viendo!

–¡Agua! ¡Volamos sobre el océano! –jadeó–. ¿Qué ha pasado, Richie?

–No lo sé –respondí, todo confusión.

Comprobé los instrumentos del motor, y todos los indicadores estaban donde les correspondía. La misma velocidad relativa, rumbo 142 grados en el girocompás. Pero ahora la brújula *magnética* giraba al azar en su caja, sin preocuparse ya del norte ni del sur.

Leslie comprobaba los conmutadores, accionaba los interruptores automáticos.

–La radio de navegación no funciona –anunció, con voz algo temblorosa–. Tiene energía, pero no funciona...

Claro que no. Todos los datos de navegación eran líneas en blanco e indicadores en OFF. El cuadro del lorán presentaba una indicación que no habíamos visto nunca: SIN POSICIÓN.

Con nuestras mentes igualmente en blanco, la contemplamos, atónitos.

–¿Has visto alguna cosa antes de... del cambio? –pregunté.

–No –contestó ella–. ¡Sí! Hubo una especie de gemido, ¿lo oíste? Luego un relámpago de luz amarilla, una... una onda expansiva a nuestro alrededor, y luego nada. ¡Todo había desaparecido! ¿*Dónde estamos*?

Le resumí la situación lo mejor que pude.

–El aparato funciona a la perfección, excepto la radio de navegación y el lorán. También se ha estropeado la brújula magnética... ¡el único instrumento de un avión que no puede estropearse nunca, acaba de estropearse! No sé dónde estamos.

–¿Y el control de aproximación de Los Ángeles? –exclamó ella de pronto.

–¡Buena idea! –Pulsé el botón del micrófono–. Hola, control de aproximación de Los Ángeles. Aquí Martin Uno Cuatro Bravo.

Miré hacia abajo, mientras esperaba una respuesta. La arena bajo las aguas estaba grabada en forma de una extensa matriz convolucionada, como si allí fluyeran turbulentos ríos de luz, riachuelos que unieran incontables afluentes, todos ellos conectados y rielando, trémulos, a escasa distancia de la superficie.

–Hola, control de Los Ángeles –repetí–. Aquí hidroavión Martin Uno Cuatro Bravo, ¿qué tal me reciben?

Subí el volumen y nuestro altavoz se llenó de estática. La radio funcionaba, pero no había nadie al otro extremo.

–¡Hola! Cualquier estación que reciba a Martin Seabird Uno Cuatro Bravo, llámenos por esta frecuencia.

Ruido blanco. Ni una palabra.

–Estoy empezando a quedarme sin ideas –reconocí.

Por instinto, llevé el aparato hacia arriba, en busca de una vista más amplia, confiando en que con la altura pudiéramos hallar algún indicio del mundo que habíamos perdido.

Al cabo de unos minutos habíamos descubierto algunos hechos extraños: por alto de subiéramos, el altímetro no cambiaba; el aire no se enrarecía con la altitud. Cuando calculé que estaríamos a unos cinco mil pies, el instrumento aún indicaba el nivel del mar. Tampoco el panorama había cambiado: un kilómetro tras otro de caleidoscópicos bajíos, interminables colores, dibujos jamás repetidos. El horizonte era por todas partes el mismo. Ninguna montaña. Ninguna isla. Ni sol, ni nubes, ni una embarcación, ni un ser vivo.

Leslie dio unos golpecitos al indicador de combustible.

–Parece que no gastamos nada de gasolina –observó–. ¿Es posible?

–Es más probable que se haya atascado la boya del depósito. –El motor iba más o menos deprisa según yo accionaba el acelerador, pero el indicador de combustible se había inmovilizado un punto por debajo de medio depósito.

–Eso es –opiné, mientras sacudía la cabeza–. También se ha estropeado el indicador de combustible. Probablemente tenemos todavía para unas dos horas de vuelo, pero preferiría conservar lo que nos queda.

–¿Dónde aterrizaremos? –preguntó ella, escudriñando el horizonte vacío.

–¿Acaso importa? –repliqué.

El mar reflejaba hacia arriba sus gloriosos colores, y nos desconcertaba con sus dibujos.

Tiré hacia atrás de la palanca del gas y el hidroavión emprendió un largo descenso. Mientras nos deslizábamos hacia abajo, contemplando el misterioso paisaje marino, dos brillantes senderos centelleaban, primero curvándose por separado, luego serpenteando paralelamente y, por fin, uniéndose. Millares de otros senderos se alejaban de aquellos dos, como otras tantas ramas en un bosque de sauces.

Existe una razón, me dije. Algo ha trazado estas líneas. ¿Se trata de ríos de lava? ¿Carreteras submarinas?

Leslie me tomó de la mano.

–Richie, ¿crees que estamos muertos? –preguntó, con suavidad y tristeza–. Tal vez chocamos con algo en pleno aire, o algo nos dio a tanta velocidad que ni siquiera llegamos a enterarnos.

Yo soy el experto de la familia en lo que se refiere a la muerte, y ni tan sólo se me había ocurrido pensarlo... ¿Podía ser que Leslie estuviera en lo cierto? Pero, ¿qué hace aquí *Gruñón*? En ninguna parte he leído nada sobre la muerte que diga que ni siquiera cambia la presión del aceite.

18

–¡Esto no puede ser la muerte! –protesté–. Los libros afirman que cuando te mueres aparece un túnel, y luz, y todo ese increíble amor, y gente que sale a tu encuentro... Si nos hemos tomado la molestia de morir juntos, los dos a la vez, ¿no te parece que buscarían la forma de salir a recibirnos de inmediato?

–Puede que estos libros estén equivocados –apuntó ella.

Seguimos volando en silencio, cada vez a menor altitud, impregnados de tristeza. ¿Cómo era posible que la alegría y las promesas de nuestras dos vidas hubieran llegado tan pronto a su fin?

–¿Te sientes muerto? –quiso saber ella.

–No.

–Tampoco yo.

En constante descenso, volamos sobre los canales paralelos, atentos a posibles arrecifes de coral o troncos flotantes antes de posarnos en el agua. Ni siquiera un muerto desea destrozar su aeroplano chocando contra una roca sumergida.

–¡Vaya manera tonta de terminar una vida! –exclamó Leslie–. ¡Ni siquiera sabemos qué ha pasado, ni cómo hemos muerto!

–¡La luz dorada, Leslie, la onda expansiva! ¿Acaso podría ser una explosión nuclear...? ¿Habremos sido los primeros muertos de la tercera guerra mundial?

Ella reflexionó unos instantes.

–No lo creo. La onda explosiva no venía hacia nosotros, sino que se alejaba. Además, habríamos notado algo.

Volamos en silencio. Tristemente.

–¡No es justo! –protestó Leslie–. ¡La vida empezaba a ser tan hermosa...! Hemos trabajado mucho, hemos superado muchísimos problemas y justo ahora empezaba lo bueno.

Suspiré.

–Bien, si estamos muertos, al menos estamos muertos los dos juntos. Esta parte de nuestros planes se ha realizado.

–Y se supone que hemos de revivir toda nuestra vida en una fracción de segundo –añadió ella–. ¿Has revivido toda tu vida en una fracción de segundo?

–Todavía no –contesté–. ¿Y tú?

–Tampoco. Y dicen que todo se vuelve negro. ¡También ahí se equivocan!

–¿Cómo pueden equivocarse tantos libros? ¿Cómo podemos *nosotros* estar tan errados? –me extrañé–. ¿Recuerdas los ratos que pasábamos fuera del cuerpo, por la noche? Así debería ser la muerte, sólo que sin regresar por la mañana, yendo aún más allá.

Yo siempre había creído que la muerte era algo racional, una creativa oportunidad de nuevas comprensiones, una gozosa libertad de las limitaciones de la materia, una aventura que superaría los muros de la cruda creencia. Nadie nos había advertido que la muerte era volar sobre un interminable océano de colores.

Por fin, nos dispusimos a aterrizar. No había rocas, ni algas, ni cardúmenes de peces. La superficie era lisa y transparente, apenas rizada por la brisa.

Leslie señaló hacia las dos sendas luminosas.

–Es como si estos dos fueran amigos –comentó–, siempre unidos.

–Quizá sean una especie de pistas de aterrizaje –sugerí–. Creo que me alinearé a ellas. ¿Te parece bien que descendamos justo donde se unen? ¿Lista para aterrizar?

–Supongo que sí –respondió ella.

Miré por las ventanillas laterales para comprobar visualmente el tren de aterrizaje.

–Tenemos la rueda izquierda del tren principal *arriba* –comencé–, la rueda de morro *arriba*, la rueda derecha del tren principal *arriba*, todas las ruedas están *arriba* para aterrizar en el agua, los flaps están bajados...

Iniciamos el último y lento giro, y el mar osciló graciosamente a cámara lenta para recibirnos. Flotamos durante un largo instante a centímetros de la superficie, con reflejos de tonos pastel decorando nuestro blanco fuselaje.

La quilla rozó la superficie y levantó pequeñas olas, y el hidroavión se convirtió en una lancha de carreras que volaba sobre una nube de espuma. El zumbido del motor fue sustituido por el susurro del agua cuando tiré de la palanca hacia atrás y disminuyó nuestra velocidad.

Entonces, el agua desapareció y el aeroplano se esfumó.

Alrededor de nosotros surgieron borrosos tejados, vislumbres de palmeras y tejas rojas, el muro de un enorme edificio lleno de ventanas justo enfrente de nosotros.

–¡CUIDADO!

Un segundo después, nos detuvimos en el interior de aquel edificio, aturdidos pero a salvo, los dos juntos, de pie ante un largo pasillo. Me acerqué a mi esposa y la abracé.

–¿Te encuentras bien? –preguntamos ambos al mismo tiempo, casi sin aliento.

–¡Sí! –contestamos–. ¡Ni un arañazo! ¿Y tú? ¡Sí!

El cristal de la ventana del fondo del pasillo no se había hecho añicos, y no había ningún agujero en la pared que acabamos de atravesar como un cohete. No se veía a nadie, ni se oía sonido alguno en todo el edificio.

–Pero, ¿qué demonios está pasando aquí? –estallé, lleno de frustración.

–Richie –dijo ella sosegadamente, con los ojos abiertos por el pasmo–, este lugar me resulta conocido. ¡Ya hemos estado aquí antes!

Miré a mi alrededor. Un pasillo con muchas puertas, alfombra color rojo ladrillo, ascensores justo delante de nosotros, palmeras en macetas. La ventana del corredor daba sobre unos soleados techos de tejas, unas bajas y doradas colinas poco más allá, una caliginosa tarde azulada.

–Esto es... Esto parece un hotel. No recuerdo ningún hotel...

Sonó un suave campanilleo, y una flecha verde resplandeció sobre las puertas del ascensor.

Aguardamos mientras las puertas se abrían con un ruido sordo. Dentro del ascensor aparecieron un hombre esbelto y larguirucho, de facciones angulosas, y una encantadora mujer que vestía una descolorida camisa, un chaquetón procedente de la marina, pantalones tejanos y una gorra oscura.

A mi lado, mi esposa contuvo una exclamación, y noté que su cuerpo se ponía en tensión. Del ascensor, sin dedicarnos más que una mirada superficial, salieron el hombre y la mujer que nosotros habíamos sido dieciséis años antes, los dos tal como éramos el día en que nos conocimos.

tres

NOS QUEDAMOS paralizados, sin habla, boquiabiertos.

La Leslie más joven salió del ascensor sin mirar al Richard que había sido yo y, casi a la carrera, se dirigió hacia su habitación.

La urgencia se impuso al desconcierto. No podíamos dejarlos marchar.

—¡Leslie! ¡Espera! —gritó mi Leslie.

La joven se detuvo y giró la cabeza, esperando encontrar alguna amiga, pero no pareció reconocernos. Debíamos de estar en la penumbra, o a contraluz, con la ventana a nuestras espaldas.

—Leslie —repitió mi mujer, mientras avanzaba hacia ella—, ¿tienes un momento?

Mientras tanto, el Richard más joven pasó a nuestro lado, rumbo a su habitación. El hecho de que la mujer del ascensor se hubiera encontrado con unos amigos no era asunto suyo.

Y el hecho de que no sepamos lo que está ocurriendo, pensé, no impide que nos corresponda a nosotros la iniciativa. Sobre todo cuando los dos que se alejaban en direcciones opuestas estaban destinados a pasar juntos el resto de sus vidas.

Dejé que Leslie se ocupara de su yo anterior y salí rápidamente tras el joven.

–Perdona –dije a sus espaldas–. ¿Richard?

Se volvió tanto por el sonido de mi voz como por las palabras; se volvió con curiosidad. Yo recordaba bien la cazadora que llevaba, una prenda suave de color pelo de camello. Tenía un desgarrón en el forro que había intentado coser, sin éxito, una docena de veces. La seda o lo que fuese se deshilachaba y se desprendía del hilo.

–¿Hace falta que me presente? –inquirí.

Me miró, y su agradable serenidad cedió el paso a unos ojos llenos de sorpresa.

–¡*Qué*...!

–Mira –comencé, tan calmadamente como pude–, nosotros tampoco lo comprendemos. Estábamos en pleno vuelo cuando sucedió esa cosa increíble y...

–¿Eres...?

No llegó a concluir la pregunta y se quedó mirándome con cara de pasmo. Por supuesto, aquello era una conmoción para él, pero aun así me sentía extrañamente irritado con el tipo. No sabíamos cuánto tiempo podríamos permanecer juntos, horas, minutos, quizá menos, y él quería malgastarlo negándose a creer lo que tendría que haberle resultado evidente.

–La respuesta es sí –me anticipé–. Soy el hombre que tú serás dentro de unos cuantos años.

El asombro se convirtió en suspicacia.

–¿Cómo me llamaba mi madre de pequeño? –preguntó, entornando los párpados.

Suspiré y se lo dije.

–¿Cuál era el nombre de mi perro y qué clase de fruta le gustaba?

–¡Vamos, Richard! –repliqué–. Lady era una perra, no un perro, y comía albaricoques. Tenías un telescopio newtoniano de fabricación casera, de quince centímetros, con una muesca en el espejo allí donde dejaste caer las pinzas cuando

24

observabas una araña con el tubo enfocado hacia abajo en lugar de hacia arriba. Frente a la ventana de tu cuarto había un listón secreto en la cerca, un listón con goznes por el que podías pasar cuando no querías utilizar el portón...

–Muy bien –me interrumpió, sin dejar de contemplarme como si yo fuera un prestidigitador–. Supongo que podrías continuar.

–Indefinidamente. No puedes preguntarme nada sobre ti mismo que yo no pueda contestar, muchacho, y tengo dieciséis años más de respuestas que tú de preguntas.

Me miró fijamente. Un chaval, pensé, sin una sola cana. Un poco de gris en el cabello le va a sentar la mar de bien.

–¿Deseas perder el poco o mucho tiempo de que disponemos charlando aquí en el pasillo? ¿No sabes que en el ascensor acabas de cruzarte con la mujer que... con la persona más importante de tu vida, y tú ni siquiera te has dado cuenta?

–¿Ella? –Miró pasillo abajo y susurró–. ¡Pero si es guapísima! ¿Cómo quieres que ella...?

–Yo tampoco lo entiendo, pero le resultas atractivo. Acepta mi palabra.

–Muy bien, te creo –asintió–. ¡Te creo! –Sacó la llave de su habitación del bolsillo de la cazadora–. Pasa adentro.

Nada tenía sentido, pero todo encajaba. No nos encontrábamos en Los Ángeles, sino en Carmel, California, en octubre de 1972, en el tercer piso del Holiday Inn. Antes de que diera vuelta a la llave, yo ya sabía que la habitación estaría cubierta de modelos de gaviotas a control remoto, construidos para una película que estuvimos filmando en la playa. Algunos de los modelos eran capaces de realizar magníficos vuelos acrobáticos, mientras que otros comenzaron a dar vueltas y se habían estrellado. Yo me había llevado los pedazos a mi habitación y había vuelto a unirlos con pegamento.

–Voy a buscar a Leslie –anuncié–. A ver si puedes arreglar un poco el cuarto, ¿de acuerdo?

–¿Leslie?

–Ella... bueno, hay dos Leslies. Una es la mujer que acaba de subir en el ascensor contigo, la que deseaba que supieras

25

cómo decirle «hola». La otra, tan hermosa, es la misma mujer dieciséis años más tarde. Mi esposa.

–¡No me lo puedo creer!

–Tú pon un poco de orden en el cuarto –repetí–, que ahora mismo las traigo.

Encontré a Leslie en el pasillo, unas cuantas habitaciones más allá, de espaldas a mí, hablando con su yo más joven. Mientras me acercaba, una doncella que empujaba un carro de lavandería salió del cuarto más cercano y se fue hacia el ascensor. Sin darse cuenta, dirigió el pesado armatoste hacia mi mujer.

–¡*Cuidado*! –grité.

Demasiado tarde. Leslie se volvió al oír mi grito, pero el carro la embistió de costado y cruzó a través de su cuerpo como si estuviera hecho de aire. La doncella siguió sin detenerse, pasó a través de mi mujer, y saludó con una sonrisa a la joven que estaba a su lado.

–¡Eh! –exclamó la joven Leslie, alarmada.

–Hola –contestó la doncella–. ¡Buenos días!

Corrí junto a Leslie.

–¿Te encuentras bien?

–Perfectamente –respondió–. Supongo que no me ha... –Pareció consternada un momento y luego se volvió hacia la joven–. Richard, quiero que conozcas a Leslie Parrish. Leslie, éste es mi marido, Richard Bach.

El formalismo de la presentación me hizo sonreír.

–Hola –saludé a la joven–. ¿Puedes verme bien?

Ella se echó a reír, con ojos chispeantes.

–¿Acaso deberías estar borroso? –Ni asombro, ni suspicacia. La joven Leslie debía de haber tomado aquello por un sueño y decidido disfrutarlo.

–Sólo pretendía asegurarme –contesté–. Después de lo que acaba de suceder, no estoy seguro de que formemos parte de este mundo. Apostaría que...

Me acerqué a la pared, con la sospecha de que mi mano atravesaría la mampostería. Así lo hizo, y el papel mural me llegó a la muñeca. La joven Leslie se rió, deleitada.

–Creo que aquí somos fantasmas –opiné.

Por eso no nos habíamos matado cuando llegamos, pensé, al chocar contra la pared del hotel.

PARRÒQUIA DE CORPUS CHRISTI.

SETMANA DE PREGÀRIA
PER A LA UNITAT DELS CRISTIANS,
18 al 25 de gener de 1994.

Les Esglésies cristianes a l'antiga URSS.

¡Con cuánta rapidez nos adaptamos a las más increíbles situaciones! Resbalas en el muelle y de inmediato sabes que te encuentras con el agua al cuello: te mueves de una forma distinta, respiras de una forma distinta y, aunque puede que no te guste estar mojado, en medio segundo te has adaptado a la situación.

Aquello era lo mismo. Estábamos hasta el cuello en nuestro propio pasado, sobresaltados por la caída, actuando lo mejor que sabíamos en aquel lugar extraño. Y lo mejor que sabíamos consistía en reunir a aquellas dos personas, evitar que perdieran los años que nosotros habíamos perdido antes de comprender que éramos compañeros de alma.

Se me hacía extraño estar hablando con la joven, como si de nuevo acabáramos de encontrarnos por primera vez. Qué extraño, pensé. Es Leslie, pero no tengo ninguna historia con ella.

–Quizá si en lugar de quedarnos aquí parados... –Señalé el pasillo con un gesto–, Richard nos ha invitado a su habitación. Podríamos conversar un poco y tratar de aclarar las cosas sin carros de ropa sucia que nos atraviesen de parte a parte.

La joven se miró de soslayo en el espejo del corredor.

–No tenía previsto ver a nadie –objetó–. Voy hecha un adefesio.

Se sujetó los largos mechones de cabello rubio bajo los bordes del gorro.

Miré a mi mujer, y no pudimos contener la risa.

–¡Muy bien! –exclamé–. Ésta era nuestra última prueba. ¡Si Leslie Parrish se mira alguna vez en el espejo y asegura que tiene buen aspecto, es que no es la verdadera Leslie Parrish!

Marché en cabeza hacia el cuarto de Richard y, sin pensar, llamé a su puerta. Mis nudillos, desde luego, desaparecieron en la madera sin producir el menor ruido.

–Quizá sea mejor que llames tú –sugerí a la joven Leslie.

Eso hizo, con un alegre ritmo repicante que demostró que sus golpes no sólo producían ruido, sino también música.

La puerta se abrió de inmediato. Richard sostenía una gaviota de madera de balsa que no medía menos de un metro de envergadura.

–Hola –exclamé–. Richard, quiero que conozcas a Leslie Parrish, tu futura esposa. Leslie, te presento a Richard Bach, que será tu marido.

Él dejó la gaviota apoyada contra la pared y estrechó formalmente la mano de la joven, su rostro mostraba una curiosa mezcla de ansiedad y temor mientras la observaba.

La chispa de diversión no abandonó en ningún momento sus ojos cuando alzó la vista hacia él y estrechó su mano tan solemnemente como pudo.

–Me alegro mucho de conocerte –dijo ella.

–Y, Richard, ésta es mi esposa, Leslie Parrish-Bach.

–Hola. –Saludó con un gesto de cabeza. Después permaneció inmóvil durante un largo instante, pasando la vista de una Leslie a otra, y luego a mí, dominado todavía por la sorpresa.

–Pasad adentro –nos invitó por fin–. La habitación está muy desordenada...

No mentía. Si la había arreglado un poco, no se notaba. Pájaros de madera, módulos de control por radio, baterías, láminas de balsa, los alféizares llenos de trastos y un olor a pintura de aeromodelismo que lo impregnaba todo.

Había dispuesto cuatro vasos de agua sobre la mesita de café, junto con tres bolsitas de fritos de maíz y una lata de cacahuetes. Si nuestras manos pueden atravesar las paredes, pensé, no creo que tengamos mucha suerte con los fritos de maíz.

–Para apaciguar sus recelos, señorita Parrish –comenzó él–, le diré que anteriormente he estado casado, pero no pienso volver a estarlo nunca más. No comprendo quiénes son estas personas, pero le aseguro que no está en mi ánimo hacerle ninguna clase de proposiciones...

–Oh, Dios mío –dijo mi esposa, en voz baja, mientras dirigía la vista al cielorraso–. El discurso antimatrimonial.

–Por favor, Wookie –le susurré–. Es un buen tipo, pero está asustado. No vayamos ahora...

–¿Wookie? –intervino la joven Leslie.

–Perdón –respondí–. Es un apodo sacado de una película que vimos juntos hace mucho... dentro de mucho tiempo. –Comencé a darme cuenta de que aquella conversación podía resultar muy difícil.

–Empecemos por el principio –propuso mi mujer, en un intento por organizar lo increíble–. Richard y yo no sabemos cómo hemos llegado aquí, no sabemos cuánto tiempo vamos a quedarnos, no sabemos adónde iremos a parar. Lo único que sabemos es que os conocemos, que conocemos vuestro pasado y vuestro futuro. Al menos, los próximos dieciséis años de vuestro futuro.

–Vosotros dos os vais a enamorar –proseguí–. Ya estáis enamorados, pero todavía no sabéis que el otro es la persona que amaríais si llegárais a conocerla. En estos instantes, ambos pensáis que no existe nadie en el mundo que pueda comprenderos o amaros. ¡Pero sí que existe, y está aquí!

La joven Leslie se sentó en el suelo, se apoyó en la cama y, conteniendo una sonrisa, apoyó la barbilla sobre sus rodillas.

–En este amor entre los dos, ¿tenemos algo que decir o se trata de un destino ineludible?

–Buena pregunta –aprobó Leslie–. Vamos a contaros lo que recordamos, lo que nos ocurrió a nosotros. –Hizo una pausa, confusa acerca de lo que iba a decir a continuación–. Luego, tendréis que hacer lo que creáis más conveniente para vosotros.

Lo que recordamos, pensé. Recuerdo este lugar, recuerdo haberme cruzado con Leslie en el ascensor, aunque no llegué a conocerlo hasta pasados varios años. No recordaba haber tenido ninguna reunión con una Leslie del futuro y un Richard del futuro que me pedía que ordenara mi habitación.

El joven Richard, sentado en una silla de escritorio, miraba a la joven Leslie. Para él, la belleza física de ella se hallaba casi en el umbral del dolor. Siempre había sido tímido con las mujeres hermosas, y no podía ni suponer que ella fuera tan tímida con él.

–Cuando nos encontramos, las apariencias se interpusieron entre nosotros, otra gente se interpuso y nos impidió que

29

intentáramos siquiera conocernos el uno al otro –explicó Leslie.

–Separados, ambos cometimos errores que los dos juntos jamás habríamos cometido –añadí–. Pero ahora que lo sabéis... ¿Es que no os dáis cuenta? ¡No tenéis por qué cometer esos errores!

–Cuando volvimos a encontrarnos, varios años más tarde –prosiguió Leslie–, lo único que pudimos hacer fue recoger los pedazos y esperar que todavía fuese posible construir la maravillosa vida que, entonces lo veíamos, hubiéramos podido vivir juntos. De habernos encontrado antes, no habríamos debido pasar por toda esa tarea de *recuperación*. Claro que, en realidad, *ya* nos habíamos encontrado antes; nos encontramos en el ascensor, lo mismo que vosotros. Pero nos faltó el valor, o la inteligencia... –Sacudió la cabeza–. Nos faltó lo necesario para comprender lo que podíamos representar el uno para el otro.

–Conque ahora creemos que estáis locos si no os echáis de inmediato en brazos del otro –continué–, para agradecer a Dios que os hayáis conocido, y comenzáis a cambiar vuestras vidas para seguir siempre juntos.

Nuestros dobles más jóvenes se miraron de soslayo y apartaron precipitadamente la vista.

–Perdimos mucho tiempo cuando éramos vosotros –expliqué–. Perdimos muchas oportunidades de alejarnos de los desastres y volar.

–¿Desastres? –inquirió Richard.

–Desastres –asentí–. Ahora mismo, te encuentras metido en varios. Es sólo que aún no te has dado cuenta.

–Tú saliste adelante –adujo él–. ¿Crees que eres el único que puede resolver problemas? ¿Acaso tienes todas las respuestas?

¿Por qué estaba tan a la defensiva? Empecé a pasear en torno a la mesa, con la mirada puesta en él.

–Tenemos algunas respuestas, pero lo importante para ti es saber que *ella* las tiene casi todas, y tú tienes respuestas para ella. ¡Juntos, nada puede interponerse en vuestro camino!

–¿En el camino hacia dónde? –quiso saber la joven Les-

30

lie, arrastrada por la intensidad de mis sentimientos, comenzando por fin a sospechar que tal vez aquello no era ningún sueño.

–Hacia vuestro más elevado amor –dijo mi esposa–; hacia una vida en común tan hermosa como no podéis imaginarla por separado.

¿Cómo era posible que ambos se resistieran a aceptar el imposible regalo que les ofrecíamos? ¿Cuán a menudo podemos hablar con las personas que seremos en el futuro, las que conocen todos los errores que vamos a cometer? Ahora tenían la oportunidad que todo el mundo desea pero nadie recibe.

Mi esposa se sentó en el suelo, junto a Leslie, como la mayor de dos gemelas.

–En la intimidad de este cuarto, sólo entre nosotros, debemos deciros que, a pesar de todos vuestros errores, ambos sois personas extraordinarias. Os habéis atenido siempre a vuestro sentido de lo correcto, a vuestra ética interior, incluso cuando eso resultaba difícil o peligroso, o cuando la gente decía que érais raros. Pero esta rareza os separa de los demás. Os convierte en solitarios. También hace que seáis perfectos el uno para el otro.

Los dos jóvenes escuchaban con tanta atención que no me era posible interpretar sus expresiones.

–¿Creéis que Leslie tiene razón? –les pregunté–. Si todo esto os parece una tontería, decidlo y nos iremos. Si no es cierto, podemos seguir nuestro camino. Después de todo, tenemos un pequeño problema que solucionar.

–¡No! –exclamaron al unísono.

–Una cosa que nos has dicho –observó la joven Leslie–, es que aún viviremos diecisiete años más. Sin guerras, sin fin del mundo. Pero... quizá no sea del todo cierto. ¿Sobreviviremos también esta vez, o sobrevivísteis vosotros?

–¿Crees que sabemos lo que está ocurriendo? –pregunté–. ¡Te equivocas! ¡Ni siquiera sabemos si estamos vivos o muertos! Lo único que sabemos es que, de un modo u otro, es posible que nosotros vengamos desde vuestro futuro para reunirnos con vosotros desde nuestro pasado, sin que por ello caigan en pedazos todos los engranajes del universo.

–Queremos pediros algo –anunció Leslie.

Su yo más joven alzó la vista. Tenía sus mismos hermosos ojos.

–¿Qué?

–Nosotros somos los que venimos detrás de vosotros, los que pagamos por vuestros errores y nos beneficiamos de vuestros esfuerzos. Somos quienes nos enorgullecemos de vuestras mejores elecciones y nos entristecemos por las peores. Somos los amigos más íntimos que jamás tendréis, aparte de vosotros mismos. Ocurra lo que ocurra, ¡no nos olvidéis, no renunciéis a nosotros!

–¿Sabéis qué hemos aprendido? –añadí–. Comodidad a corto plazo a cambio de problemas a largo plazo no es la clase de negocio que os conviene. La salida fácil no es la salida fácil. –Me volví hacia mi versión más joven–. ¿Sabes cuántas ofertas de esta clase se te van a presentar entre tu época y la nuestra?

–¿Muchísimas?

–Muchísimas –asentí.

–¿Cómo puedo evitar las elecciones equivocadas? –preguntó–. Tengo la sensación de que ya he tomado la salida fácil en un par de ocasiones.

–Es lógico –admití–. Las elecciones erróneas son tan importantes como las acertadas. A veces, más importantes.

–No son muy cómodas –objetó.

–No, pero son...

–¿Sois el único futuro que tenemos? –La joven Leslie intervino repentinamente, interrumpiéndome en mitad de la frase a causa de la importancia de su pregunta, y, al parecer sin razón alguna, sentí un estremecimiento de temor al oír sus palabras.

–¿Sois vosotros nuestro único pasado? –replicó mi mujer.

–Claro... –comenzó Richard.

–¡No! –La vehemencia de mi voz lo dejó estupefacto–. ¡Claro que no! ¡Por eso no recordamos ninguna visita del futuro en el Holiday Inn de Carmel! ¡No la recordamos porque no nos sucedió a nosotros! ¡Os ha sucedido a *vosotros*!

Las implicaciones del hecho fulguraron como un láser a través de todos los presentes en la habitación. Nos habíamos detenido allí para entregar a aquellos dos lo mejor que poseíamos, pero ¿podía ser que no fueran más que uno de nuestros posibles pasados, uno de los numerosos senderos que conducían a lo que ahora éramos? Por un momento, les habíamos aportado seguridad, habíamos confirmado que sobrevivirían. Pero, ¿acaso cabía la posibilidad de que no representábamos el futuro que inevitablemente les aguardaba, que existieran otras oportunidades para ellos, elecciones distintas a las que se nos presentaron a nosotros?

–Que estemos en vuestro futuro o no carece de importancia –dictaminó mi mujer–. No volváis la espalda al amor que...

Se interrumpió en mitad de la frase y me miró sobresaltada. La habitación empezaba a temblar, y un ruido grave y sordo retumbaba en el edificio.

–¿Un terremoto? –pregunté.

–No. No hay ningún terremoto –dijo la Leslie más joven–. Yo no noto nada. ¿Y tú, Richard?

Él negó con la cabeza.

–Nada.

Para nosotros, todo el cuarto se estremecía violentamente, con lentas frecuencias que se hacían más rápidas a cada instante.

Mi esposa se incorporó bruscamente, asustada. Tras salir con vida de dos terremotos de consideración, no tenía ganas de verse en un tercero. La tomé de la mano.

–Los mortales aquí presentes no notan ningún terremoto, Wookie, y a nosotros los fantasmas nos da igual que nos caiga el techo encima...

Y entonces la habitación comenzó a girar como un azul pálido en una mezcladora de pintura, las paredes se desdibujaron, el rugido se hizo más fuerte que nunca. Los jóvenes que habíamos sido estaban desconcertados por lo que nos ocurría a Leslie y a mí. Lo único sólido era mi esposa, que se despedía a gritos de aquella pareja.

–¡*Permaneced siempre juntos*!

En un instante, la habitación del hotel se perdió de vista con una sacudida, borrada por el rugido del motor y las salpicaduras de agua. Nos envolvió la espuma, arrojada por el viento sobre el parabrisas, y de nuevo nos encontramos en la

33

cabina del hidroavión, con los instrumentos del motor temblando en sus líneas rojas y las poco profundas aguas que palpitaban debajo de nosotros. El Seabird apenas rozaba ya la superficie, a punto de tomar altura.

Leslie emitió un gritito de alivio y dio unas palmadas cariñosas al biplano.

–¡*Gruñón*! ¡No sabes cuánto me alegro de volver a verte!

Tiré hacia mí del volante de control y en pocos segundos nuestro pequeño aparato se alzó sobre la superficie, dejando atrás una nube de espuma. Las intrincadas líneas del fondo marino fueron alejándose cada vez más. ¡Qué agradable resultaba sentirse de nuevo en el aire!

–¡Ha sido el despegue de *Gruñón*! –exclamé–. ¡*Gruñón* nos ha sacado de Carmel! Pero, ¿qué ha debido empujar la palanca del gas hacia adelante? ¿Qué ha iniciado el despegue?

Antes de que Leslie pudiera responder, una voz a nuestras espaldas nos dio la respuesta.

–He sido yo.

Nos volvimos en el acto, mudos de sorpresa. De repente, a trescientos pies sobre la superficie de un mundo que no conocíamos, nos encontrábamos con un polizón a bordo.

cuatro

MI MANO se preparó de inmediato para empujar la palanca de control hacia adelante, a fin de arrojar al intruso contra el techo de la cabina.

–¡No temáis! –prorrumpió la desconocida–. ¡Soy amiga vuestra! –Se echó a reír–. No os asustéis, sobre todo de *mí*.

Mi mano se relajó un poco.

–¿Quién...? –comenzó Leslie, mirándola.

Nuestra pasajera, ataviada con unos tejanos y una blusa a cuadros escoceses, tenía una tez suave y oscura, una cabellera hasta los hombros del color de tinta china cepillada y ojos negros como la medianoche.

–Me llamo Pye –nos explicó–, y soy con respecto a vosotros lo que vosotros sois con respecto a los que dejasteis en Carmel. –Se encogió de hombros y añadió–: Pero varios millares de veces.

Bajé las revoluciones del motor hasta una reducida velocidad de crucero, y el ruido disminuyó.

–¿Cómo es posible...? –comencé–. ¿Qué estás haciendo aquí?

–He creído que quizás estuvierais inquietos –respondió–. He venido a ayudar.

–¿Qué significa, varios millares de veces? –inquirió Leslie–. ¿Acaso eras yo misma en el futuro?

La mujer asintió con un gesto y se inclinó hacia adelante para hablar.

–Soy vosotros dos. No en vuestro futuro, sino en... –tarareó una curiosa nota sostenida– ...en un ahora alternativo.

Anhelaba saber cómo era posible que la desconocida fuese nosotros dos, saber qué es un ahora alternativo, pero, sobre todo, quería saber qué estaba sucediendo.

–¿Dónde estamos? –pregunté–. ¿Sabes qué fue lo que nos mató?

Ella sonrió y sacudió la cabeza.

–¿Lo que os mató? ¿Qué os hace pensar que estáis muertos?

–No lo sé –admití–. Estábamos a punto de aterrizar en Los Ángeles cuando, de pronto, hubo una especie de zumbido y la ciudad desapareció, así por las buenas. La civilización se hace humo en medio segundo y nos encontramos solos sobre un océano que no existe en el planeta Tierra, y cuando aterrizamos nos hemos convertido en unos fantasmas que contemplan su propio pasado, las personas que éramos cuando nos conocimos, y nadie puede vernos salvo ellos, y la gente nos embiste con el carro de la ropa sucia y podemos atravesar las paredes... –Me encogí de hombros, con un ademán de impotencia–. Aparte de todo esto, no sé por qué habríamos de pensar que estamos muertos.

Ella se echó a reír.

–Bueno, pues, no estáis muertos.

Mi esposa y yo nos miramos y sentimos una oleada de alivio.

–Entonces, ¿dónde estamos? ¿Qué nos ha pasado? –quiso saber Leslie.

–Más que un lugar, éste es un punto de perspectiva –explicó Pye–. Y lo que ocurrió probablemente tiene alguna relación con la electrónica. –Miró nuestro panel de instrumentos y frunció el entrecejo–. Tenéis aquí unos transmisores de muy alta frecuencia. El receptor del lorán, el transpondedor, los sistemas del radar... Podría tratarse de una interacción. Rayos cósmicos... –Examinó los instrumentos e hizo una pausa–. ¿Hubo un gran destello dorado?

–¡Sí!

–Interesante –comentó, con una sonrisita–. Las probabilidades de que ocurra algo así son de una entre varios trillones. –Resultaba totalmente cautivadora, entrañablemente familiar–. No contéis con realizar este viajecito muy a menudo.

–¿Existe también una probabilidad entre varios trillones de que volvamos a casa? –pregunté–. Mañana tenemos una reunión en Los Ángeles. ¿Podremos llegar a tiempo?

–¿Tiempo? –Se volvió hacia Leslie–. ¿Tienes hambre?

–No.

Se dirigió a mí.

–¿Sed?

–No.

–¿Por qué crees que no?

–La excitación –aventuré–, la tensión...

–¡El miedo! –añadió Leslie.

–¿Tenéis miedo? –preguntó Pye.

Leslie reflexionó unos instantes y le dirigió una sonrisa.

–Ya no.

Yo no podía decir lo mismo; el cambio no es mi deporte favorito. Pye se volvió hacia mí.

–¿Cuánto combustible habéis gastado?

El indicador seguía inmóvil.

–¡Nada! –exclamé, comprendiendo de pronto–. ¡*Gruñón* no gasta nada de combustible! Y no gastamos combustible porque el consumo de combustible, como el hambre y la sed, depende del tiempo, ¡y aquí no existe el tiempo!

Pye asintió en silencio.

–También la velocidad depende del tiempo –objetó Leslie–, y nos estamos moviendo.

–¿Eso crees? –Volviéndose hacia mí, Pye enarcó interrogativamente las cejas.

–A mí no me mires –respondí–. ¿Quieres decir que tan sólo creemos movernos? ¿Que nos movemos únicamente en nuestra...

Pye hizo un alentador gesto de «te estás quemando», como si jugáramos a las charadas.

–...conciencia?

Se tocó la punta de la nariz y esbozó una radiante sonrisa.

–¡Exacto! Tiempo es el nombre que vosotros dáis al movimiento de la conciencia. Todos los acontecimientos posibles que pueden ocurrir en el espacio y el tiempo ocurren *ahora*, a la vez, simultáneamente. No existe pasado, no existe futuro; tan sólo el *ahora*, aunque debemos utilizar un lenguaje basado en el tiempo para poder conversar. Es como... –Alzó la vista al techo, buscando una analogía–. Es como la aritmética. En cuanto conoces el sistema, sabes que todo problema numérico está ya resuelto. El principio de la aritmética ya sabe cuál es la raíz cúbica de seis, aunque nosotros podemos necesitar lo que denominamos tiempo, siquiera sean unos pocos segundos, para averiguar lo que siempre ha existido.

La raíz cúbica de ocho son dos, pensé, y la raíz cúbica de uno es uno. ¿La raíz cúbica de seis? Un número entre uno y dos, más bien tirando alto... ¿Uno coma ocho, tal vez? Y, desde luego, mientras lo calculaba, sabía en todo momento que la respuesta estaba esperándome desde antes de plantear la pregunta.

–¿Todos los acontecimientos? –inquirió Leslie–. ¿Todo aquello que puede suceder *ya ha sucedido*? ¿No existe el futuro?

–Ni el pasado –añadió Pye–. Ni el tiempo.

Leslie, siempre práctica, se sintió exasperada.

–Entonces, ¿por qué hemos de pasar por todas estas experiencias en este... este falso tiempo, si todo está ya hecho? *¿Por qué hemos de molestarnos?*

–La cuestión no es que esté todo hecho, sino que tenemos infinitas posibilidades de elección –explicó Pye–. Nuestras elecciones dan lugar a nuestras experiencias, y con la experiencia comprendemos que no somos las pequeñas criaturas que creemos ser. Somos expresiones interdimensionales de la vida, espejos del espíritu.

–¿Dónde ocurre todo esto? –quise saber–. ¿Hay algún

gran almacén en el cielo, con estantes para poder elegir entre todos estos acontecimientos posibles?

–No se trata de un almacén. No es un lugar, aunque quizá tú lo percibas como un lugar. ¿Dónde crees que está?

Sacudí la cabeza y me volví hacia Leslie. También ella sacudió la cabeza.

Pye preguntó de nuevo, teatralmente:

–¿Dónde? –Mirándonos a los ojos, alzó una mano y apuntó hacia abajo.

Miramos. Por debajo de nosotros, cubiertos por las aguas, los senderos interminables se curvaban sobre el fondo del océano.

–¿El dibujo? –sugirió Leslie–. ¿Bajo el agua? ¡Oh! ¡Nuestras elecciones! ¡El dibujo representa los caminos que hemos seguido, los desvíos que hemos tomado! Y todos los demás desvíos posibles que habríamos podido tomar, que *hemos* tomado en...

–¿Otras vidas paralelas? –concluí, vacilante, viendo cómo empezaban a encajar las piezas–. ¡Otras vidas alternativas!

El diseño se extendía majestuosamente bajo nosotros, y lo contemplamos absortos y maravillados.

–¡Volamos hacia lo alto –exclamé, rebosante de intuiciones– y ganamos perspectiva! Podemos ver todas las elecciones, bifurcaciones y encrucijadas. Pero cuanto más bajo volamos, más perspectiva perdemos. ¡Y cuando aterrizamos, nuestra perspectiva sobre todas las demás posibilidades desaparece por completo! Nos concentramos en los detalles; los detalles del día, de la hora, del minuto... ¡Y las vidas alternativas quedan olvidadas!

–¡Qué hermosa metáfora habéis imaginado para explorar quiénes sois realmente! –comentó Pye–. Una configuración, un diseño bajo un océano interminable. Eso os obliga a volar de aquí para allá en vuestro hidroavión para visitar a vuestras identidades alternativas, pero es una solución creativa, y funciona.

–Entonces, este mar que tenemos debajo –observé–, no es realmente un mar, ¿verdad? El dibujo no existe, en realidad.

–En el espaciotiempo, nada existe en realidad –respondió

ella–. El diseño es una ayuda visual que vosotros habéis imaginado, es vuestra forma de entender las vidas simultáneas. Es una metáfora de vuelo, porque amáis volar. Cuando aterrizáis, cuando vuestro hidroavión flota sobre el dibujo y hacéis de observadores, os convertís en fantasmas en vuestros mundos alternativos. Podéis aprender de vuestros distintos aspectos sin necesidad de tomar su entorno por real. Cuando habéis aprendido lo que tenéis que aprender, recordáis el hidroavión, empujáis la palanca del acelerador hacia adelante y os elaváis en el aire, de nuevo con vuestra grandiosa perspectiva.

–¿Quién ha diseñado este.... esta configuración? –inquirió Leslie.

–Existen tantas metáforas para las vidas en el espacio-tiempo como disciplinas que os atraigan –explicó Pye–. Si os gustara la fotografía, vuestra metáfora habría podido consistir en niveles de enfoque. El enfoque hace que un punto aparezca con claridad y todo lo demás borroso. Enfocamos una vida y creemos que es la única que existe. Pero todos los restantes aspectos borrosos, los que tomamos por sueños y deseos y posibilidades no cumplidas, son tan reales como cualquier otra cosa. Nosotros decidimos a dónde enfocar.

–¿Es por eso por lo que nos facina la física –pregunté–, la mecánica cuántica, la inexistencia del tiempo? ¿Nada de ello es posible, pero todo es cierto? No hay vidas pasadas, no hay vidas futuras; enfocamos el zoom en un punto, nos creemos que se mueve y hemos inventado el tiempo. Nos dejamos absorber por la situación y pensamos que es la única vida que hay. ¿Es así la cosa, Pye?

–Te aproximas bastante –asintió.

–Entonces, podemos volar un poco más adelante –propuso Leslie–, más allá del punto donde dejamos a los jóvenes Richard y Leslie en Carmel, podemos adelantarnos a ellos y averiguar si siguieron juntos. ¡Podemos ver si ganaron todos esos años que nosotros perdimos!

–Ya lo sabéis –dijo nuestra guía del otro mundo.

–¡No lo sabemos! –protesté–. Fuimos arrancados de allí...

Pye sonrió.

–Ellos también tienen la posibilidad de elegir. Un aspecto de ellos se asusta y escapa de un futuro demasiado lleno de responsabilidades. En otro, se hacen amigos pero no amantes; en otro, se hacen amantes pero no amigos; en otro se casan y se divorcian; en otro deciden convertirse en compañeros de alma, se casan y se aman para siempre.

–Entonces, estamos aquí como una especie de turistas –observé–. No construimos el paisaje, tan sólo decidimos qué parte de él deseamos ver.

–Es una buena forma de expresarlo –asintió Pye.

–Muy bien –proseguí–. Supongamos que volamos hasta una parte del dibujo donde aterrizamos e impedimos que nuestra madre conozca a nuestro padre. Si no se conocen, ¿cómo es posible que nazcamos?

–No, Richie –objetó Leslie–, eso no impediría que naciéramos. Hemos nacido en la parte del diseño en que sí se conocieron, y nada puede alterar este hecho.

–¿No hay nada predeterminado? –inquirí–. ¿No existe el destino?

–Claro que existe el destino –contestó Pye–, pero el destino no te empuja adonde tú no quieres ir. Sois vosotros quienes decidís. El destino depende de vosotros.

–Nosotros decidiríamos volver a casa, Pye –supliqué yo–. ¿cómo podemos regresar?

Esbozó una sonrisa.

–Regresar es fácil; es como saltar de un madero. Vuestro diseño es psíquico, pero el camino de regreso es espiritual. Dejaos guiar por el amor... –Se interrumpió de pronto–. Perdón, os estoy dando una conferencia. ¿Queréis volver ahora mismo?

–Por favor.

–¡No! –saltó Leslie. Se dirigía a Pye, pero me cogió de la mano, su forma de pedirme que la escuchara–. Si lo he entendido bien, las personas que éramos nosotros de camino a Los Ángeles se hallan inmovilizadas en el tiempo. Podemos regresar a ellas cuando así lo deseemos.

–Sin duda –admití–, pero al instante siguiente viene el estallido de rayos cósmicos y aquí estamos otra vez.

–No –respondió Pye–. En el instante en que regreséis, se

modificarán un millón de variables. Cualquiera de ellas bastaría para impedir que volviera a suceder. ¿Os gustaría volver ya?

–No –repitió Leslie–. ¡Quiero aprender de esto, Richie, quiero comprender! ¡Si sólo tenemos una posibilidad entre trillones, y es ésta, hemos de quedarnos!

–Pye –quise saber–, si nos quedamos, ¿podemos sufrir daños en alguno de esos otros tiempos, podemos hacernos daño aunque seamos unos fantasmas?

–Podéis elegir eso, si así lo deseáis –reconoció ella.

–¿Elegirlo? –Lo encontré muy ominoso. Yo me tomo mis aventuras con tranquilidad. Volar hacia algo absolutamente desconocido no es una aventura, es una locura. ¿Podíamos quedar atrapados en aquel dibujo de creencias y perder el mundo que teníamos? ¿Y si nos separábamos y ya no volvíamos a encontrarnos nunca más? Las creencias pueden convertirse en pavorosas trampas. Con cierto nerviosismo, me volví hacia mi mujer–. Creo que será mejor que regresemos.

–Oh, Richie, ¿de verás quieres renunciar a esta oportunidad? ¿No has leído siempre sobre esto, tu fascinación de toda la vida, las vidas simultáneas, los futuros alternativos? ¡Piensa en lo que podemos aprender! ¿No merece eso que nos arriesguemos un poco?

Suspiré. El pasado de Leslie está lleno de valerosas elecciones en busca de la verdad y los principios. Ahora, por supuesto, ella elegiría quedarse. Sus palabras apelaban al explorador que existe en algún rincón de mi mente.

–Muy bien, cariño –consentí al fin.

El aire estaba cargado de peligros subestimados. Me sentía como un aprendiz de piloto que se dispone a practicar toneles lentos sin cinturón de seguridad.

–Dime, Pye, ¿cuántos aspectos de nosotros existen, a fin de cuentas? –inquirí.

Se echó a reír y miró por la ventanilla hacia la configuración sumergida.

–¿Cuántos puedes imaginar? Son incontables.

–¿Quieres decir que todo ese dibujo somos *nosotros*? –preguntó Leslie, estupefacta–. Hasta donde alcanza la vista, hasta donde nos lleva el avión, ¿este diseño representa *nuestras elecciones*?

Pye asintió con la cabeza.

Todavía no hemos empezado, pensé, y ya resulta increíble.

—¿Y las demás personas, Pye? ¿Cuántas vidas pueden existir en un universo?

Mi miró desconcertada, como si no comprendiera la pregunta.

—¿Cuántas vidas hay en el universo, Richard? —repitió—. Una.

cinco

¿E**STÁS SEGURA** de que no hay mapa? –pregunté.

Pye sonrió.

–No hay mapa.

Una gran parte del volar consiste en la lectura de los mapas, pensé. Marcamos un punto sobre el papel: nos encontramos aquí. Otro punto: aquí es donde queremos ir. Entre ambos puntos, un torrente de ángulos y marcaciones, distancias, rumbos y horas. Pero allí, en un país interminable que jamás habíamos visto, la brújula no funcionaba y carecíamos de mapa.

–Aquí, vuestro guía es la intuición –explicó Pye–. Hay un nivel vuestro que sabe todo lo que hay por saber. Buscad ese nivel, pedidle que os guíe y confiad en que seréis conducidos allí donde más necesitáis ir. Intentadlo.

Leslie cerró los ojos de inmediato, se relajó a mi lado mientras volábamos, e hizo todo lo posible por seguir estas instrucciones. El dibujo se desplegaba serenamente a nuestros pies, nuestra extraña pasajera permanecía sentada en silencio y mi esposa llevaba tanto rato sin decir nada que habría podido estar dormida.

–Gira a la derecha –dijo Leslie en voz baja, por fin. No me indicó si una curva cerrada o suave, no me indicó cuántos grados debía girar.

Decidí efectuar un giro suave, moví la palanca de control y el hidroavión se ladeó graciosamente para iniciar la curva.

–Suficiente –exclamó ella al cabo de unos instantes.

Las alas volvieron a nivelarse.

–Baja unos quinientos pies.

Empujé suavemente la palanca hacia adelante y nos deslizamos más cerca de las olas.

Después de todo, pensé, no es tan extraordinario. Los psíquicos que tratan de recordar otras vidas se imaginan su camino, siguen el rumbo que se les antoja correcto, cruzan muros y atraviesan puertas, hasta que llegan allí. ¿Por qué nos ha de resultar extraño utilizar este mismo poder para dirigir el Seabird, para que nos conduzca a los nosotros alternativos que nuestro guía interior más desea que conozcamos? Y, si la cosa no funciona, ¿qué podemos perder?

–Otra vez a la derecha –musitó Leslie. Luego, casi al instante, añadió–: Ahora, recto. Baja otros quinientos pies.

–Vamos a quedar justo a ras del agua –le advertí.

Ella asintió, con los ojos aún cerrados.

–Prepárate para aterrizar.

El diseño submarino no había cambiado: una infinita complejidad hasta donde alcanzaba la vista. Irisados remolinos, intersecciones y paralelas se alternaban con virajes, desvíos y ramificaciones, y tonalidades que iban del pastel al plateado. Y, cabrilleando sobre todo ello, el cristalino mar de aquel extraño mundo.

Me volví hacia Pye, pero ella me hizo un ademán para que aguardara en silencio.

–Gira a la derecha –decía Leslie–. Casi hemos llegado. Un poquitín a la izquierda... ¡Ahora, para el motor, aterriza!

Corté el gas y la quilla surcó las aguas al instante. Leslie abrió los ojos al oír el ruido del agua y miró con tanta impaciencia como yo mientras el mundo se disolvía en espuma. El Seabird desapareció, y Pye con él. Leslie y yo caímos en vertical a través de un crepúsculo dorado, atravesamos los árboles de la orilla de un río y luego la pared de una antigua casa de piedra.

Nos detuvimos en la sala de estar, gris y oscura, de techo bajo, con una chimenea cegada con tablas en un rincón, un suelo irregular de maltratada madera, una caja de naranjas que hacía las veces de mesa, un destartalado piano vertical junto a una de las paredes. Incluso la luz de la habitación parecía gris.

Una delgada joven ocupaba una vieja silla frente al piano. Su cabellera era larga y rubia, y sus ropas estaban raídas. Ante ella, el atril se hallaba repleto de gruesas partituras de Brahms, Bach, Schumann. La joven interpretaba de memoria una sonata de Beethoven, un sonido glorioso a pesar del deteriorado instrumento.

Leslie estaba anonadada.

—¡Estamos en mi casa! —susurró—, la casa de Upper Black Eddy! ¡Richie, ésa soy yo!

La miré. Mi esposa me había dicho alguna vez que durante su juventud no les sobraba la comida, pero aquella muchacha parecía al borde de la desnutrición. No era de extrañar que Leslie casi nunca volviera la vista atrás. Tampoco yo lo haría, si mi pasado hubiera sido tan sombrío.

La chica no nos vio, y siguió tocando como si estuviera en el paraíso.

Una mujer se detuvo bajo el dintel de la puerta de la cocina y escuchó la música en silencio, con un sobre abierto en la mano. Era pequeña, de hermosas facciones, pero tan delgada y raída como la joven.

—¡Mamá! —exclamó Leslie, con voz entrecortada.

La mujer no nos vio, no respondió. Permaneció donde estaba, escuchando en silencio, hasta que la música hubo terminado.

—Cariño, es hermosísimo —dijo a la espalda de la chica, meneando tristemente la cabeza—. De veras que lo es, y estoy orgullosa de ti. ¡Pero la música no tiene ningún porvenir!

—Mamá, por favor... —suplicó la muchacha.

—Tienes que ser realista —prosiguió su madre—. Los pianistan van a cinco centavos la docena. Acuérdate de lo que te dijo el cura; su hermana nunca pudo ganarse la vida con el piano. ¡Y eso después de años y años de estudio!

–¡Oh, mamá! –La chica alzó sus brazos hacia el techo, en un gesto de exasperación–. ¡No me vengas otra vez con esa historia! ¿Es que no te das cuenta de que la hermana del cura es una pianista horrorosa? ¡No puede ganarse la vida con el piano porque toca *muy mal*!

–¿Sabes cuánto tendrás que estudiar? –continuó su madre, sin hacerle caso–. ¿Sabes cuánto cuestan las clases?

La joven apretó los dientes, clavó la vista en sus partituras y asintió con rabia.

–Sé exactamente lo que cuestan. Ya tengo tres trabajos, mamá, y conseguiré el dinero.

La mujer suspiró.

–No te enfades conmigo, hija. Sólo intento ayudarte. No quiero que desprecies tus mejores oportunidades, como hice yo, y luego tengas que lamentarlo toda tu vida. Envié tu foto a Nueva York porque sabía que ésa podía ser tu salida. ¡Y lo que importa es que has ganado! ¡Te han *aceptado*! –Dejó el sobre en el atril–. Míralo, al menos. Tienes la oportunidad de trabajar de modelo para una de las mayores agencias de Nueva York y terminar de una vez con tantos sacrificios... empleos de camarera y limpiar casas y matarte a trabajar.

–¡Yo no estoy *matándome* a trabajar!

–¡Mírate! Estás delgada como un palillo. ¿Crees que puedes seguir así, tratando de sacar la escuela en dos días a la semana, yendo y volviendo constantemente a Filadelfia porque no te puedes permitir el quedarte allí más de una noche por semana? ¡Pues no puedes! ¡Sólo tienes diecisiete años y ya estás agotada! ¿Por qué no atiendes a razones?

La chica siguió sentada rígidamente y en silencio. Su madre la contemplaba, mientras sacudía la cabeza con desconcierto.

–Cualquier chica daría lo que fuera por llegar a ser modelo, ¡y tú lo rechazas! Escúchame, cariño. Acepta este empleo. Inténtalo durante un año o así y ahorra todo lo que puedas, y *luego*, si todavía sigues interesada, puedes volver a tu música.

La muchacha cogió el sobre y se lo devolvió por encima del hombro sin mirarlo siquiera.

48

–No quiero ir a Nueva York –declaró, tratando de contener su cólera–. No me importa si he ganado o no. No quiero ser modelo. Y no me asusta luchar si eso es lo que debo hacer para dedicarme a lo que amo.

Su madre le arrancó la carta de entre los dedos, agotada toda su paciencia.

–¿Es que no puedes pensar más que en ese piano?

–¡*Sí*!

La joven puso fin a la conversación con sus manos, llenando la sala con los sonidos de las páginas que tenía ante ella, con dedos como mariposas por un instante, como acero en el siguiente. ¿Cómo es posible, pensé, que unos brazos tan delgados tengan tanta fuerza?

Su madre la contempló unos segundos, sacó la carta del interior del sobre, lo dejó sobre la caja de naranjas y salió por la puerta de atrás. La chica siguió tocando.

Por lo que Leslie me había contado yo sabía que al día siguiente tenía que dar un recital en Filadelfia. Se levantaría a las cuatro de la madrugada para emprender un viaje de noventa kilómetros, seis horas a pie y trolebuses y autobuses. Se pasaría todo el día con sus clases, y por la noche tocaría en el recital. Después, dormiría en la estación de autobuses hasta que llegara la hora de ir a clase a la mañana siguiente, y se ahorraría así el precio de una habitación para comprar más música.

Leslie me dejó de repente y anduvo hasta situarse al lado de la joven, que no le prestó atención.

Contemplé fascinado la música del atril y me sorprendió que todas las partituras fueran *nuevas*. ¡Qué extraño!, pensé. Son los mismos libros... ¡Hoy mismo he pasado sus amarillentas páginas sobre nuestro piano!

Por fin, la muchacha se volvió hacia Leslie; una cara pálida y encantadora, con rasgos finos como los de su madre y unos ojos azules que brillaban de resentimiento.

–Si viene usted de la agencia de modelos –comenzó, al borde de la ira–, la respuesta es no. Muchas gracias, pero no.

Leslie negó con la cabeza.

–No soy de Conover –respondió.

La muchacha la observó durante un largo instante y, de pronto, se puso de pie con la boca abierta por el asombro.

–Tú eres... ¡Te pareces a mí! –exclamó–. ¡Tú *eres* yo! ¿No es cierto?

Mi esposa asintió.

La muchacha la estudió con detenimiento.

–¡Pero has crecido!

De pie, rodeada de su pobreza y sus sueños, contempló su futuro, miró en silencio a mi esposa y, por último, el pétreo muro de determinación se vino abajo.

Se dejó caer de nuevo en su asiento, hundió el rostro entre las manos y sollozó.

–¡Ayúdame! ¡Por favor, ayúdame!

seis

MI ESPOSA se arrodilló junto a la niña que había sido, mirándola con dulzura.

–Todo va bien –la consoló, con voz alentadora–. Todo se arreglará. ¡Eres una chica muy afortunada! ¡De veras que los eres!

La joven enderezó la espalda, la observó con expresión de incredulidad y se enjugó las lágrimas con el dorso de la mano.

–¿Afortunada? ¿A esto le llamas ser afortunada? –Por entre los surcos de las lágrimas, casi se echó a reír de esperanza.

–Afortunada, con talento, privilegiada. ¡Has descubierto aquello que amas! Muy poca gente lo encuentra a tu edad. Algunos, no lo descubren *nunca*. Y tú ya lo sabes.

–La música.

Mi esposa hizo un gesto de asentimiento.

–Tienes unos dones muy valiosos: tienes talento, eres brillante, amas tu música y posees tanta determinación. ¡Nada podrá detenerte!

–¿Por qué tengo que ser tan *pobre*? Si al menos... Este piano es... ¡Escucha! –Tocó el teclado cuatro veces, ocho notas en octavas ascendentes. Hasta yo me di cuenta de cuáles tenían las cuerdas rotas por dentro–. Dos teclas no suenan en absoluto, y ni siquiera tenemos dinero para... –Golpeó el amarillento teclado con el puño–. ¿*Por qué*?

–Para que puedas demostrar que la determinación, el amor y el esfuerzo son capaces de elevarte sobre la pobreza y la desesperación. Y quizás algún día conocerás a una niña que esté viviendo en esta pobreza, y cuando te diga «oh, para ti todo es muy fácil porque eres una pianista famosa, eres rica, pero yo no tengo bastante para comer, tengo que practicar con un piano inservible...», tú podrás comunicarle tu experiencia, *ayudarla* a salir adelante.

La chica reflexionó sobre estas palabras.

–Estoy quejándome –observó–, y no sé por qué. ¡*Detesto* a las quejicas!

–Conmigo puedes quejarte –la tranquilizó Leslie–, no pasa nada.

–¿Podré salir adelante? ¿Tendré éxito? –quiso saber la joven.

–Las decisiones son tuyas, incluso más de lo que supones. –Leslie me miró de soslayo–. Si no abandonas nunca lo que de verdad te importa, si te importa tanto que estás dispuesta a luchar con todas tus fuerzas para conseguirlo, te prometo que tendrás mucho éxito en la vida. Una vida dura, porque la excelencia no es fácil, pero una vida buena.

–¿Podría tener una vida mala, pero fácil?

–Ésa es otra de las posibilidades.

Los ojos de la muchacha centellearon de picardía.

–¿Y una vida fácil y feliz?

Ambas se echaron a reír.

–Es posible –admitió Leslie–. Pero no creo que tú eligieras una vida fácil, ¿verdad?

La joven la miró con expresión aprobadora.

–Quiero hacer exactamente lo mismo que hiciste tú.

–No –protestó Leslie, con una melancólica sonrisa–. Sigue tu propio camino, traza tu propio rumbo.

–¿Eres feliz?

–¡Sí!

–Entonces, quiero hacer lo mismo que tú.

Leslie estudió a la chica unos instantes, decidió confiarle la verdad y prosiguió:

–No sé si te gustaría. He pasado épocas tan malas que no quería seguir viviendo. Y muchas. A veces, intenté acabar con todo...

–¡También yo! –estalló la chica.

–Ya lo sé –replicó Leslie–. ¡Ya sé lo difícil que es para ti vivir!

–Pero tú lo has conseguido. ¿Cómo?

Leslie se incorporó y se alejó unos pasos, avergonzada de confesárselo.

–Acepté la oferta de Conover. Abandoné el piano.

La chica también se puso en pie, atónita, incapaz de creer lo que acababa de oír.

–Pero, ¿cómo *pudiste*? Y... ¿Y el amor, y la determinación?

Leslie regresó a su lado.

–Ya sé cómo te las apañas en Filadelfia: duermes en la terminal de autobuses, gastas en música el dinero del alojamiento y la comida. Mamá se desmayaría si lo supiera. Estás constantemente al borde del desastre.

La muchacha asintió.

–Yo hacía lo mismo –prosiguió Leslie–. Luego, me falló uno de los empleos y no pude salir adelante, ni siquiera pasando hambre. Estaba desesperada, furiosa, pero tuve que aceptar la realidad: mamá tenía razón.

»Me prometí que iría a Nueva York sólo por un año, que trabajaría noche y día, que ahorraría hasta el último centavo y ganaría lo suficiente para aguantar hasta conseguir el título... –La frase terminó en un añorante recuerdo.

–Pero, ¿no ganaste nada?

–Al contrario: gané mucho. El éxito cayó sobre mí como un chaparrón. Primero modelo, luego la televisión... Al cabo de un año, me encontraba en Hollywood haciendo cine, contratada por la Twentieth Century-Fox. Pero aquello era el éxito en una profesión que yo no amaba. Jamás llegué a sentirme lo bastante buena o lo bastante bonita; jamás sentí que ése era mi lugar.

»Podía ayudar a mi familia, de modo que me resultaba injustificable dejar el trabajo para volver a dedicarme a la música. Pero tampoco decidí seguir con las películas, sino que simplemente me limité a *quedarme*; fue una decisión por inhibición.

Hizo una pausa para rememorar su pasado.

–No tenía el corazón puesto en aquello, ya comprendes, de manera que sólo podía consentirme a mí misma una limitada cantidad de éxito. Cada vez que la cosa amenazaba con ir más lejos, rechazaba un gran papel, o me escapaba, o me ponía enferma... Hacía cualquier cosa con tal de estropearlo. Nunca tuve una determinación clara de triunfar.

Se produjo un largo silencio, durante el cual ambas reflexionaron sobre lo que acababa de decir.

–Pero, ¿cómo habría podido lamentarme de todas las cosas buenas que me sucedían? No podía decírselo a nadie. Me sentía sola. Fui desdichada durante años. –Suspiró–. Ya lo ves. Cuando abandoné la música, conseguí todo el éxito que era capaz de soportar. Tuve aventuras, desafíos y emociones, y aprendí muchísimo...

–La cosa no suena tan mal –observó la joven.

Mi esposa asintió.

–Ya lo sé. Por eso resultaba tan difícil de comprender, tan difícil de abandonar. Pero al cabo de los años me percaté de que al renunciar a la música había renunciado a mi oportunidad de vivir una vida gozosa y pacífica haciendo lo que en realidad amaba. Renunciado por un largo tiempo, al menos.

Escuché con sorpresa. Hasta aquel momento no había caído en la cuenta de lo que hubiera podido suceder, de lo que mi esposa había dejado de lado para saltar de la música a su incierta carrera en Hollywood.

La joven parecía completamente confundida.

–Bueno, eso fue cierto para ti, pero ¿sería también cierto para mí? ¿Qué debo hacer *yo*?

–Eres la única persona del mundo que puede responder a esta pregunta. Averigua lo que de verdad quieres, y hazlo. No malgastes veinte años de tu vida en vivir a base de decisiones por inhibición cuando tienes la posibilidad de decidir en este mismo instante el avanzar en la dirección de tu amor. *¿Qué es lo que verdaderamente quieres?*

La chica respondió de inmediato.

–Quiero aprender. Quiero ser excelente en lo que haga. ¡Quiero darle al mundo algo especial!

–Así será. ¿Qué más?

–Quiero ser feliz. No quiero ser pobre.

–Sí. ¿Qué más?

Empezaba a introducirse en el juego.

–Quiero creer que existe alguna razón válida para vivir, algún principio capaz de guiarme tanto en los malos tiempos como en los buenos. Y no se trata de la religión, porque ya lo he intentado, te aseguro que sí, y en vez de respuestas sólo saben decirme, «has de tener fe, hija mía».

Leslie frunció el entrecejo, recordando su pasado.

La joven, repentinamente tímida, prosiguió:

–Quiero creer que existe alguien más en el mundo que se siente tan solo como yo. Quiero creer que nos encontraremos y... y nos amaremos, y ya no volveremos a estar solos.

–Escucha –dijo mi mujer–. Todo lo que acabas de decir, todo lo que quieres creer, *ya es cierto ahora*. Puede que tardes algún tiempo en encontrar según qué cosas, y según qué cosas pueden retrasarse aún más, pero eso no impide que sea todo cierto en este mismo instante.

–¿Incluso lo de la persona a quien amar? ¿Existe verdaderamente alguien para mí? ¿También eso es cierto?

–Se llama Richard. ¿Te gustaría conocerlo?

–¿Conocerlo *ahora*, quieres decir? –preguntó, con ojos maravillados.

Mi esposa alzó una mano hacia mí. Yo avancé hacia la joven, contento de que aquel aspecto de una persona tan querida deseara conocerme.

Ella me observó sin decir palabra.

–¡Hola! –la saludé, un poco desconcertado yo mismo. ¡Qué extraordinario me resultaba contemplar aquella cara, tan distinta a la de la mujer que yo amaba, y a la vez tan idéntica!

–Parece usted... pareces demasiado... muy mayor para mí. –Finalmente, encontró una forma política de decir «viejo».

–Cuando llegues a conocerme, te encantarán los viejos –argüí.

–¡A mí *no* me encantan los viejos! –protestó mi esposa, mientras me rodeaba la cintura con los brazos–. Me encanta *este* viejo en particular...

La chica nos contemplaba.

–Si puedo preguntároslo... ¿sois verdaderamente felices juntos? –Lo dijo como si le resultara difícil de creer.

–Más felices de lo que puedas imaginar –contesté.

–¿Cuándo te conoceré? ¿Dónde? ¿En el conservatorio?

¿Debía decirle la verdad? ¿Que aún tenían que pasar otros veinticinco años, un matrimonio fracasado, otros hombres? ¿Que antes de encontrarnos, aquella muchacha apoyada en su tronado piano aún debería esperar tantos años como había vivido y la mitad más?

Interpelé a mi esposa con la mirada.

–Todavía falta bastante tiempo –respondió ella suavemente.

–Oh.

Todavía falta bastante tiempo tenía que haberla hecho sentir más sola que nunca.

Se volvió hacia mí.

–¿Y qué decidiste ser tú? –quiso saber–. ¿También eres pianista?

–No –confesé–. Soy piloto de avión...

La chica miró a Leslie de soslayo, decepcionada.

–... pero estoy aprendiendo a tocar la flauta.

Evidentemente, los flautistas aficionados no la impresionaban demasiado. Pasando a otro tema, resuelta a descubrir mi faceta más interesante, se inclinó hacia mí y, con gran seriedad, me preguntó:

–¿Qué puedes enseñarme? ¿Qué sabes?

–Sé que todos estamos en una escuela. Y tenemos ciertas asignaturas obligatorias: supervivencia, alimentación y cobijo –respondí, lleno de intención. Ella me dedicó una sonrisa culpable, consciente de que había escuchado sus secretos para ahorrar dinero–. ¿Sabes qué más sé?

–¿Qué?

–Ni argumentos, ni realidades ni discusiones te harán cambiar de opinión. Para nosotros es fácil responder a tus problemas; todos los problemas son fáciles una vez que has encontrado la solución. Pero aunque tu propia persona futura se materialice de la nada ante ti y te cuente palabra por palabra lo que vas a encontrar en los próximos treinta años, eso no cambiará tus opiniones. Lo único que puede hacerlas cambiar es tu propia intuición personal.

–¿Y quieres que aprenda eso de ti? –Se echó a reír–. Toda mi familia me tiene por terca y empecinada. No les gustaría nada oír que me alientas.

–¿Por qué te parece que hemos venido a verte? –preguntó Leslie.

–¿Quizá porque creéis que voy a matarme? –sugirió–. Porque habríais querido que algún personaje del futuro se os apareciera a *vosotros* cuando teníais mi edad y os anunciara, «no te preocupes, lograrás sobrevivir». ¿No es eso?

Leslie asintió.

–Os prometo sobrevivir –prosiguió la chica–. Mejor aún, ¡os prometo que os alegraréis de que haya vivido, os prometo que estaréis orgullosos de mí!

–¡Ya estoy orgullosa de ti! –exclamó Leslie–. Los dos lo estamos. Mi vida se encontraba en tus manos, y no me dejaste morir, no te rendiste cuando todo a tu alrededor era desesperación. Quizá no hemos venido a salvarte, quizás hemos venido a agradecerte que nos abrieras el camino, que hicieras posible que Richard y yo llegáramos a conocernos y a ser tan felices. Quizás hemos venido a decirte que te queremos.

El mundo comenzó a temblar a nuestro alrededor. Los contornos de aquel deslustrado escenario se difuminaron y nos sentimos arrancados de allí. La chica comprendió que nos íbamos y en sus ojos brillaron las lágrimas.

–¿Os volveré a ver alguna vez?

–Eso esperamos... –musitó Leslie, entre sus propias lágrimas.

–¡Gracias por haber venido! –nos gritó–. ¡Muchas gracias!

Entonces debió perdernos de vista, pues, como entre brumas, la vimos inclinar la frente y apoyarse sobre el piano. Luego, se sentó de nuevo en la vieja silla y sus dedos comenzaron a moverse por el teclado.

siete

LA INHÓSPITA habitación se desvaneció entre una nube de espuma y el rugido del motor en nuestros oídos.

Pye retiró la mano de la palanca del acelerador, se instaló en el asiento de atrás y nos dirigió una mirada de cálido aliento.

–¡Qué vida más dura llevaba! –exclamó Leslie, mientras se enjugaba las lágrimas–. ¡Y qué sola estaba! ¿Es justo que disfrutemos nosotros de las recompensas de su valentía y sus esfuerzos?

–Recuerda que ella misma ha elegido esa vida –apuntó Pye–. Y también ha elegido las recompensas.

–¿Recompensas? –se extrañó Leslie.

–¿Acaso no forma parte de ti en este mismo instante?

Por supuesto, pensé. Su deleite en la música, su carácter tenaz y obstinado, incluso su cuerpo, conformado y pulimentado por años de decisiones... ¿acaso ella no se sentaba también entre nosotros, allí en pleno vuelo?

–Supongo que sí –concedió Leslie–. Pero no puedo por menos que preguntarme que le ocurrió finalmente...

–Le ocurrió todo –explicó Pye–. Siguió con la música y no siguió, fue a Nueva York y no fue, es una célebre pianista de concierto, se quitó la vida, es profesora de matemáticas, es una estrella de cine, es una activista política, es embajadora en Argentina. En cada encrucijada de vuestras vidas, cada vez que tomáis una decisión, os convertís en padres de todos los yos alternativos que surgen a continuación. Tú sólo eres una más entre sus hijas.

Nivelé el aparato a unos centenares de pies sobre la superficie de las aguas y tiré de la palaca hacia atrás para reducir a velocidad de crucero. Cuando todo el mundo es un inmenso lugar de aterrizaje, no hace falta remontarse a mucha altura.

Abajo, el diseño seguía desplegándose, con nuevas sendas y colores bajo el agua.

–Complicado, ¿verdad? –comenté.

–Es como un tapiz –observó Pye–. Hilo a hilo, es muy sencillo. Pero prueba a tejerlo a metros y la cosa se enmaraña un poco.

–¿Echas de menos a tus yos anteriores? –le pregunté a nuestra guía–. ¿Nos echas de menos a nosotros?

Sonrió.

–¿Cómo podría echaros de menos, si nunca nos hemos separado? Yo no vivo en el espaciotiempo. Siempre estoy con vosotros.

–Pero Pye –objeté–, tú tienes cuerpo. Tal vez no sea como los nuestros, pero posee cierto tamaño, cierto aspecto...

–No. Yo no tengo cuerpo. Vosotros percibís mi presencia, y elegís percibirla en términos de un cuerpo. Existe una inmensa gama de maneras distintas que también habríais podido elegir, todas ellas útiles, ninguna cierta.

Leslie volvió el rostro hacia ella.

–¿Qué otra percepción más elevada habríamos podido elegir, por ejemplo?

Yo también me giré, y vi una estrella blanquiazulada de pura luz, un arco voltaico en el interior de la carlinga. El mundo se puso incandescente.

Apartamos bruscamente la vista. Apreté con fuerza los

párpados, pero el destello de luz seguía refulgiendo. Después, el fuego se apagó, Pye nos tocó en el hombro y pudimos ver de nuevo.

–Lo siento –se disculpó–. Lo he hecho sin pensar. No podéis verme tal como soy, no podéis tocarme tal como soy. No podemos hablar con palabras y decir toda la verdad, porque el lenguaje no alcanza a describir... Para mí, decir «yo» sin darle a esta palabra el significado de «vosotros-nosotros-todos-espíritu-Uno» es decir una mentira, pero no hablar con palabras es desaprovechar esta oportunidad de hablar. Mejor una mentira bienintencionada que el silencio, o que no hablar en absoluto...

Mis ojos todavía estaban deslumbrados por aquel fulgor.

–¡Dios mío, Pye! ¿Cuándo aprenderemos nosotros a hacer *eso*?

Se rió.

–Ya sois así. Lo que habéis tenido que aprender en el espaciotiempo es la manera de mantener vuestra luz apagada.

Me sentía más intrigado que nunca, y me inquietaba el tener que depender de aquella persona. Por muy amable que pareciera mostrarse, tenía en sus manos el control de nuestras vidas.

–Pye, cuando queramos regresar de los yo alternativos en los que aterrizamos, ¿cómo podemos poner en marcha el avión para que nos saque cuando *nosotros* lo decidamos?

–No necesitáis el hidroavión ni el océano, pero vosotros los creáis con vuestra imaginación y hacéis con ello lo que os antoja. Y el mundo asemeja ser como vosotros lo imagináis.

–¿Quieres decir que me basta imaginar que tiro de la palanca? ¿Cómo puedo tirar de la palanca si me encuentro en otro mundo? ¿Cómo puedo estar en dos sitios a la vez? Si tú no nos hubieras sacado de allí, nos habríamos quedado atrapados en 1952.

–No estáis en dos sitios a la vez, estáis al mismo tiempo en todas partes. Sois vosotros quienes gobernáis vuestros mundos, y no a la inversa. ¿Os gustaría probar otra vez?

Leslie me tocó la rodilla y tomó los controles.

–Prueba tú ahora –propuso–. Dime hacia dónde quieres que vuele.

Me arrellané en el asiento y cerré los ojos.

–Recto hacia adelante –respondí, sintiéndome un poco tonto. Lo mismo habría podido decir recto hacia arriba.

El zumbido del motor nos arrulló durante algún tiempo. Luego, aunque seguía sin ver nada, en la oscuridad apareció cierta sensación de propósito.

–Gira a la derecha –dije–. Muy a la derecha.

Sentí ladearse el aparato cuando empezó a girar, y comencé a divisar unos hilos luminosos, una fina hebra de bruma que se extendía verticalmente, otra en horizontal. Nos hallábamos a la izquierda de donde se cruzaban, cerca del centro.

–Muy bien. Reduce.

La cruz derivaba hacia abajo y se hacía cada vez más nítida.

–Empieza a bajar. Un poco a la izquierda...

La imagen mental se había vuelto tan clara como los indicadores de aproximación en un aterrizaje por instrumentos. ¡Cuán real nos parece nuestra imaginación!

–Un poco más abajo –añadí–. Estamos en rumbo de aterrizaje, en la línea central. A ver... Algo más a la izquierda... Deberíamos estar a punto de tocar la superficie, ¿verdad?

–A unos pies apenas –asintió Leslie.

–Muy bien. Ahora, para el motor.

Oí el roce de las olas sobre la quilla del hidroavión y abrí los ojos a tiempo de ver desaparecer el mundo, envuelto en espuma. Luego, todo se volvió de un negro movedizo, con confusas siluetas plateadas que se estremecían en la oscuridad hasta que nos detuvimos por completo.

Nos encontramos sobre una extensa superficie de hormigón... ¡una base aérea! Luces azules que bordeaban las pistas de rodaje, pistas de despegue y aterrizaje, inmóviles reactores de combate plateados bajo la luz de la luna.

–¿Dónde estamos? –susurró Leslie.

Los reactores, una hilera tras otra, eran Sabres F-86F de las fuerzas norteamericanas. Supe al instante dónde nos encontrábamos.

–Estamos en la base Williams de las fuerzas aéreas, en Arizona. Escuela de tiro para pilotos. Es el año 1957 –murmuré–. Yo acostumbraba a salir de noche a pasear por aquí, sólo para estar cerca de los aviones.

–¿Por qué hablamos en susurros? –preguntó ella.

En aquel momento, del extremo de una hilera surgió un jeep de la Policía Aérea que patrullaba por las pistas y se dirigió hacia nosotros. En seguida, redujo la velocidad, rodeó un avión estacionado a nuestra derecha y se detuvo.

Aunque no alcanzábamos a ver el policía, nos llegó su voz.

–Perdón, señor. ¿Le importaría mostrarme su documento de identidad?

Sonó otra voz más grave, unas cuantas sílabas que no llegamos a entender.

–Está hablando conmigo –le expliqué a Leslie–. Me acuerdo de esto...

–Desde luego, señor –respondió el policía–. Es sólo una comprobación de rutina. No hay ningún problema.

Al cabo de unos instantes, el conductor hizo retroceder el jeep para apartarse del ala, metió una marcha corta, aumentó las revoluciones del motor y salió por detrás del aparato. Si nos vio allí, en pie, no dio ninguna muestra de ello. Antes de que pudiéramos hacernos a un lado, los faros se convirtieron en deslumbrantes soles que se abalanzaban hacia nosotros.

–¡CUIDADO! –grité, pero demasiado tarde. Leslie lanzó un chillido.

El jeep nos embistió de frente, pasó a través de nosostros sin la menor vacilación y se alejó, todavía acelerando.

–Oh –exclamé–. Lo había olvidado. Lo siento.

–¡Resulta difícil acostumbrarse! –respondió ella, sin aliento.

Una silueta rodeó el morro del reactor.

–¿Quién anda ahí? ¿Está usted bien?

Vestía un mono de vuelo de nylon azul oscuro y una cazadora, y bajo la espectral claridad de la luna él mismo semejaba un fantasma. En la chaqueta ostentaba las blancas alas de piloto y los galones amarillos de subteniente.

–Ve tú –me sugirió Leslie, en un susurro–. Yo te espero aquí.

Asentí en silencio y le di un afectuoso abrazo.

–Estoy bien –contesté mientras daba la vuelta a una de las alas para reunirme con él–. ¿Permiso para acompañarle? –Al oírme hablar como un cadete, después de tantos años, no pude contener una sonrisa.

–¿Quién es usted?

¿Por qué había de hacerme preguntas difíciles?

–Señor –contesté–, el subteniente Bach, Richard D., A-O-Tres-Cero-Ocho-Cero-Siete-Siete-Cuatro, señor.

–¿Eres tú, Mize? –Contuvo una risita–. ¿Cómo es que andas por aquí haciendo el payaso a estas horas?

Se refiere a Phil Mizenhalter, pensé. Fue un buen amigo. Dentro de diez años estará muerto, derribado sobre el Vietnam con su F-105.

–No soy Mize –repliqué–. Soy Richard Bach, y he venido desde tu futuro. Dentro de treinta años contados desde esta noche.

Escrutó la oscuridad.

–¿*Qué* has dicho?

Si seguimos dedicándonos a esto, pensé, tendremos que acostumbrarnos a esa pregunta.

–Yo soy tú, teniente. Soy tú mismo con un poco más de experiencia. Soy quien cometió todos los errores que vas a cometer, y que de un modo u otro logró sobrevivir.

Avanzó hacia mí, estudiándome en la penumbra, pensando todavía que aquello era una broma.

–¿Qué yo voy a cometer errores? –repitió con una sonrisa–. Eso me resulta difícil de creer.

–Llámalos experiencias de aprendizaje imprevistas.

–Creo que puedo manejarlos –replicó.

–Ya has cometido el mayor de todos –proseguí–. Te has unido a los militares. Si lo dejaras ahora mismo darías una muestra de astucia. No, no de astucia. Si lo dejaras ahora mismo, darías una muestra de sabiduría.

–¡Ja! –se mofó–. ¡Acabo de graduarme en la escuela de vuelo! Aún no puedo creer que soy un auténtico piloto de las fuerzas aéreas, ¿y tú pretendes que lo deje? Ésta sí que es buena. ¿Qué más puedes decirme? –Si tomaba aquello por un juego, parecía dispuesto a seguirlo.

–Muy bien. En el pasado que recuerdo, yo creía que utilizaba las fuerzas aéreas para aprender a volar, pero la realidad es que las fuerzas aéreas me utilizaban a mí, y yo no lo sabía.

–¡Pero yo sí lo sé! –exclamó–. ¡Sucede que amo a mi patria, y si hay una lucha para defender su libertad yo quiero tomar parte en ella!

–¿Te acuerdas del teniente Wyeth? Háblame del teniente Wyeth.

Me dirigió una mirada de soslayo, obviamente incómodo.

–Se llamaba Wyatt –me corrigió–. Instructor de teoría de vuelo. Algo debió de ocurrirle en Corea, y se volvió un poco loco. Un día se puso delante de la clase y escribió en la pizarra, con grandes letras: «¡ASESINOS!». Luego se volvió, con una cara como una calavera sonriente, y nos dijo: «Eso sois vosotros». Se llamaba Wyatt.

–¿Sabes qué descubrirás en el futuro, Richard? –le pregunté–. Vas a descubrir que el teniente Wyatt era la persona más cuerda que nunca encontrarás en las fuerzas aéreas.

El joven meneó la cabeza.

–¿Sabes tú una cosa? –comenzó–. De vez en cuando, trato de imaginar cómo sería si pudiera conocerte, hablar con el hombre que voy a ser dentro de treinta años. Tú no eres como él. ¡En absoluto! ¡Él se siente orgulloso de mí!

–Yo también me siento orgulloso de ti –aduje–. Pero no por las razones que tú crees. Me siento orgulloso porque estás actuando de la mejor manera que sabes y puedes. Pero no me enorgullece que lo mejor que sepas hacer sea ofrecerte voluntario para ir a matar gente, para escupir metralla y misiles y napalm sobre aldeas llenas de mujeres y niños aterrorizados.

–¡Yo no haré nunca tal cosa! –protestó–. Lo mío serán misiones de defensa aérea diurna en combate aire-aire.

No dije una sola palabra.

–Bueno, la defensa aérea es lo que me gustaría hacer...

Me limité a contemplarlo fijamente en la oscuridad.

–Oye, mira, yo sirvo a mi patria y haré lo que...

–Podrías servir a tu patria de diez mil maneras distintas –le corté–. Vamos, hombre, ¿por qué estás aquí? ¿Eres lo bastante honrado como para reconocerlo siquiera ante ti mismo?

Vaciló un breve instante.

–Quiero volar.

–Ya sabías volar antes de alistarte en las fuerzas aéreas. Hubieras podido dedicarte a pilotar un Piper Cub o un Cessna.

–Esos aparatos no son... lo bastante rápidos.

–No son como las fotos de los carteles de reclutamiento, ¿eh? Los Cessna no son como los aviones de las películas.

–No –dijo finalmente.

–Entonces ¿por qué estás aquí?

–El perfeccionamiento de las capacidades... –Se interrumpió, dipuesto a ser todo lo sincero que pudiera–. Los cazas a reacción tienen algo especial. Hay en ellos una gloria que ninguna otra cosa posee.

–Háblame de la gloria.

–La gloria viene del... del dominio del aparato. Al volar con este avión... –Dio unas palmadas cariñosas en el ala del Sabre–. Bueno, no estoy chapoteando en el fango, no estoy atado a escritorios, edificios ni nada de lo que hay sobre la tierra. Allí, a cuarenta mil pies de altitud, donde prácticamente ningún ser vivo ha estado jamás, puedo ser más rápido que el sonido. Algo en mi interior sabe que no somos criaturas terrestres, sabe *que no tenemos límites*, y lo más cerca que puedo llegar de vivir como yo sé que es cierto está en volar en uno de estos aparatos.

Naturalmente. Por eso había buscado la velocidad, el deslumbramiento, el fulgor. Nunca lo había expresado en palabras, nunca lo había pensado. Pero eso era lo que sentía.

–No me gusta nada que les cuelguen bombas a los aviones –prosiguió–, pero no puedo impedirlo. De no ser así, las máquinas como ésta ni siquiera existirían.

Sin ti, pensé, la guerra moriría. Alcé una mano hacia el Sabre. Hasta el día de hoy, sigo considerándolo el avión más hermoso que jamás se haya construido.

–Es magnífico –comenté–. Un magnífico cebo.

–¿Cebo?

–Los reactores son el cebo. Tú eres el pez.

–Entonces, ¿cuál es el anzuelo?

–El anzuelo va a matarte cuando lo descubras –respondí–. El anzuelo es que tú, Richard Bach, ser humano, eres personalmente responsable de todos los hombres, mujeres y niños que matarás con este aparato.

–¡Espera un poco! ¡Yo no soy el responsable, ni tengo nada que ver con este tipo de decisiones! Me limito a cumplir las órdenes.

–La guerra no es una excusa, las fuerzas aéreas no son una excusa, las órdenes no son una excusa. Cada uno de estos asesinatos te acosará hasta el momento de tu muerte; todas las noches te despertarás gritando, matándolos de nuevo, una y otra vez.

Se puso rígido.

–Escucha, sin las fuerzas aéreas, si nos atacan... ¡Estoy aquí para proteger nuestra *libertad*!

Antes has dicho que estabas aquí porque querías volar, y por la gloria.

–El hecho de que yo vuele protege a mi patria...

–Eso es lo que dicen los otros, palabra por palabra. Los soldados rusos, los soldados chinos, los soldados árabes, los soldados que quieras del país que quieras. Ellos también se aprenden la lección. Defender a la patria, defender la tierra natal contra «ellos». ¡Pero sus «ellos», Richard, eres *tú*?

Su arrogancia se desvaneció de pronto.

–¿Recuerdas las maquetas de aeromodelismo? –preguntó, casi suplicante–. Un millar de modelos, y en cada uno de ellos volaba una minúscula parte de mí. ¿Te acuerdas de cómo trepaba a los árboles, mirando hacia abajo? Yo era el pájaro que esperaba el momento de volar. ¿Te acuerdas de cuando te lanzabas del trampolín y fingías que volabas? ¿Recuerdas tu primer vuelo en el Globe Swift de Paul Marcus? Durante varios días, el mundo no volvió a ser como antes. ¡Ya nunca ha vuelto a ser como antes!

–Así es como está previsto –asentí.

–¿Previsto?

–En cuanto aprendiste a ver, imágenes. En cuanto aprendiste a escuchar, cuentos y canciones. En cuanto aprendiste a leer, libros, carteles y letreros, banderas y películas y estatuas y tradiciones, clases de historia, jura lealtad, saluda a la bandera. Estamos Nosotros y están Ellos. Ellos nos harán daño si no estamos alerta, recelosos, encolerizados, armados. Cumple tus órdenes, haz lo que te dicen, defiende a tu patria.

»Alienta la curiosidad infantil del adolescente hacia las máquinas que se mueven: automóviles, barcos, aviones. Luego, reúne los ejemplares más excelentes de todas estas máquinas mágicas en un solo lugar: en manos de los militares, en las fuerzas armadas de todos los países del mundo. Mete a los conductores en tanques de un millón de dólares; envía a los amantes del mar a capitanear los cruceros nucleares; ofrece a los aprendices de piloto, a ti, Richard, los aviones más veloces de la historia, todo para ti, y podrás llevar este casco con visor tan espléndido y pintar tu propio nombre en el fuselaje, bajo la carlinga.

»Te azuzan para que sigas: *¿Eres lo bastante bueno? ¿Eres lo bastante duro?* Te adulan: *¡Piloto de élite! ¡Tirador de primera!* Te envuelven en banderas; te prenden unas alas sobre el bolsillo, unos galones en los hombros y te cuelgan unas medallas con cintas de colorines por hacer exactamente lo que dicen aquellos que mueven tus hilos.

»Los carteles de reclutamiento no deben someterse a ningún reglamento de veracidad. Las fotos muestran aviones a reacción. No dicen, en cambio, que si no te matan mientras pilotas ese aparato tendrás que morir en la cruz de tu responsabilidad personal hacia las personas que has asesinato con él.

»No estoy hablando de ningún tonto desconocido, Richard; me refiero a *ti*, que estás tragándote el cebo y orgulloso de ello. Ufano con tu elegante uniforme azul como un pez vela en libertad, enganchado a este bello y glorioso avión, arrastrado por el hilo hacia tu propia muerte, tu orgullosa, agradecida, honorable, patriótica, absurda y estúpida muerte.

»Y a los Estados Unidos no les importará, a las fuerzas aéreas no les importará y al general que da las órdenes tampoco le importará. El único que alguna vez va a preocuparse por haber matado a las personas que vas a matar eres tú mismo. Tú y ellos y sus familias. Bonita gloria, Richard...

Giré sobre mis talones y me alejé, dejándolo bajo el ala del caza. ¿Puede ser que las vidas queden tan determinadas por el *adoctrinamiento* que ya no exista posibilidad de cambiarlas? ¿Cambiaría yo, haría caso a mis palabras si fuera él?

No levantó la voz ni me llamó a gritos. Habló como si no hubiera advertido que me iba.

—¿Qué quieres decir con eso de que soy responsable?

Qué extraña sensación. Estaba hablando conmigo mismo, pero su mente ya no era mía y no podia cambiarla. Únicamente podemos transformar nuestras vidas en esa eterna fracción de segundo que es nuestro ahora. Si nos alejamos un instante de este ahora, la decisión la toma algún otro.

Tuve que realizar un esfuerzo para oír sus palabras.

—¿A cuántas personas voy a matar?

Caminé de regreso hacia él.

—En 1962 serás enviado a Europa con el 478ª Escuadrilla de Cazas Tácticos. Será la denominada «crisis de Berlín». Aprenderás de memoria las rutas a un blanco principal y dos secundarios. Dentro de cinco años, hay bastantes probabilidades de que lances una bomba de hidrógeno sobre la ciudad de Kiev. —Hice una pausa para contemplarlo—. La ciudad es conocida, más que nada, por su industria cinematográfica y editorial, pero lo que a ti te interesará serán las instalaciones ferroviarias del centro de la ciudad y las fábricas de máquinas-herramienta en las afueras.

—¿A cuántas personas...?

—Ese invierno habrá novecientas mil personas en Kiev, y si cumples tus órdenes, los pocos miles que sobrevivirán a tu ataque desearán haber muerto también.

—¿*Novecientas mil personas*?

—Un clima general de irritación, el orgullo nacional en entredicho, la seguridad del mundo libre —expliqué—, un ultimátum tras otro...

—¿Tiraré... tiraste tú la bomba? —Se hallaba tenso como un cable de acero; escuchaba su futuro.

Abrí la boca para decir, «no, los soviéticos se echaron atrás», mi mente ofuscada de rabia. Pero algún yo alternativo, procedente de un holocausto en un pasado distinto, me cogió por el cuello y escupió su furia con una voz cortante y ronca, desesperada por hacerse escuchar.

–¡*Pues claro que sí*! ¡No hice preguntas, como tú tampoco las haces! Pensaba que, en caso de guerra, el presidente dispone de todos los datos, toma las decisiones, es el responsable. Hasta el momento mismo del despegue, nunca se me había ocurrido pensar que el presidente no puede ser el responsable de arrojar la bomba porque *el presidente no sabe pilotar un avión*.

Luché por recobrar el control, pero no pude.

–El presidente no sabría distinguir un botón de lanzamiento de cohetes y un pedal del timón. El comandante en jefe no sabe poner en marcha el motor ni rodar hasta la cabecera de la pista. Sin mí, no sería más que un tonto inofensivo en Washington y el mundo seguiría adelante sin su guerra nuclear. Pero, Richard, ¡ese tonto me tenía a *mí*! Como él no estaba en condiciones de matar a un millón de personas, ¡*lo hice yo por él*! ¡Su arma no era la bomba; *yo* era su arma! En aquel tiempo no se me había ocurrido pensarlo nunca: en todo el mundo, sólo somos unos pocos los que sabemos cómo hacerlo, y sin nuestra participación no podría existir una guerra nuclear. Yo destruí Kiev, por increíble que te parezca, y reduje novecientas mil personas a cenizas por la sencilla razón de que algún loco... ¡*me dijo que lo hiciera*!

El teniente me miraba fijamente, con la boca abierta.

–¿Acaso te han enseñado ética en las fuerzas aéreas? –insistí–. ¿Has tenido alguna asignatura que se llamara *Responsabilidad de los pilotos de cazas*? ¡Nunca la has tenido, y nunca la tendrás! Las fuerzas aéreas te dicen: cumple las órdenes, haz lo que te mandan. Tu patria, con razón o sin ella. No te dicen que tienes que vivir con tu *conciencia*, con razón o sin ella. Cumples tus órdenes de arrasar Kiev y, al cabo de seis horas, un tipo que de veras te gustaría, un piloto llamado Pavel Chernov, cumple sus órdenes e incinera Los Ángeles. Todos muertos. Si al matar a los rusos te suicidas, ¿por qué has de hacer tal cosa?

–Pero yo... yo he jurado cumplir las órdenes.

De pronto, el loco me soltó la garganta y, lleno de desesperación, desapareció. Intenté razonar de nuevo.

–¿Qué te harán si salvas un millón de vidas, si no cumples las órdenes? –pregunté–. ¿Dirán que eres un piloto poco profesional? ¿Te someterán a un consejo de guerra? ¿Te matarán? ¿Sería eso peor que lo que harás tú a la ciudad de Kiev?

Me contempló en silencio durante un largo instante.

–Si pudieras decirme algo –empezó al fin–, y yo te prometiera que lo recordaría, ¿qué me dirías? ¿Que te sientes avergonzado de mí?

Suspiré con un cansancio repentino.

–Oh, chico, me resultaría mucho más fácil si te limitaras a cerrarte en banda e insistir en que lo correcto es cumplir órdenes. ¿Por qué has de ser un muchacho tan agradable?

–Porque yo soy usted, señor.

Noté un toque en el hombro y alcé la vista hacia el reflejo de una cabellera dorada a la luz de la luna.

–¿Quieres presentarme? –propuso Leslie. Las sombras mostraban una hechicera en la noche.

Me enderecé al instante, vislumbrando intuitivamente sus intenciones.

–Teniente Bach –comencé–, permítame presentarle a Leslie Parrish. Tu compañera del alma, la que será tu esposa, la mujer que estabas buscando, la que encontrarás al final de muchas aventuras y al principio de la mejor.

–Hola –le saludó ella.

–Yo... Ah... hola –vaciló–. ¿Has dicho... mi esposa?

–Puede que llegue ese momento –asintió ella suavemente.

–¿Estás seguro de que te refieres a mí?

–En estos momentos –dijo ella–, hay una joven Leslie que está iniciando su carrera y se pregunta quién eres, dónde estás, cuándo vais a conoceros...

El joven se quedó anonadado al verla. Durante años había soñado con ella, la había amado, sabía que ella le esperaba en algún lugar del mundo.

–Esto es increíble –farfulló–. ¿Vienes de mi futuro?

–De uno de tus futuros –matizó ella.

–Pero, ¿cómo podemos conocernos? ¿Dónde estás ahora?

–No podremos encontrarnos hasta que abandones el ejército. En algunos futuros, no llegamos a conocernos nunca.

–Pero, si somos compañeros de alma, ¡tenemos que encontrarnos! –protestó él–. ¡Los compañeros de alma nacen para pasar la vida juntos!

Ella dio un paso atrás, un paso pequeño.

–Tal vez no.

Nunca la había visto tan encantadora como esta noche, pensé. Tanto, que él desearía volar a través del tiempo para encontrarla.

–No creía que nada pudiera... ¿qué poder es capaz de separar a unos compañeros de alma?

¿Fue mi esposa la que respondió o una Leslie alternativa, que hablaba desde un futuro distinto?

–Queridísimo Richard –contestó–, ¿recuerdas ese futuro en que bombardeas Kiev y tu amigo ruso, el piloto, bombardea Los Ángeles? El estudio de la Twentieth Century-Fox en el que estaré trabajando se encuentra a cosa de un kilómetro del punto de impacto. Un segundo después de que caiga la primera bomba, estaré muerta.

Se volvió hacia mí con una chispa de terror en los ojos, perdido el propósito de nuestras vidas en común. Hay otros futuros, clamaba aquel otro yo... ¡Los compañeros de alma no siempre se reúnen!

Como impulsado por un resorte, salté a su lado y la rodeé con mi brazo, estrechándola hasta que la oleada de terror empezó a remitir.

–No podemos evitarlo –le susurré.

Ella asintió, ya serena, pues lo había comprendido antes que yo.

–Tienes razón –reconoció con tristeza, antes de volver su rostro hacia el joven teniente–. La decisión no depende de nosotros. En tus manos está.

Lo mejor que podíamos decir, lo habíamos dicho. Lo mejor que sabíamos, lo sabía él también.

En algún punto de nuestro futuro simultáneo, Leslie hizo lo que Pye nos había indicado. El momento de partir había llegado, y, cerrando los ojos, imaginando el mundo de los senderos, accionó el acelerador del Seabird.

El firmamento nocturno, los aviones de combate, la

misma base aérea, se estremecieron alrededor de nosotros mientras el teniente nos pedía a gritos que esperásemos un poco más.

Ya no estábamos allí.

Santo Dios, pensé. Mujeres, niños y hombres, amantes y panaderos, actrices, músicos, comediantes, médicos y bibliotecarios... El teniente los matará a todos, sin piedad, cuando algún presidente se lo ordene. Perros, pájaros, árboles, flores y fuentes, libros, museos y pinturas, ¡matará incluso a su propia compañera del alma, y no se detendrá ante nada que podamos decirle! Yo soy él, ¡y no puedo detenerlo!

Leslie leyó mis pensamientos y me cogió de la mano.

—Richard, escucha. Quizá no fuimos capaces de detenerlo. Pero quizá lo hicimos.

ocho

LESLIE EMPUJÓ la palanca hacia adelante, y el Seabird se elevó hacia el cielo. Cuando nos encontramos a unos cien pies por encima de las aguas, redujo a potencia de crucero y compensó el aparato para una trayectoria horizontal.

Aunque volábamos entre un cielo radiante y unas radiantes aguas, en la cabina se cernían oscura y pesadamente la desesperación y la imposibilidad de comprender que unos seres humanos inteligentes se dejaran arrastrar a una guerra. Era como si acabáramos de descubrir esta idea, como si nuestra ceñuda aceptación del mundo en que vivimos día a día hubiera quedado hecha añicos ante aquel último ejemplo de la locura cotidiana.

–Pye –dije al fin–, de todos los lugares donde podemos aterrizar en este dibujo que se extiende hasta el infinito, ¿por qué hemos elegido precisamente estos pasados? ¿Por qué Leslie ante el piano, Richard con su caza?

–¿No lo adivináis? –replicó, pasando la mirada del uno al otro.

Estudié ambos acontecimientos. ¿Qué poseían en común?

–¿Los dos eran jóvenes y estaban desorientados?

–¿Perspectiva? –sugirió Leslie–. Ambos habían llegado al momento en que necesitaban recordar el poder de elegir...

–Exactamente –asintió Pye.

–Y el objeto de este viaje –añadí–, ¿acaso es que aprendamos perspectiva?

–No –me corrigió ella–, este viaje no tiene objeto. Habéis venido a parar aquí por casualidad.

–¡Oye, Pye! –protesté.

–¿Es que no creéis en la casualidad? Entonces deberéis creer que sois vosotros los responsables, que vosotros habéis navegado hasta este lugar.

–Bien, pues te aseguro que no me ocupaba yo de la navegación... –comencé. De pronto, capté el significado de la palabras y me volví hacia Leslie.

Era un motivo de bromas entre nosotros el hecho de que Leslie, que en tierra carece por completo del sentido de la orientación, sepa hallar las rutas mucho mejor que yo cuando nos encontramos en el aire.

–Yo soy el navegante –dijo ella, con una sonrisa.

–Se cree que lo dice en broma –observó Pye–, pero sin ella jamás lo habrías conseguido, Richard. ¿Te das cuenta?

–¡Sí! –respondí–. Yo soy el que se interesa por la percepción extrasensorial, por los viajes fuera del cuerpo y por las experiencias de muerte clínica. Leo todos los libros, estudio una página tras otra hasta altas horas de la noche. Leslie casi nunca lee estos libros, pero lee en las mentes, ve nuestro futuro...

–¡Eso no es cierto, Richard! ¡Soy una escéptica, y tú lo sabes! Siempre he sido escéptica a tus teorías sobrenaturales...

–¿Siempre? –inquirió Pye.

–Bueno... He descubierto que en ocasiones tiene razón –admitió Leslie–. A veces te sale con una idea extravagante y al cabo de una semana o de un año la ciencia viene a descubrir lo mismo. Es decir, que he aprendido a recibir estas especulaciones suyas con cierta dosis de respeto, por absurdas que puedan parecer. Y de todos modos me encantarían las extrañas revueltas que traza su pensamiento, aunque la ciencia no le diera nunca la razón, porque a menudo tiene unos puntos de vista fascinantes. Pero yo he sido siempre la más práctica.

–¿Siempre? –pregunté yo.

–Oh... Aquello no cuenta –objetó, leyéndome el pensamiento–. Entonces yo era una niña pequeña. Y la cosa no me gustaba en absoluto, por eso la paré.

–Leslie intenta decirnos que poseía el don de la intuición en un grado tan intenso que la asustó –explicó Pye–, de forma que decidió bloquear este don. Y todavía ahora hace lo posible por mantenerlo bloqueado; a los escépticos prácticos no les gusta asustarse con poderes extraños.

–¡Mi propia navegante! –exclamé– ¡No me extraña! No fuiste tú quien quería regresar cuando desapareció Los Ángeles, sino yo. No soy yo el que puede accionar el acelerador de un hidroavión invisible, sino tú.

–¡No seas bobo! –protestó Leslie–. De no ser por ti, jamás habría llegado a pilotar un hidroavión, ni ninguna otra clase de aparato. El viaje a Los Ángeles fue idea tuya...

Tenía razón. Era yo quien había tentado a Leslie con la invitación para Spring Hill. Pero las ideas constituyen nuestra vida: crecimiento, inquietud y alegría, tensión y liberación. Desde la nada surgen preguntas incitadoras, y ante nosotros danzan emocionantes respuestas que nos impulsan a resolver este rompecabezas, a expresar aquello de un modo u otro, a venir aquí, hacer esto, ayudar allá. Ninguno de los dos puede resistirse a las ideas.

Al instante, me pregunté si podríamos averiguar por qué.

–Pye, ¿de dónde provienen las ideas? –quise saber.

–Diez grados a la izquierda –respondió ella.

–¿Cómo? –me asombré–. No, me refiero a las *ideas*. Es como si apareciesen por las buenas, en los momentos más inesperados. ¿Por qué?

–La respuesta a cualquier pregunta que puedas formular está contenida en el dibujo –explicó–. A ver... Ahora gira veinte grados a la izquierda... Ya puedes aterrizar.

Nuestra avanzada amiga me hacía sentir lo mismo que

ya sintiera en otro tiempo con respecto a los instructores de vuelo: en tanto ellos estuvieran conmigo en el avión, no tenía miedo a probar cualquier truco que pudieran indicarme.

–Muy bien, Wookie –le pregunté a mi esposa–. ¿Estás preparada para volver a las andadas?

Ella asintió, impaciente por dar comienzo a una nueva aventura.

Hice virar el hidroavión tal y como Pye me había sugerido, comprobé que estuvieran alzadas las ruedas y bajados los flaps y, por último, tiré del acelerador hacia atrás.

–Dos grados a la derecha –indicó nuestra guía–, enfila hacia esa línea amarilla que hay bajo el agua, justo enfrente... dale un poquitín al acelerador... ¡Aquí! ¡Perfecto!

El sitio donde nos detuvimos parecía un infierno a pleno rendimiento. De las bocas de los hornos brotaban grandes llamaradas y en las alturas, suspendidas de grúas móviles, monstruosas calderas repletas de materia en fusión oscilaban pesadamente sobre la rugiente batahola de una techada llanura de acero.

–Dios mío... –exclamé.

Un carrito eléctrico rodó hasta el pasillo más próximo a nosotros y de él se apeó una esbelta joven provista de mono y casco que se encaminó hacia nosotros. Si nos saludó, sus palabras se perdieron entre el estrépito del metal y los rugidos del fuego. Una de las calderas se inclinó y de los moldes para lingotes que había tras la muchacha saltó un aullante tornado de chispas azules que recortó su silueta mientras ella avanzaba a paso vivo.

Se trataba de un ser frágil y delicado, de intensos ojos azules y dorados rizos bajo el reborde del casco.

–Qué lugar, ¿eh? –dijo a modo de presentación, alzando la voz para hacerse oír sobre el estruendo. Hablaba como si se sintiera orgullosa de aquel sitio–. Seguramente no os harán falta –dijo mientras nos tendía sendos cascos–, pero si en dirección ven que no los lleváis... –Sonrió sin ambages y se pasó maliciosamente un dedo por la garganta. Enseguida, hizo un ademán para que la siguiéramos.

–Pero si no podemos tocar... –comencé.

Ella sacudió la cabeza.

–Está bien. Aquí sí que podéis.

Naturalmente, no sólo pudimos tocar los cascos sino que además nos venían a medida. Nos indicó que la siguiéramos.

Miré a Leslie de soslayo: ¿quién es ésta? Ella comprendió la pregunta, se encogió de hombros y negó con la cabeza.

–Oye, ¿cómo te llamas? –le grité.

La joven se detuvo un instante, sorprendida.

–Vosotros me dais muchos nombres, y todos muy formales. –Se encogió de hombros y esbozó una sonrisa–. Llamadme Tink.

Nos condujo rápidamente hacia una rampa en el extremo más cercano de aquella gigantesca nave, en una especie de visita comentada del lugar.

–El mineral es conducido en cintas transportadoras hasta los tamices del exterior –explicó–, y luego es lavado por un chorro que al mismo tiempo lo arrastra hacia la tolva principal...

Leslie y yo cruzamos una mirada inquisitiva. ¿Suponía acaso que ya sabíamos qué era todo aquello?

–... entonces pasa a uno de los crisoles, en esta sección hay veinticinco, y se calienta hasta una temperatura de mil setecientos grados. Por último, una grúa móvil la recoge y la trae aquí abajo.

–¿De qué estás hablando? –inquirí.

–Si queréis guardaros las preguntas para el final –contestó–, probablemente habré respondido la mayoría por el camino.

–Pero es que no...

La muchacha señaló con un dedo.

–En la caldera –prosiguió–, se inyecta gas xenón a la pasta en fusión y luego se vierte en estos moldes, que llevan un revestimiento interno de veinte micras de condrito pulverizado. –Sonrió y alzó una mano, adelantándose a nuestra pregunta–. No, el condrito no es para desencadenar la cristalización, sino para que resulte más fácil separar el lingote del molde.

Los lingotes no eran metálicos, sino de una especie de vidrio que iba pasando del naranja a un blanco transparente a medida que se enfriaba.

A los lados había equipos de robots industriales que convertían aquellos bloques casi invisibles en haces, cubos y romboides, del mismo modo en que un tallador corta ángulos y facetas en un diamante.

–Aquí es donde se facetan y energizan los bloques –dijo Tink, mientras pasábamos sin detenernos–. Todos diferentes, por supuesto...

Nuestra misteriosa guía nos condujo por una rampa en curva que terminaba ante una esclusa de aire.

–Y aquí está la sección de acabado –anunció, más orgullosa que nunca–. ¡Lo que estabais deseando ver!

Las puertas se abrieron a nuestro paso y se cerraron detrás de nosotros.

El bullicio había desaparecido. Era un lugar sigiloso, limpio y ordenado. Mesas de trabajo recubiertas de fieltro se alineaban de una inmensa pared a otra, y sobre cada una de ellas descansaba un fragmento de cristal pulimentado. El conjunto tenía más de arte silencioso que de industria pesada. Los trabajadores se afanaban ante sus mesas sin decir palabra. Casi hubiera podido tratarse de la sala estéril en un edificio de montaje de vehículos espaciales.

Aminoramos la marcha y nos detuvimos junto a una mesa en la que un robusto joven, sentado en una silla giratoria, inspeccionaba un bloque de cristal más grande que yo, con ayuda de lo que parecía un ultramoderno torno revólver. La materia era tan transparente que apenas resultaba visible, una mera impresión en el espacio, pero sus planos y sus aristas destellaban fascinación. Dentro del cristal se vislumbraba una intrincada estructura de luz coloreada, miniláseres empotrados, una leve red de filamentos refulgentes. El hombre accionó algunos controles de la máquina y dentro del vidrio se produjeron sutiles mutaciones.

Toqué a Leslie en el hombro, le señalé el bloque y moví la cabeza con perplejidad, mientras intentaba recordar. ¿Dónde habíamos visto ya aquello?

–Está verificando que no quede ninguna conexión sin

completar —señaló Tink, en un murmullo apagado—. Un solo filamento suelto y falla todo el sistema.

El hombre se volvió al oírla y nos vio junto a su mesa.

—¡Hola! —nos saludó, tan calurosamente como un viejo amigo—. ¡Bienvenidos!

—Hola —contestamos nosotros.

—¿Nos conocemos? —pregunté.

Él sonrió, conquistando de inmediato mis simpatías.

—Conocerme, sí. Recordarme, seguramente no. Me llamo Atkin. En cierta ocasión fui el mecánico de tu aparato, en otra tu maestro Zen... Oh, no creo que te acuerdes. —Se encogió de hombros, en absoluto preocupado.

Farfullé, en busca de las palabras.

—Pero, ¿qué...? ¿Qué estás haciendo aquí?

—Echad una mirada. —Señaló un microscopio binocular montado cerca del cristal. Leslie se inclinó sobre el aparato.

—¡Madre mía! —exclamó.

—¿Qué?

—Es... No es vidrio, Richie. ¡Son ideas! ¡Es como una telaraña, están todas conectadas!

—Cuéntame.

—No está en palabras —contestó—. Supongo que cada uno ha de ponerlo en palabras lo mejor que pueda.

—¿Qué palabras utilizarías? Prueba conmigo.

—¡Oh! —añadió, fascinada—. ¡Mira *eso*!

—Habla —insistí—. Por favor.

—De acuerdo. Lo intentaré... Trata de la dificultad de elegir las alternativas correctas, y de lo importante que resulta no apartarse de nuestro concepto de lo que es mejor... ¡y de que realmente sabemos qué es lo mejor! —Alzó la vista hacia Atkin y se disculpó—. Ya sé que no le hago justicia. ¿Querrías interpretar para nosotros este sector plateado?

Atkin volvió a sonreír.

—Lo estás haciendo muy bien —comentó, mientras se inclinaba sobre otro ocular—. Dice lo siguiente: *Un cambio minúsculo hoy nos conduce a un mañana asombrosamente distinto. Grandes recompensas esperan a aquellos que eligen los altos caminos difíciles, pero tales recompensas están ocultas por los años. Todas las elecciones se efectúan a ciegas, sin ninguna garantía por parte del mundo que nos rodea.* Y luego, a continuación, ¿lo ves? *La única manera de no enfrentarse con decisiones temibles es abandonar la sociedad y convertirse en un ermitaño, pero ésa es ya una decisión temible.* Y esto va conectado con: *El carácter se forja siguiendo nuestro más elevado sentido del bien, confiando en nuestros ideales aun sin tener la certeza de que darán resultado. Un reto que nos plantea nuestra aventura en la tierra es el de elevarnos sobre los sistemas muertos –guerras, religiones, naciones, destrucciones–, negarnos a formar parte de ellos y dar expresión al ser más elevado que sabemos cómo llegar a ser.*

–¡Oh, Richie, escucha esto! –exclamó Leslie, sin dejar de examinar el cristal–. *Nadie puede resolver los problemas de una persona cuyo problema es que no quiere ver resueltos sus problemas.* –Se dirigió a Atkin–. ¿Lo he interpretado bien?

–¡Perfectamente!

Volvió a observar el cristal, satisfecha de comprobar que comenzaba a entender.

–*Da igual cuán preparados estemos y cuán dignos seamos; jamás alcanzaremos una vida mejor hasta que seamos capaces de imaginarla por nosotros mismos y nos permitamos vivirla.* ¡Sabe Dios que es cierto! –Contempló a Atkin con inmensa admiración–. Así es como se ven las ideas cuando cierras los ojos y piensas en ellas. Está todo ahí, todas las conexiones, todas las respuestas a todas las preguntas que se pueden formular al respecto. Puedes seguir las conexiones del modo que quieras. ¡Es genial!

–Muchas gracias –respondió Atkin.

Me volví hacia nuestra guía.

–¿Tink?

–¿Sí?

–¿Las ideas vienen de unos altos hornos? ¿De una... acería?

–No pueden estar hechas de aire, Richard –dijo ella–. ¡No podemos fabricarlas con algodón de azúcar! Una persona confía la vida a sus creencias. Sus ideas deben sostenerla, soportar el peso de todas sus preguntas más el peso de cien, mil o diez mil críticos, cínicos y destructores. Sus ideas deben soportar la presión de todas y cada una de las consecuencias a que dan lugar.

Sacudí la cabeza y contemplé la extensión de la sala, con su centenar de mesas. Es cierto que nuestras mejores ideas siempre se nos han presentado completas y acabadas, pero no me hallaba dispuesto a admitir que vinieran de una...

–Ya es bastante malo fracasar cuando nos apartamos de lo que creemos –prosiguió Tink–, pero todavía es peor cuando las ideas por las que hemos estado viviendo resultan equivocadas. –Me miró con el ceño fruncido, pura y resuelta–. ¡Pues claro que las ideas vienen de unos altos hornos! Y no son de acero. El acero se doblaría.

–¡Esto es maravilloso! –exclamó Leslie, absorta de nuevo en el cristal, atisbando por el ocular como el comandante de un submarino por su periscopio–. Escuchad esto: *Todo comercio es la expresión de una idea y una opción. Mira a tu alrededor en este mismo instante: todo lo que estás viendo y tocando fue antes una idea invisible hasta que alguien optó por darle cuerpo. Si en otras creencias del tiempo y del espacio encontramos algún yo alternativo en estado de necesidad no podemos darle dinero, pero sí ideas capaces de convertirse en fortunas, si es ésa la opción que toma. Míralo tú mismo, cariño.*

Se apartó del ocular y se volvió hacia Atkin.

–¡Estoy impresionada! –admitió–. ¡Está todo expuesto con tanta precisión... tan bien pensado!

–Hacemos lo que podemos –reconoció él con aire de modestia–. Ésta nos ha supuesto un verdadero desafío. Es una idea central, titulada *Opciones*, y cuando una idea central tiene fallos, has de pararlo todo en tu vida hasta que logras arreglarlos. Nuestra misión no es deteneros, sino ayudaros a seguir adelante.

Su voz se desvaneció en cuanto apliqué la vista al microscopio, con tanta intensidad atrajeron mi atención las estructuras del interior del cristal.

Me resultaban al mismo tiempo misteriosas y familiares. Lo misterioso era que aquella matriz de haces de luz y planos iridiscentes se convirtiera inmediatamente de color en pensamiento. Y me parecía familiar porque estaba seguro de haber visto aquello antes, de haber contemplado la misma imagen tras los párpados cerrados, asaltado por ideas meteóricas. Pensé en cómo arrojamos nuestras redes a las ideas. En todos los lenguajes, desde el árabe al zulú pasando por la caligrafía, la taquigrafía, las matemáticas, la música, la pintura y la piedra tallada, cualquier cosa, desde la teoría del campo unificado hasta una maldición o un clavo de seis peniques o un satélite en órbita, cualquier cosa que se expresa es una red en torno a alguna idea.

Un brillante fulgor violáceo me llamó la atención. Formulé la idea en voz alta tan bien como supe: *Las cosas malas no son lo peor que puede ocurrirnos. NADA es lo peor que puede ocurrirnos.* –Miré hacia Atkin–. ¿Me acerco?

–Palabra por palabra –asintió.

De nuevo en el cristal, el violáceo se deshizo en índigo bajo el objetivo.

–*Una vida fácil no nos enseña nada. A fin de cuentas, lo que importa es aprender: lo que hemos aprendido y cómo hemos madurado.*

–Lo has entendido perfectamente –afirmó Atkin.

En una de las facetas vi una línea esmeralda que cortaba la lámina de diamante como una saeta:

–*Podemos vivir con excusas o podemos vivir con salud, amor, longevidad, comprensión, aventura, dinero, felicidad. Diseñamos nuestras vidas por el poder de nuestras elecciones. Nos sentimos indefensos cuando tomamos decisiones por inhibición, cuando no diseñamos nosotros mismos nuestras vidas.* ¡Eso mismo es lo que le dijiste a la joven Leslie!

Un tercer nivel conectaba ambos planos, de un modo que parecía reforzar la estructura. *Cada uno de nosotros, cuando empieza una vida, recibe un bloque de mármol y las herramientas necesarias para hacer de él una escultura.* Analogía flotante: *Podemos arrastrarlo detrás de nosotros sin tocarlo, podemos machacarlo hasta convertirlo un montón de grava, podemos darle una forma gloriosa.* Siguiente analogía: *Todas la demás vidas nos dejan su ejemplo para que lo tengamos en cuenta, obras acabadas e inacabadas, que nos guían y nos advierten.* Conectando transversalmente de la conclusión al principio: *Cerca ya del final, nuestra escultura está casi acabada y podemos suavizar y pulir lo que comenzamos años* antes. Es entonces cuando podemos realizar los mayores progresos, pero para ello hay que saber ver más allá de las apariencias de la edad.

Seguí la contemplación en silencio, absorto como un colibrí en la corola de una flor.

Nosotros mismos generamos nuestro entorno. Recibimos exactamente aquello que merecemos. ¿Cómo podemos quejarnos de la vida que nos hemos creado? ¿Quién, más que nosotros, debe cargar con las culpas y llevarse el mérito? ¿Quién puede cambiarla en cualquier momento en que así lo decida, salvo nosotros?

Hice girar el ocular y descubrí corolarios desplegados en cada nuevo ángulo.

Cualquier idea poderosa es absolutamente fascinante y absolutamente inútil hasta que optamos por utilizarla.

Naturalmente, pensé. Lo emocionante de las nuevas ideas es ponerlas en práctica. En el momento en que las ensayamos por nuestra cuenta, que las echamos a navegar, se transforman en «¿qué pasaría si...?» a osadas zambullidas en ríos blancos de espuma, tan peligrosas como emocionantes.

En cuanto aparté los ojos del microscopio, el bloque de cristal que yacía sobre la mesa se convirtió en una curiosa obra de artesanía. Aún podía sentir su cálido potencial, pero había perdido mi comprensión de lo que significaba, del poder y el entusiasmo que sólo esperaban ser utilizados. Si era una idea en la mente, no había forma de desprenderse de ella.

–... igual que las estrellas, cometas y planetas atraen el polvo con la fuerza de gravedad –le decía Atkin a Leslie, encantado de poder hablar con alguien que tanto apreciaba su trabajo–, nosotros somos centros de pensamiento que atraen ideas de todos los pesos y tamaños, desde los destellos de intuición hasta sistemas tan complejos que son necesarias varias vidas para explorarlos a fondo. –Se volvió hacia mí–. ¿Has terminado?

Asentí, y, sin el menor gesto de despedida, Atkin pulsó un botón de su máquina y el cristal desapareció. Al advertir mi expresión, me explicó:

–No ha desaparecido. Se halla en otra dimensión.

–Ahora que estáis aquí –comenzó Tink–, ¿hay alguna cosa que os gustaría transmitir a algún aspecto distinto de vosotros mismos?

Parpadeé.

–¿Qué quieres decir?

–¿Qué habéis aprendido que pudiera ser útil a unos «vosotros» distintos? Si quisiérais cambiar una vida, ofrecerle a alguien un regalo de pensamiento, ¿qué le diríais?

Una sentencia me vino de inmediato a la cabeza:

–*No hay desastre que no pueda convertirse en una bendición, ni bendición que no pueda convertirse en un desastre.*

Tink miró a Atkin de soslayo y le sonrió con orgullo.

–¡Qué pensamiento más hermoso! –exclamó–. ¿Os ha servido de algo?

–¿Si nos ha servido de algo? –respondí–. ¡Le hemos gastado la pintura del uso que le hemos dado! Ya no juzgamos lo bueno y lo malo con tanta premura como antes. Nuestros desastres han sido algunas de las mejores cosas que nos han ocurrido en la vida, y lo que nos parecían bendiciones han resultado ser las peores.

–¿Qué es lo mejor y lo peor? –me interpeló Atkin, como sin darle importancia.

–Lo mejor nos hace felices a la larga, mientras que lo peor nos hace estar mal a la larga.

–¿Cuánto tiempo es a la larga?

–Años. Toda una vida.

Asintió sin decir nada más.

–¿De dónde sacáis vuestras ideas? –quiso saber Tink. Lo preguntó con una sonrisa, pero me di cuenta de que la respuesta era sumamente importante para ella.

–¿No te reirás?

–A menos que sea divertido.

–El hada del sueño –contesté–. Nos vienen las ideas cuando estamos profundamente dormidos, o cuando acabamos de despertar y aún tenemos los párpados demasiado pegados para escribir.

–Luego está el hada de la ducha –añadió Leslie–, y el hada de los paseos, el hada de los largos viajes en automóvil, el hada de la natación y el hada de cuidar el jardín. Las mejores ideas se presentan en los momentos más inesperados, cuando estamos calados de agua o cubiertos de barro y no tenemos ni siquiera una libreta de notas, cuando más difícil nos resulta ponerlas por escrito. Pero son de gran importancia para nosotros, es decir, que de un modo u otro nos las arreglamos para retener la mayor parte de ellas. Si algún día encontramos al hada de las ideas, vamos a matarla a besos de tanto que la queremos.

Al oír estas palabras, Tink se cubrió el rostro con las manos y se deshizo en lágrimas.

—¡Oh, gracias! ¡Muchas gracias! —sollozó—! Me esfuerzo tanto por ser de ayuda... ¡Yo también os quiero!

Me quedé atónito.

—*¿Eres tú el hada del sueño?*

Ella asintió, la cara aún cubierta.

—Tink dirige este lugar —declaró Atkin con voz serena, mientras reajustaba a cero los parámetros de su máquina—. Se toma muy en serio su trabajo.

La joven se enjugó los ojos con las yemas de los dedos.

—Ya sé que me habéis puesto todos esos nombres tontos —dijo—, pero al menos me escucháis. ¿Sabéis por qué sucede que cuantas más ideas utilizáis, más ideas tenéis? ¡Porque el hada de las ideas sabe que es importante para vosotros! Y como es importante para vosotros, también vosotros sois importantes para ella. Les digo siempre a los de aquí que hemos de hacerlo todo lo mejor que podamos, porque estas ideas no se quedan flotando a la deriva en el espacio. ¡Están siendo utilizadas! —Cogió su pañuelo—. Disculpad las lágrimas. No sé qué me ha venido. Atkin, quiero que olvides lo que acaba de pasar...

Atkin la miró atentamente sin sonreír.

—¿Que olvide qué, Tink?

La muchacha se volvió hacia Leslie y se apresuró a explicar:

—Tienes que saber que no hay una sola persona en este sector que no sea mil veces más sabia que yo...

—La palabra es «encanto» —intervino Atkin—. Todos hemos sido enseñantes, nos gusta el trabajo y tenemos momentos en que no lo desempeñamos con excesiva torpeza, pero ninguno de nosotros posee el encanto de Tink. Sin encanto, la mejor idea del universo no es más que un cristal muerto que nadie quiere ni tocar. Pero cuando el hada del sueño te envía una idea, es tan encantadora que no puedes resistirte a ella, y allí va, hacia la vida, a cambiar mundos.

Estas dos personas pueden vernos, pensé, conque ambas deben de ser «nosotros» alternativos, aspectos nuestros que eligieron distintos senderos en el diseño. Pero me resultaba increíble. ¿El hada de las ideas somos nosotros? ¿Es posible que distintos niveles de nosotros mismos ocupen su vida entera en refinar el conocimiento hasta volverlo cristalino y transparente, con la esperanza de que nosotros lo veamos en nuestro mundo?

En aquel momento, una máquina no más grande que un perro pastor pasó a toda velocidad junto a mí, rodando sobre lisas llantas de caucho, con un lingote negro entre los brazos. Con las llantas rechinando bajo su peso, depositó cuidadosamente el cristal sobre la mesa de Atkin y lo soltó. Luego emitió un par de pitidos suaves, retrocedió hacia el pasillo y se alejó por donde había venido.

–Entonces, ¿de aquí proceden todas las ideas? –pregunté–. ¿Los inventos? ¿Las respuestas?

–No todas –respondió Tink–. No, por ejemplo, las respuestas que deduces de tus propias experiencias. Tan sólo las inesperadas, las que te desconciertan y te asombran, las que te encuentras sin pretenderlo cuando no estás hipnotizado por la vida cotidiana. Nosotros lo que hacemos es tamizar infinitas posibilidades hasta dar con las pocas capaces de conquistarte.

–¿También ideas para relatos? –quise saber–. ¿Ideas para libros? ¿Acaso *Juan Salvador Gaviota* salió de aquí?

–La historia de la gaviota era perfecta para ti –asintió, al tiempo que fruncía el ceño–, pero tú eras un escritor principiante y no querías escuchar.

–¡Sí que escuchaba, Tink!

Le chispearon los ojos.

–¡No me digas que escuchabas! ¡Querías escribir un libro,

pero sólo si no tenías que decir nada demasiado extraño! ¡Tuve que hacer filigranas para atraer tu atención!

–¿Filigranas?

–Tuve que utilizar una experiencia psíquica –explicó la criatura, reviviendo su frustración de entonces–, y no me gusta tener que recurrir a estas cosas. Pero si no te hubiera gritado el título con todas mis fuerzas, si no te hubiese mostrado la historia como una película ante tus narices, el pobre Juan Salvador estaría en el olvido.

–No gritaste.

–Bueno, pues a mí me lo pareció, después de todos los esfuerzos que hice por llegar hasta ti.

¡Conque la vocecita que había oído era la de Tink! Recordé aquella noche oscura de tanto tiempo atrás, y las palabras, no gritadas, sino pronunciadas con la mayor calma: *Juan Salvador Gaviota*. Me llevé un susto de muerte cuando oí el nombre tan claramente, sin que hubiese nadie conmigo.

–Gracias por haber creído en mí –dije.

–De nada –respondió, apaciguándose.

Acto seguido, me miró solemnemente.

–Hay montones de ideas que flotan a vuestro alrededor, pero no queréis verlas. Cuando buscáis inspiración, son ideas lo que necesitáis. Cuando rezáis para obtener una guía, son ideas las que os muestran el camino. ¡Pero debéis prestar atención! ¡Es a vosotros a quienes corresponde poner las ideas en práctica!

–Sí, señora –admití.

–*Juan Salvador* fue la última idea para un libro que te envié por medios psíquicos. ¡Tenlo presente!

–Ya no necesitamos más fuegos artificiales –le aseguré–. Confiamos en ti.

Tink esbozó una radiante sonrisa.

Atkin rió entre dientes y se giró hacia su mesa de trabajo.

–Saludos a los dos –se despidió–. Hasta la próxima.

–¿Volveremos a verte? –Leslie ya extendía mentalmente la mano hacia la palanca del acelerador.

La directora de la factoría de ideas se tocó el rabillo del ojo.

–Pues claro. Entretanto, iré grabando notas sobre todos los pensamientos que enviemos. Recordar: no os despertéis demasiado deprisa... Id mucho a pasear y a nadar, duchaos mucho.

Agitamos la mano en señal de despedida y la sala se volvió borrosa, se desmoronó en un ya familiar caos. Al instante siguiente, por supuesto, nos hallábamos de nuevo en el Seabird, elevándonos del agua, con la mano de Leslie en el acelerador. Por primera vez desde el comienzo de esta extraña aventura, nos alejamos de allí con el corazón lleno de gozo y no de pesar.

–¡Qué alegría, Pye! –exclamó Leslie–. ¡Muchas gracias!

–Me complace haber podido daros esta satisfacción antes de irme.

–¿Te vas? –salté yo, alarmado.

–Por algún tiempo –asintió–. Ya sabéis cómo llegar a los aspectos que os interesa conocer, los lugares donde podéis aprender algo. Leslie sabe cómo seguir adelante cuando llega la hora de irse y tú aprenderás pronto, Richard, en cuanto sepas confiar en tu percepción interior. No tenéis ninguna necesidad de un guía. –Sonrió del modo en que sonríen los instructores de vuelo a sus estudiantes cuando los envían a volar en solitario–. Las posibilidades son infinitas. Dejaos llevar por lo que os parezca más importante, explorad juntos. Volveremos a encontrarnos.

Una sonrisa, un destello de láser azul y Pye había desaparecido.

nueve

Esto no parece tan acogedor como cuando estaba ella, ¿verdad? –observó Leslie, mientras contemplaba el diseño–. ¿No te parece que ahora es más oscuro?

En efecto. Lo que antes fuera un mar centelleante, se había vuelto ominoso. Incluso los colores eran distintos. Los suaves tonos pastel, los plateados y los dorados, habían sido sustituidos por escarlatas y burdeos, y los senderos eran de antracita.

Me agité nerviosamente en el asiento.

–Ojalá hubiésemos tenido tiempo de hacerle más preguntas antes de que se marchara.

–¿Cómo puede estar tan segura de que sabremos arreglárnoslas nosotros solos? –preguntó Leslie.

–Si es un aspecto más avanzado de nosotros, quizás esté en condiciones de saberlo.

–Mmmm.

–Supongo que lo mejor que podemos hacer es elegir un sitio para aterrizar y ver qué ocurre, ¿no crees?

Ella asintió.

–Pero quiero hacerlo como Pye ha dicho: elegir algo con significado, buscar lo más importante. –Cerró los ojos y se concentró.

Al cabo de varios minutos volvió a abrirlos.

–¡Nada! ¡No me siento atraída por nada! ¿No es extraño? Déjame a mí los controles y prueba tú ahora.

De inmediato me sentí tenso y aprensivo. Esto que siento no es miedo, me dije, es sólo prudencia, la tensión del hombre del siglo veinte.

Respiré hondo, cerré los párpados, traté de relajarme durante unos instantes y, de pronto, sentí una desesperada urgencia por aterrizar.

–¡Para el motor! ¡Aterriza! ¡Enseguida!

Nos detuvimos a la luz de la luna, a escasos metros de una burda tienda de campaña de forma irregular. El techo era de piezas de cuero entrecosidas, con las costuras embreadas; las paredes estaban construidas de una gruesa tela color tierra, que las antorchas de los centinelas teñía de un parpadeante resplandor cereza. Desde el desierto que nos rodeaba nos llegó el fulgor de un centenar de fogatas sobre la arena, el rumor de ásperas voces de beodo, el piafar y el relinchar de los caballos.

La entrada de la tienda se hallaba defendida por dos centinelas que habríamos podido tomar por centuriones de no ir tan desharrapados. Hombres bajos y llenos de cicatrices, provistos de cascos y mal cortadas túnicas con cierres de bronce, botas de férrea piel para protegerse del frío, espada corta y daga al cinto.

Fuego y tinieblas, pensé con un estremecimiento. ¿Adónde nos había conducido mi decisión?

Tras contemplar a los centinelas, volví la cabeza hacia Leslie y la tomé de la mano. No nos veían, pero ¡qué tentadora les resultaría si la vieran!

–¿Se te ocurre qué podemos estar haciendo aquí? –le susurré.

–No –me contestó ella–, este aterrizaje es todo tuyo.

No lejos de nosotros estalló una pelea, los hombres gru-

92

ñían y forcejeaban entre sí. Nadie dio muestras de fijarse en nosotros.

–Supongo que quien hemos venido a ver estará dentro de la tienda –opiné.

Ella la examinó con aprensión.

–Si es un aspecto distinto de ti, no creo que haya nada que temer, ¿verdad?

–Quizá no sea necesario que hablemos con éste. Me parece que he cometido un error. Vámonos.

–Richie, quizás esto sea lo más importante. Nos encontramos aquí por alguna razón, por algo que debemos aprender. ¿No sientes curiosidad por saber de qué se trata?

–No –repliqué. Sentía tanta curiosidad por la persona que ocupaba aquella tienda como podría sentirla por conocer la araña que había tejido una red de cincuenta metros–. Todo esto me da mala espina.

Ella vaciló un instante e inspeccionó el entorno, inquieta.

–Tienes razón. Una mirada rápida y nos vamos. Tan sólo quiero ver quién...

Antes de que pudiera retenerla, se deslizó a través de la pared de la tienda.

Me precipité en pos de ella y vi una figura brutal que trataba de hundirle un cuchillo en la garganta.

–¡NO!

Salté hacia adelante en el mismo momento en que el atacante de Leslie caía a través de ella, desconcertado, y el cuchillo rebotaba blandamente sobre la alfombra.

Era un hombre bajo, fornido y muy rápido. Recobró su arma antes de que terminara de rodar, se irguió de un salto y se abalanzó contra mí sin producir el menor ruido. Intenté esquivarlo, pero se dio cuenta y me golpeó de lleno en el estómago.

Permanecí inmóvil mientras él atravesaba mi cuerpo e iba a chocar con uno de los gruesos postes de la tienda. El poste se quebró y el techo colgante descendió un poco hacia nosotros.

Perdido el cuchillo en el encontronazo, el hombre giró precipitadamente y sacudió la cabeza, extrajo una segunda daga de su bota y se arrojó en plancha hacia mí. Esta vez cruzó a través de mí a la altura de los hombros, fue a caer sobre un taburete de madera de agudas aristas y derribó un candelero.

Al instante se halló en pie de nuevo, los rabiosos ojos entornados, los brazos curvados hacia nosotros en la postura de un luchador, la daga aún en su mano. Avanzó centímetro a centímetro, escrutando, inspeccionándome. Su estatura apenas llegaba a los hombros de Leslie, pero su mirada era la de un asesino.

De pronto se volvió, asió el cuello de la blusa de Leslie y tiró hacia abajo con un movimiento fulminante. Atónito, se quedó mirando la mano vacía.

–¡Basta ya! –le grité.

Giró en redondo y trató de clavarme el cuchillo en la cabeza.

–¡BASTA DE VIOLENCIA!

Se detuvo y me observó con ojos enfurecidos. Lo que más me asustaba de aquellos ojos no era su crueldad, sino su inteligencia. Cuando este hombre destruía, no lo hacía accidentalmente.

–¿Puedes hablarme? –le pregunté, aunque no esperaba que entendiera mi idioma–. ¿*Quién* eres?

Con la respiración entrecortada, esbozó una mueca desdeñosa. Luego, para mi gran asombro, me contestó. Fuera cual fuese su lengua, podíamos entendernos.

Se llevó una mano al pecho.

–¡At-Elah! –declaró con orgullo–. ¡Soy At-Elah, el Azote de Dios!

–¿At-Elah? –repitió Leslie–. ¿Atila? *¿Atila el Huno?*

El guerrero sonrió con ferocidad al advertir mi sorpresa. A continuación, volvió a entornar los párpados.

–¡Guardia! –ladró.

Uno de los rufianes que vigilaban la puerta entró de inmediato y se golpeó el pecho con el puño en señal de saludo.

Atila hizo un ademán en nuestra dirección.

–No me habías advertido que tenía invitados –observó suavemente.

El soldado, con aire aterrorizado, paseó la vista por el lugar.

—Pero aquí no hay ningún invitado, ¡oh, Poderoso!

—¿No hay ningún hombre en esta estancia? ¿Ninguna mujer?

—¡No hay nadie!

—Eso es todo. Ya puedes irte.

El guardia saludó, se volvió y echó a andar hacia el faldón de la tienda.

Atila fue más rápido. Su mano, borrosa como una cobra en el instante del ataque, hundió la daga en la espalda del centinela con un golpe sordo.

El efecto fue asombroso, como si la puñalada no hubiera matado al centinela sino, más bien, lo hubiese partido en dos. El cuerpo se desplomó apenas sin ruido ante la entrada de la tienda, mientras que el espectro del hombre regresaba a su puesto, sin darse cuenta de que acababa de morir.

Leslie me miró horrorizada.

—¡Guardia! —volvió a gritar el asesino. Apareció el segundo matón cubierto de cicatrices—. Saca esto de aquí.

Oímos el saludo, el ruido del cuerpo al ser arrastrado.

Atila se dirigió hacia nosotros, devolviendo la húmeda daga a su vaina oculta en la bota.

—¿Por qué? —exclamé yo.

Se encogió de hombros y alzó desdeñosamente la cabeza.

—Si mi guardia no es capaz de ver lo que yo veo en mi propia tienda...

—No —le interrumpí—. ¿Por qué eres tan *malvado*? ¿Por qué tantos asesinatos, tanta destrucción? No hablo sólo de este hombre, sino de ciudades enteras, pueblos enteros que destruyes sin motivo alguno.

Pareció llenarse de desprecio.

—¡Cobarde! ¿Acaso pretendes que pase por alto las agresiones de un imperio maligno? ¿Los imperialistas romanos y sus lacayos títeres? ¡Son todos infieles! ¡Dios me ordena que limpie la tierra de infieles, y yo obedezco la palabra de Dios! —Le refulgían los ojos—. *¡Ay de vosotras, naciones de Occi-*

dente, *porque enviaré mi azote contra vosotras, sí, el azote de Dios exterminará a vuestros hombres; bajo la rueda de mi carro caerán vuestras mujeres, y vuestros hijos bajo el casco de mi caballo!*

–¡La palabra de Dios! –repetí–. Sílabas vacías, pero más poderosas que las flechas, pues nadie osa alzarse contra ellas. ¡Qué fácil es para los astutos arrebatar el poder a los tontos!

Se quedó mirándome con los ojos abiertos.

–¡Éstas son *mis propias* palabras!

–Primero, hazte implacable –proseguí, sorprendido de lo que yo mismo decía–; luego, asegura que eres el Azote de Dios y tu ejército se multiplicará con aquellos que son demasiado lerdos para imaginar un Dios de amor o están demasiado atemorizados para enfrentarse a un Dios maligno. Grita a los cuatro vientos que Dios ha prometido mujeres, naranjas, vino y todo el oro de Persia a quienes mueran con la espada manchada de sangre infiel, y dispondrás de una fuerza capaz de convertir las ciudades en escombros. Para alcanzar el poder, invoca la palabra de Dios, pues esta palabra puede convertir en rabia el temor a cualquier enemigo que tú decidas.

Atila y yo nos miramos. *Eran* sus propias palabras. También eran mías. Él lo sabía, y también yo.

¿Yo? ¿Atila el Huno?

Qué fácil me había resultado reconocerme en Tink y Atkin y en su mundo de suave creatividad, qué difícil se me hacía identificarme con este odio bullente. Hacía tanto tiempo que llevaba al viejo guerrero enjaulado en mi interior, encarcelado tras las rejas de su mazmorra portátil, que incluso me había negado a reconocerlo cuando lo tuve cara a cara.

Me dio la espalda, se alejó unos pasos y se detuvo. No podía matarnos ni obligarnos a salir de allí. Su única alternativa era hacer prevalecer su mente.

–¡A mí se me teme como se teme a Dios! –nos advirtió.

¿Qué le ocurre a la inteligencia cuando se cree las mentiras que ha inventado para los demás? ¿Es arrastrada en torbellinos de locura, hacia los sumideros de la medianoche?

Tras una pausa, habló Leslie con voz cargada de tristeza.

–Si crees que el poder se funda en el miedo –comenzó–, te unes a los que comercian con el miedo. No es una compañía muy agradable. ¡Qué inmenso error para un hombre de tu talento! Si este talento lo aplicaras...

–¡Silencio, *mujer*! –rugió él.

–Eres temido por los que honran el temor –prosiguió ella suavemente–. Podrías ser amado por los que honran el amor.

Atila levantó su silla, se sentó de cara a mí, dando la espalda a Leslie, y, con un amargo furor en todas las líneas de su rostro, citó las escrituras.

–Dios ha dicho: *Derribaré vuestros elevados torreones y demoliré vuestras murallas, y de vuestra ciudad no quedará piedra sobre piedra.* Tales son las órdenes de Dios. No he recibido la orden de amar. –Si la cólera pudiera hervir, este hombre sería su caldero–. ¡Odio a Dios! –añadió–. Odio lo que Él me ordena. ¡Pero no oigo hablar a ningún otro Dios!

No respondimos.

–Vuestro Dios de amor nunca alza Su espada contra mí, nunca me muestra Su rostro. –Se puso en pie bruscamente, alzó la pesada silla con una sola mano y la arrojó al suelo. La madera se deshizo en astillas–. Si es tan poderoso, *¿por qué no se interpone en mi camino?*

La ira, no lo ignoraba, es miedo. Toda persona enfurecida es una persona asustada, temerosa de sufrir alguna pérdida. Y nunca había visto una persona tan encolerizada como este espejo de mi propio guerrero bárbaro, este yo interior encarcelado y encadenado.

–¿Por qué estás tan atemorizado? –pregunté.

Me asaeteó con ojos de fuego.

–¿Cómo te atreves? ¿Cómo osas decir que At-Elah está *atemorizado*? ¡Te haré descuartizar y arrojaré tus despojos a los chacales!

Apreté los puños, desesperado.

–¡Ni siquiera puedes tocarme, At-Elah! No puedes hacerme daño, ni yo puedo hacértelo a ti. Soy tu propio espíritu, llegado de dos mil años en tu futuro.

–¿No puedes hacerme daño? –inquirió.

–¡No!

–¡Me lo harías si pudieras!

–No.

Reflexionó sobre ello durante un largo instante.

–¿Por qué no? Yo soy la Muerte, soy el Azote de Dios.

–Por favor –le rogué–, ¡basta de mentiras! *¿Por qué estás tan asustado?*

Si la silla no hubiera estado ya destrozada, la habría hecho añicos de nuevo.

–¡Porque estoy solo en un mundo demente! –mugió–. ¡El amor no existe! ¡Dios es *malvado*, Dios es *cruel*! Y para reinar debo ser el más cruel de todos. Dios ordena: ¡mata o muere!

Entonces, de pronto, suspiró pesadamente y su furia se disipó.

–Estoy solo entre monstruos –añadió, con voz tan leve que apenas pudimos oírle–. Nada tiene sentido...

–Esto es demasiado triste –dijo Leslie, con expresión angustiada–. Basta ya.

Se volvió y echó a andar a través de la pared de la tienda.

Yo me detuve unos instantes, contemplándole. Ante mí tenía a uno de los hombres más feroces de la historia, pensé. Si estuviera a su alcance, nos habría matado a los dos. ¿Por qué, entonces, me apiadaba de él?

Seguí a Leslie y la encontré de pie no lejos del fantasma del centinela que había sido asesinado ante nuestros ojos. Embargada por la angustia parecía no ver nada. El espectro, angustiado y desvalido, veía cargar su cuerpo en una carreta, pero aún no comprendía qué le había sucedido.

–Puedes verme, ¿no? –le preguntó a mi esposa–. No estoy muerto, ¿verdad? Porque estoy... ¡aquí! ¿Has venido a llevarme al paraíso? ¿Eres mi mujer?

Ella no contestó.

–¿Nos vamos ya? –le pregunté yo.

Al oír mi voz, el hombre giró velozmente sobre sus talones.

–¡No! ¡No me lleves!

–Aprieta el acelerador, Leslie –dije yo.

–Hazlo tú esta vez –respondió ella, con voz cansada–. No puedo pensar.

–Ya sabes que yo no lo hago muy bien.

No dio muestras de haberme oído, pues permaneció inmóvil, con la mirada perdida en la lejanía.

Tengo que intentarlo, me dije. Me relajé tanto como pude en aquellas circunstancias, imaginé que estábamos en el interior de la cabina del Seabird y extendí la mano hacia la palanca.

Nada.

¡*Gruñón*, pensé, despega de una vez!

–¡Mujer! –aulló el espectro del huno–. ¡Ven aquí!

Mi esposa no se movió. Tras un momento, el huno, presa de una súbita resolución, empezó a avanzar hacia nosotros. Los mortales no pueden tocarnos, pensé, pero ¿y los fantasmas de centinelas bárbaros?

Avancé yo también para interponerme entre él y Leslie.

–No logro salir de aquí –le advertí, lleno de desesperación–. ¡Tienes que hacerlo tú!

El centinela se abalanzó sobre mí.

¡Con cuánta facilidad reaccionamos cuando nos vemos amenazados! La vieja mente de Atila pasó a primer plano y las sucias mañas del hombre de la tienda fueron mías. No te defiendes nunca; si te atacan, ¡ataca!

Al instante me arrojé hacia el rostro del guerrero y, en el último momento, me dejé caer para golpearle bajo las rodillas. Podía tocarle, ¡vaya que sí!, y también él a mí.

Por debajo de las rodillas no es un golpe limpio, pensé.

¡*Al diablo con la limpieza!*, replicó aquella mente primitiva.

El hombre se desplomó sobre mí y volvió a incorporarse trabajosamente un segundo antes de que le golpeara con todas mis fuerzas en la nuca, desde su espalda.

Los caballeros no golpean por la espalda.

¡*Mata!*, rugió el bruto interior.

Iba a utilizar la mano como un hacha, para pegarle con el canto debajo de la barbilla, cuando el mundo se vaporizó a mi alrededor y de nuevo se solidificó como la resonante carlinga de nuestro hidroavión en el momento del despegue. ¡Luz! El despejado firmamento borró por completo la tenebrosa escena.

–¡Detente, Richard! –gritó Leslie.

Mi mano se inmovilizó en el aire, justo antes de dejar inconsciente el altímetro. Me volví hacia ella, con la mirada aún turbia por la ira.

–¿Estás bien?

Ella asintió, afectada, y sin apartar la mano de la palanca hizo que el Seabird se remontara suavemente.

–No sabía que podía tocarnos.

–Era un espectro, como nosotros –apunté yo–. Supongo que ahí está la diferencia.

Me hundí en el asiento, agotado e incrédulo. Atila había convertido todas y cada una de sus oportunidades en odio y destrucción, y eso en nombre de un dios malvado que no existía. *¿Por qué?*

Volamos algún tiempo en silencio, mientras mi organismo recuperaba su ritmo normal de funcionamiento. Por dos veces me había visto como un destructor –un teniente moderno y un antiguo general–, y no sabía por qué. ¿Acaso todos los veteranos del ejército, aun los que no han entrado nunca en combate, se ven acosados por los fantasmas de lo que habría podido suceder, de lo que habrían podido hacer?

–¿Atila el Huno? ¿Yo? –pensé en voz alta–. ¡Y sin embargo, comparado con el piloto que arrasó Kiev, Atila era un corderito!

Leslie reflexionó durante un largo instante.

–¿Qué significado tiene todo esto? Sabemos que los acontecimientos son simultáneos, pero, ¿crees que la *conciencia* puede evolucionar? Por una vez en esta vida, has permitido que el gobierno te entrene para ser un asesino. Ahora eso sería imposible. ¡Has cambiado, has evolucionado! –Me cogió la mano–. Quizás Atila también forme parte de mí, quizá forme parte de todos aquellos que alguna vez han tenido un pensamiento asesino. Puede que sea por eso por lo que, al nacer, olvidamos las vidas anteriores; para hallarnos en condiciones de empezar otra vez de nuevo, para poder concentrarnos en hacerlo mejor en esta ocasión.

Estuve a punto de preguntar «¿Qué es lo que debemos hacer mejor?» y oí la respuesta *Dar expresión al amor* aun antes de formular mi pregunta en palabras.

–Tienes razón.

Me sentía como si el hidroavión estuviera manchado, contaminado por el último aterrizaje. Por debajo de nosotros centelleaban las transparentes aguas.

–¿Te importa que baje un momento al agua? Es para lavar a *Gruñón*.

Me miró inquisitivamente.

–Un gesto simbólico, supongo.

Me besó en la mejilla, leyendo mis pensamientos.

–Hasta que no descubras la forma de vivir por otra persona, ¿por qué no te limitas a responder por la vida de Richard Bach y dejas que Atila responda de la suya?

Tocamos las olas a media potencia; aminoramos la velocidad sin detenernos, levantando chorros de espuma a setenta kilómetros por hora, y describimos una serpenteante estela mientras yo timoneaba a derecha e izquierda para borrar el recuerdo de aquella perversa existencia.

Tiré de la palanca hacia mí con la idea de que la espuma se adelantara y nos bañara de agua al perder velocidad. Así sucedió, pero, por supuesto, nos vimos proyectados a un mundo distinto.

diez

CUANDO NOS detuvimos, el césped se extendía a nuestro alrededor como un estanque esmeralda rodeado de montañas. El crepúsculo flameaba entre nubes escarlatas.

Suiza, pensé de inmediato; hemos aterrizado en una postal suiza. Abajo, en el valle, se veía una extensión de árboles, casas desperdigadas, un grupo de techos puntiagudos, el campanario de una iglesia. En el camino del pueblo había un carro, tirado no por un tractor ni un caballo, sino por una especie de vaca.

No vi a nadie en las cercanías, ni un sendero, ni siquiera un camino de cabras. Tan sólo aquel lago de césped, moteado de flores silvestres y medio encerrado entre empinadas cumbres cubiertas de nieve.

–Y ahora, ¿qué te parece...? –comencé–. ¿Dónde estamos?

–En Francia –respondió Leslie. Lo dijo sin pensar, y antes de que pudiera preguntarle cómo lo sabía, añadió–: ¡Mira!

Señaló hacia una grieta entre las rocas, donde un anciano permanecía de rodillas en tierra junto a una pequeña fogata. Estaba soldando algo. Un brillante fulgor blanco amarillo chispeaba y danzaba sobre las rocas, a sus espaldas.

–¿Qué hace aquí un soldador? –me extrañé.

Mi esposa lo contempló durante unos instantes como si, más que verla, estuviera recordando la escena.

–No suelda –me corrigió–. Está rezando.

Echó a andar hacia él y yo la seguí, decidido a permanecer en silencio. ¿Acaso mi esposa se reconocía en aquel eremita, tal y como yo me había reconocido en Atila?

Ya desde más cerca, pudimos ver con toda claridad que aquello no era ningún soplete. Se trataba de una cegadora columna color sol que, sin ruidos ni humos, palpitaba sobre el suelo a menos de un metro del anciano.

–... y al mundo le darás, como tú has recibido. –De la luz surgía una voz suave–. A todos aquellos que anhelan conocer la verdad de dónde venimos, la razón de nuestra existencia y el camino que se extiende ante nosotros hasta llegar a nuestro hogar para siempre.

Nos detuvimos a unos metros de distancia del anciano, transfigurados por la escena. Ya había visto una vez aquel resplandor, años antes, y había quedado anonadado por un vistazo accidental a lo que aún hoy sigo llamando Amor. La luz que veíamos en aquellos momentos era la misma, tan radiante que convertía el mundo en una mera nota a pie de página, un insignificante asterisco.

Luego, en un abrir y cerrar de ojos, la luz se esfumó. Bajo el punto donde antes refulgía quedó un fajo de papel dorado, cubierto de una magnífica caligrafía.

El hombre seguía arrodillado y en silencio, los ojos cerrados, sin advertir nuestra presencia.

Leslie se adelantó y recogió el resplandeciente manuscrito.

Esperábamos hallar runas o jeroglíficos, pero vimos palabras en inglés. Pues claro, pensé. El anciano las vería en francés, y un persa en parsi. Así sucede con la revelación: no es el lenguaje lo que importa, sino la comunicación de ideas.

Sois criaturas de luz, leímos. *De la luz habéis venido, a la luz iréis, y a vuestro alrededor, rodeándoos en todo momento, está la luz de vuestro ser infinito.*

Leslie volvió una página.

Por elección vuestra moráis ahora en el mundo que habéis creado. Lo que encerráis en vuestros corazones se hará realidad, y aquello que más deseáis, en eso os convertiréis.

No temáis ni desmayéis ante esa ilusión que son las tinieblas, ante ese disfraz que es el mal, ante ese cascarón vacío que es la muerte, pues éstos son los desafíos que vosotros habéis elegido. Son las piedras sobre las que habéis elegido afilar la cortante espada de vuestro espíritu. Sabed que estáis constantemente envueltos por la realidad del amor, y que en todo momento disponéis del poder de transformar vuestro mundo por medio de lo que habéis aprendido.

Había centenares de páginas. Las hojeamos someramente, pasmados de temor reverencial.

Sois la vida que inventa formas. Ni la espada ni los años pueden mataros más de lo que os matarían los umbrales por los que pasáis de una a otra habitación. Cada habitación os entrega su palabra para que la pronunciéis, cada paso os da su canción para que la entonéis.

Leslie me miró, conmovida. Si aquel escrito podía afectarnos tan profundamente a nosotros, hijos del siglo veinte, ¡qué efecto no tendría sobre la gente de aquel siglo... quizás el doce.

Volvimos al manuscrito. No había textos litúrgicos, ni instrucciones para el culto, ni exhortaciones a desencadenar el fuego y la destrucción sobre los enemigos, ni calamidades para los no creyentes, ni crueles dioses como el de Atila. No se hablaba de templos, ni de sacerdotes, rabinos, congregaciones, plegarias, coros, vestimentas rituales o días sagrados. Era una escritura dirigida al amoroso ser interior, y exclusivamente a él.

Divulga estas ideas en este siglo, pensé, como una clave para reconocer nuestro poder sobre las creencias, y el terror desaparecerá. ¡Con estas enseñanzas, el mundo puede evitarse la Edad Oscura!

El anciano abrió por fin los ojos, nos vio y se puso en pie tan ajeno al temor como si hubiera leído aquellas páginas de cabo a rabo. Tras mirarme de soslayo, contempló detenidamente a Leslie.

—Me llamo Jean-Paul le Clerc —anunció—, y vosotros sois ángeles.

Antes de que pudiéramos recobrarnos de nuestro desconcierto, el hombre se echó a reír de buena gana.

—¿Habéis visto la Luz? —inquirió.

—¡La Inspiración! —dijo mi esposa, al tiempo que le tendía las doradas páginas.

—Inspiración, ciertamente. —Le hizo una reverencia, como si la recordara y ella, al menos, fuera en verdad un ángel—. Estas palabras encierran la llave de la verdad para aquel que quiera leerlas, son la llave de la vida para quienes estén dispuestos a escuchar. Cuando yo era un niño, la Luz me prometió que las páginas llegarían a mis manos la misma noche en que apareceríais vosotros. Y habéis venido ahora que soy ya viejo, y también ellas.

—Cambiarán el mundo —le aseguré.

Me miró de una forma extraña.

—No.

—Pero os han sido entregadas...

—... como una prueba —concluyó él.

—¿Una prueba? —repetí.

—He viajado muy lejos —explicó— y he estudiado las escrituras de un centenar de religiones, desde Catay al país de los escandinavos. —Sus ojos chispearon—. Y a pesar de mis estudios, he aprendido. Todas las grandes religiones comienzan con la luz. Pero sólo los corazones pueden conservar la luz. Las páginas, no.

—Pero en vuestras manos tenéis... —objeté—. Debéis leerlo. ¡Es muy hermoso!

—En mis manos no tengo más que papel —replicó el anciano—. Entrega estas palabras al mundo y serán amadas y comprendidas por aquellos que ya conocen su verdad. Pero antes deberemos darles nombre. Y ésta será su muerte.

—¿Acaso dar nombre a una cosa hermosa equivale a matarla?

Me contempló con asombro.

–Dar nombre a una cosa es inofensivo. Dar nombre a estas ideas es crear una religión.

–¿Por qué?

Con una sonrisa, me tendió el manuscrito.

–Te entrego estas páginas, a ti...

–Richard –le informé.

–Te entrego estas páginas emanadas directamente de la Luz del Amor, a ti, Richard. ¿Deseas a tu vez transmitirlas al mundo, a la gente que anhela conocer lo que dicen, a los que no han tenido el privilegio de hallarse en este lugar en el instante en que fue entregado este don? ¿O prefieres conservar este escrito únicamente para ti?

–Quiero transmitirlas, desde luego.

–¿Y qué nombre darás a tu regalo?

Traté de imaginar adónde pretendía ir a parar.

–¿Acaso importa?

Si no le das un nombre, otros lo harán. Le llamarán *El libro de Richard*.

–Ya entiendo. Muy bien. Les daré un nombre cualquiera... las páginas.

–¿Y protegerás tú *Las Páginas*? ¿Permitirás que otros las corrijan, que modifiquen lo que no comprenden, que tachen lo que quieran, lo que no resulta de su gusto?

–¡No! Nada de cambios. ¡Han sido entregadas por la Luz! ¡No debe haber cambios!

–¿Estás seguro? ¿Ni siquiera una línea aquí y allí, por buenos motivos? «La mayor parte de la gente no lo entenderá.» «Esto puede resultar ofensivo.» «El mensaje no queda lo bastante claro.»

–¡Nada de cambios!

Enarcó inquisitivamente las cejas.

–¿Y quién eres tú para decirlo?

–Estaba aquí cuando fueron entregadas –respondí–. ¡Yo mismo las vi aparecer!

–Entonces –prosiguió–, ¿te has convertido en el Guardián de las Páginas?

–No tengo por qué ser yo forzosamente. Puede serlo cualquiera, siempre que prometa no introducir cambios.

–¿Pero alguien es el Guardián de las Páginas?

–Supongo que alguien debe serlo.

–Y aquí comienza la jerarquía sacerdotal de los paginistas. Quienes dedican sus vidas a proteger un orden de ideas se convierten en los sacerdotes de ese orden. Pero todo orden nuevo, todo camino nuevo, representa un cambio. Y el cambio es el fin del mundo tal como existe en un momento dado.

–Estas páginas no conllevan ninguna amenaza –aduje–. Tan sólo nos traen amor y libertad.

–El amor y la libertad son el fin del miedo y la esclavitud.

–¡Por supuesto! –exclamé, molesto. ¿Adónde quería llegar? ¿Por qué Leslie permanecía en silencio? ¿Acaso no estaba de acuerdo en que aquello era...?

–Los que se benefician del miedo y la esclavitud –prosiguió Le Clerc–, ¿recibirán con agrado el mensaje de las Páginas?

–Seguramente no, pero no podemos permitir que esta... luz... ¡se pierda!

–¿Harás la promesa de proteger la luz? –inquirió.

–¡Por descontado!

–Los demás paginistas, tus amigos, ¿la protegerán también?

–Sí.

–Y si los que medran con el miedo y la esclavitud convencen al rey de este país de que tus ideas son peligrosas, si marchan sobre tu vivienda, si acuden con espadas, ¿cómo piensas proteger las Páginas?

–¡Huiré! ¡Me las llevaré conmigo!

–¿Y cuando seas perseguido, y alcanzado, y acorralado?

–Si hay que luchar, lucharé –respondí–. Hay principios más importantes que la propia vida. Hay ideas por las que vale la pena morir.

El anciano suspiró.

–Y así comenzaron las guerras paginistas –declaró–. Espadas y armaduras y escudos y pendones, y caballos, e incendios, y sangre por las calles. No serán unas guerras pequeñas. Millares de verdaderos creyentes se unirán a ti, decenas de millares, ágiles, fuertes e inteligentes. Pero los principios de las Páginas desafían a los gobernantes de cualquier nación

108

que base su poder en el miedo y la oscuridad. Decenas de miles cabalgarán contra ti.

Por fin comencé a entrever lo que Le Clerc trataba de decirme.

—Para darte a conocer —continuó—, para distinguirte de los otros, necesitarás un símbolo. ¿Qué símbolo elegirás? ¿Qué signo bordarás en tus banderas?

Mi corazón se hundía bajo el peso de sus palabras, pero me forcé a seguir hasta el final.

—El símbolo de la luz —contesté—. El signo de la llama.

—Y así sucederá —profetizó, leyendo una historia aún no escrita— que el Signo de la Llama se alzará contra el Signo de la Cruz en los Campos de batalla de Francia, y la Llama prevalecerá en una gloriosa victoria, y las primeras ciudades de la Cruz serán arrasadas por tu puro fuego. Pero la Cruz se unirá a la Media Luna, y sus ejércitos combinados acudirán desde el sur y desde el este, y descenderán desde el norte, y cien mil hombres armados se enfrentarán a tus ochenta mil.

Sentí ganas de exclamar: «Oh, basta, ya sé qué viene a continuación.»

—Y por cada soldado de la Cruz y cada guerrero de la Media Luna que mates para proteger tu don, habrá cien que odiarán tu nombre. Sus padres y sus madres, sus esposas, sus hijas, sus hijos y sus amigos odiarán a los paginistas y a las malditas Páginas por haber asesinado a sus seres queridos, y todos los paginistas odiarán a los cristianos y a su maldita Cruz, a los musulmanes y a su maldita Media Luna, por el asesinato de los suyos.

—¡No! —exclamé. Todas y cada una de sus palabras eran ciertas.

—Y durante las guerras se levantarán altares, se alzarán cúpulas y catedrales para guardar las Páginas. Los que busquen el crecimiento y la comprensión se hallarán, por el contrario, constreñidos por nuevas supersticiones y nuevos límites: campanas y símbolos, reglamentos y cánticos, ceremonias, plegarias y vestiduras, incienso y presentes de oro. El corazón del paginismo pasará del amor al oro. Oro para construir mayores templos, oro para comprar espadas con las que convertir a los infieles y salvar así sus almas.

109

Y cuando tú mueras, Primer Guardián de las Páginas, oro para erigir tus estatuas. Tendrás monumentos impresionantes, grandiosos frescos que convertirán esta escena en arte inmortal. Mira tú mismo este tapiz: aquí la Luz, allí las Páginas, ahí la bóveda del cielo abierta para revelar el Paraíso. Aquí se arrodilla Richard el Grande en su resplandeciente armadura; acá, el admirable Ángel de la Sabiduría, con las Benditas Páginas entre sus manos; allá, el viejo Le Clerc junto a su humilde hoguera en las montañas, testigo de la visión.

¡*No!*, pensé. ¡Imposible!

Pero no era imposible, sino inevitable.

–Entrega estas páginas al mundo y habrá otra poderosa religión, otra casta sacerdotal, otro enfrentamiento de facciones entre «nosotros» y «ellos». Dentro de cien años, un millón de personas habrán muerto por las palabras que ahora sostenemos en nuestras manos; dentro de mil años, serán decenas de millones. Y todo por estos papeles.

No había rastro de amargura en su voz, ni parecía tampoco cínica o cansada. Jean-Paul le Clerc estaba lleno de la sabiduría de toda una vida, y acogía sus descubrimientos con calma aceptación.

Leslie se estremeció.

–¿Quieres mi chaqueta? –le ofrecí.

–No, gracias –rehusó–. No es el frío.

–No es el frío –repitió Le Clerc. Se agachó, cogió una brasa de su fogata y la acercó a las doradas páginas–. Esto te calentará.

–¡No! –Aparté bruscamente las páginas–. ¿Quemar la verdad?

–La verdad no arde. La verdad espera a todo aquel que desea encontrarla –objetó–. Sólo arderán estas páginas. La elección es vuestra. ¿Deseáis que el paginismo se convierta en la próxima religión de este mundo? –Sonrió–. Seréis santos de la iglesia...

Miré a Leslie y vi en sus ojos el horror que percibía en los míos.

Enseguida, mi esposa tomó el ascua de manos del eremita y tocó con ella el borde del pergamino. La llama se convirtió en una gran flor, blanca como el sol, y al cabo de un instante los ardientes fragmentos cayeron al suelo, donde terminaron de consumirse.

El anciano emitió un suspiro de alivio.

—¡Cuán afortunado es este día! —exclamó—. ¡Qué raramente se nos ofrece la oportunidad de salvar al mundo de una nueva religión!

Luego se volvió hacia mi esposa con una sonrisa esperanzada.

—¿En verdad lo hemos salvado?

Ella le devolvió la sonrisa.

—Así es. En nuestra historia, Jean-Paul le Clerc, no se dice ni una palabra de los paginistas y sus guerras.

Cruzaron una tierna mirada de despedida, de escéptico a escéptico, y luego, tras una pequeña reverencia dirigida a ambos, el anciano se giró y comenzó a subir por la ladera hasta perderse en la oscuridad.

Las vibrantes páginas aún ardían en mi mente, inspiración convertida en cenizas.

—Pero, ¿y los que necesitan conocer el mensaje que contenían esas páginas? —le pregunté a Leslie—. Cómo podrían... cómo podríamos aprender lo que estaba escrito en ellas?

—El anciano tiene razón —respondió ella, mirando hacia el lugar donde se había perdido de vista—: quienes quieran luz y verdad, pueden encontrarlas por sí mismos.

—No estoy muy seguro. A veces necesitamos un maestro.

—Prueba esto —me propuso—. Imagínate que sincera, profunda y verdaderamente deseas saber quién eres, de dónde vienes y por qué estás aquí. Imagínate que te hallas dispuesto a no tener descanso hasta que lo sepas.

Asentí con la cabeza y me imaginé resuelto y decidido, anhelando aprender, registrando las bibliotecas en busca de libros y revistas atrasadas, asistiendo a conferencias y seminarios, llevando diarios de mis esperanzas y especulaciones, anotando intuiciones, meditando en las montañas, buscando pistas en los sueños y en las coincidencias, preguntando a los desconocidos... en resumen, todo lo que suelo hacer cuando lo más importante es aprender.

—Ya está.

–Y ahora –prosiguió ella–, ¿eres capaz de imaginar *que no lo averiguas?*

Uf, pensé. ¡Esta mujer sabe abrirme los ojos!

Respondí con una reverencia.

–Milady Le Clerc, Princesa del Saber.

Ella se inclinó lentamente en la penumbra.

–Milord Richard, Príncipe de la Llama.

En el claro aire de la montaña, la estreché en silencio entre mis brazos; las estrellas ya no brillaban sobre nosotros, sino a nuestro alrededor. Éramos uno con las estrellas, uno con Le Clerc, con las páginas y con su amor, uno con Pye y Tink y Atkin y Atila, uno con todo lo que existe, existió o existirá alguna vez. Uno.

La muchedumbre del anochecer pasaba apresuradamente ante nosotros, con gruesos abrigos y pieles, contrayendo las facciones bajo los copos de nieve.

–Viendo a esta gente, ¿podrías decir dónde nos encontramos? –preguntó Leslie–. Imagínate que son neoyorquinos con gorros de piel. ¿Notas alguna diferencia?

El sitio no era lo bastante angosto para ser neoyorquino, y le faltaba el miedo nocturno a las calles. Sin tener en cuenta la ciudad, empero, cuando traté de establecer diferencias entre aquellas personas y los estadounidenses, me resultó difícil hallarlas.

–No se trata de los gorros –decidí–. Parecen rusos como el día después del jueves parece un viernes.

–¿Podrían ser estadounidenses? –insistió ella–. Si esto fuese Minneapolis y viéramos a esta gente, ¿diríamos en seguida: «¡Son rusos!»? –Hizo una pausa–. ¿Tengo *yo* cara de rusa?

La miré con los párpados entornados, ladeando la cabeza. Vista entre aquella multitud soviética, con sus ojos azules, sus pronunciados pómulos y la cabellera rubia...

–¡Vosotras, las rusas, sois bellísimas!

–*Spasibo* –contestó con aire remilgado.

De pronto, una pareja que avanzaba entre el gentío cogida del brazo se detuvo a menos de cinco metros de nosotros y nos contempló como si fuésemos unos marcianos de largos tentáculos que acabáramos de descender de un platillo volante.

Los demás peatones les dirigían breves miradas de curiosidad al verlos allí parados y pasaban a su lado sin detenerse. La pareja no les prestaba ninguna atención, pues sólo tenían ojos para nosotros, mientras sus conciudadanos cruzaban despreocupadamente a través de nosotros como si fuéramos un holograma invisible proyectado en su camino.

–¡Hola! –saludó Leslie, con un pequeño gesto de la mano.

Nada. Siguieron mirándonos como si no comprendieran. ¿Acaso nuestra extraña facultad de comunicarnos en cualquier idioma nos había abandonado en la Unión Soviética?

–Hola –probé yo–. ¿Cómo estáis? ¿Nos buscabais?

La mujer fue la primera en recuperarse. Una oscura cabellera que surgía en largas guedejas bajo el borde de su gorro de piel, unos ojos llenos de curiosidad que no dejaban de inspeccionarnos.

–¿Os buscábamos? –preguntó, con una asombrada sonrisa. Se nos acercó lentamente, sin soltar el brazo del hombre–. En tal caso, buenas noches.

Ella se acercó haciendo que su acompañante se aproximara a nosotros más de lo que él mismo hubiese deseado.

–Sois norteamericanos –afirmó.

No me di cuenta de que había contenido el aliento hasta que comencé a respirar de nuevo.

–¿Cómo lo sabes? –inquirí–. ¡Precisamente ahora estábamos hablando de lo mismo!

–Tenéis aspecto de norteamericanos.

–¿En qué se nos nota? ¿Hay algo especial en nuestra mirada?

–Los zapatos. Distinguimos a los norteamericanos por los zapatos.

Leslie se echó a reír.

–Entonces, ¿cómo distinguís a los italianos?

El hombre vaciló y esbozó una brevísima sonrisa.

–No se puede distinguir a los italianos –explicó–. Ya son todos distinguidos.

Nos reímos todos juntos. Resultaba extraño, pensé, que menos de un minuto después de encontrarnos ya estuviéramos los cuatro actuando como si fuésemos viejos amigos.

Les contamos quiénes éramos y qué nos había ocurrido, pero me dio la impresión de que fue nuestro extraordinario estado de irrealidad lo que más contribuyó a convencerlos de que éramos reales. Aun con eso, Tatiana e Iván Kirilov parecían tan fascinados con nosotros por ser norteamericanos como por ser aspectos alternativos de su yo llegados de un mundo alternativo.

–Venid a casa, por favor –nos invitó Tatiana–. No estamos lejos.

Siempre he opinado que hemos elegido a los soviéticos por enemigos debido a lo mucho que se parecen a nosotros, unos bárbaros magníficamente civilizados. Su apartamento,

de la noche aparezca una muchedumbre que grita y apedrea la Casa Blanca, esperan que nos lo creamos.

–Nuestro pequeño mundo estaba empezando a crecer –se lamentó Tatiana–. Últimamente, habíamos llegado a pensar que gastábamos demasiado dinero para defendernos de los norteamericanos, pero ahora... ¡Para nosotros, estas palabras son demenciales! Quizás en vez de gastar demasiado no estemos gastando lo suficiente. ¿Cómo podemos salir de este... este terrible círculo vicioso? ¡Nunca se detiene! Todos corremos y corremos, ¿y quién sabe cuándo acabará?

–Imaginad que habéis heredado una casa que no habíais visto nunca –sugerí–. Vais a visitar vuestra nueva propiedad y, al llegar, descubrís que todas las ventanas están erizadas de...

–¡Cañones! –me interrumpió Iván, atónito. ¿Cómo podía un norteamericano conocer la misma historia que un ruso había imaginado para sí mismo?–. Ametralladoras, cañones y misiles, y todos apuntan hacia una casa cercana, al otro extremo del campo. Y esa casa tiene ventanas, igualmente llenas de armas y cañones que apuntan a la primera. Las dos casas poseen los suficientes cañones como para eliminarse mutuamente un centenar de veces. ¿Qué haríamos nosotros si heredásemos una casa así?

Extendió la palma hacia mí, invitándome a continuar la narración si podía.

–¿Vivir con los cañones y llamar a eso «paz»? –proseguí yo–. ¿Comprar más cañones porque el ocupante de la otra casa también lo hace? Se está cayendo la pintura de las paredes, tenemos goteras en el techo, pero nuestros cañones están bien engrasados y en posición.

–¿Resulta más probable que el vecino nos dispare si retiramos algunos cañones de nuestras ventanas –preguntó Leslie–, o si añadimos más?

–Si quitáramos unos *pocos* cañones de las ventanas –intervino Tatiana–, de manera, digamos, que sólo pudiésemos destruir al vecino unas noventa veces, ¿acaso eso le incitaría a abrir fuego porque ahora él es más fuerte? No lo creo. Por lo tanto, retiro un cañón viejo y pequeño.

–¿*Unilateralmente*, Tatiana? –inquirí–. ¿Sin un tratado?

¿Sin años de negociaciones? ¿Vas a efectuar *un desarme unilateral* mientras él mantiene todos sus cañones y cohetes apuntando hacia tu dormitorio?

Ella irguió la cabeza con aire desafiante.

—¡Unilateralmente!

—Eso es —asintió su marido, totalmente de acuerdo—, y luego lo invitas a tomar el té. Le sirves un poco de repostería y le comentas: «A propósito, acabo de heredar esta casa de un tío. Puede que a usted le cayera mal, puede que usted le cayera mal a él, pero yo no tengo ningún motivo de disputa con usted. Su techo, ¿tiene también goteras como el nuestro?» —Se cruzó de brazos—. ¿Qué crees que hará ese hombre?, ¿aceptaría nuestros dulces y al volver a su casa dispararía contra nosotros? —Se volvió hacia mí y sonrió—. Los norteamericanos están locos, Richard. ¿También tú estás loco? Después de comer nuestra repostería, *¿volverás a tu casa y dispararás?*

—Los norteamericanos no estamos locos —protesté—, pero somos muy astutos.

Me miró por el rabillo del ojo.

—¿Os habéis creído que Estados Unidos se gastan miles de millones de dólares en misiles y en sistemas de orientación de alta tecnología? Pues no. Estamos *ahorrándonos* miles de millones. ¿Y *cómo?*, querréis saber. —Clavé la vista en sus ojos, sin sonreír.

—¿Cómo? —preguntó él.

—Iván, ¡nuestros misiles no tienen sistemas de orientación! Ni siquiera los datamos de motores; solamente de cabezas nucleares. El resto es cartón y pintura. Mucho antes de Chernobyl ya éramos lo bastante listos para saberlo: *¡el punto en que explotan las cabezas nucleares carece de importancia!*

Me miró, tan solemne como un juez.

—*¿Carece de importancia?*

Sacudí la cabeza.

—Nosotros, los astutos norteamericanos, descubrimos dos hechos fundamentales. Primero, comprendimos que cuando construíamos un silo para misiles no estábamos edificando un punto de lanzamiento, sino un punto *de impacto.* Nada más remover la primera palada de tierra para iniciar la

119

–Los submarinos pueden ser un buen negocio –explicó él.

–*¡Visitas turísticas a las profundidades!* –añadió Tatiana–. El primer país que logre llevar turistas al fondo del océano se hará rico.

–¿Creéis que construimos aviones de transporte? –prosiguió él–. Error. No son aviones de transporte, sino condominios flotantes para la gente que quiere viajar, pero que odia salir de casa; ciudades libres de contaminación, con las mayores pistas de tenis de todo el mundo, capaces de llevarte allí donde tú quieras ir. A un clima más cálido, por ejemplo.

–¿Y el programa espacial? ¿Sabes cuánta gente está haciendo cola para salir al espacio, un viaje de dos horas, dispuesta a pagar el precio que pidamos? Hará calor en Siberia –concluyó, satisfecho como un gato– el día en que la Unión Soviética vaya a la quiebra.

Esta vez me tocó a mí el turno de quedarme atónito.

–¿*Vais a vender paseos por el espacio?* ¿Y el comunismo?

–¿Qué tiene eso que ver? –Se encogió de hombros–. A los comunistas también les gusta el dinero.

Leslie se volvió hacia mí.

–¿Qué te había dicho?

–¿Qué te había dicho? –repitió Iván, dirigiéndose a mí.

–Que vosotros sois iguales a nosotros –repliqué–. Y que deberíamos comprobarlo personalmente.

–Para muchos norteamericanos –comentó Leslie–, la guerra fría terminó con una serie de televisión en la que la Unión Soviética invadía Estados Unidos e imponía su propio gobierno. Cuando la serie terminó, todo el país estaba a punto de morir de aburrimiento, incapaz de creer que nadie pudiese ser tan insulso. Teníamos que comprobarlo por nosotros mismos, de modo que los viajes turísticos a Rusia se multiplicaron por tres de la noche a la mañana.

–¿Y no somos tan aburridos? –quiso saber Tatiana.

–Tanto, no –respondí–. El sistema soviético presenta aspectos verdaderamente obtusos... pero es que la política norteamericana también tiene cosas que harían dormir a un pavo. Aparte de eso, lo que queda por ambas partes no está tan mal. Cada uno de nosotros elige lo que es más importante para él. Vosotros sacrificáis la libertad en beneficio de la seguridad, y nosotros sacrificamos la seguridad en beneficio de la libertad. Vosotros no tenéis pornografía, y nosotros no tenemos leyes que impidan viajar libremente. ¡Pero no hay nadie tan aburrido que nos haga desear el fin del mundo!

–En todo conflicto –explicó Leslie–, podemos defendernos o podemos aprender. La defensa ha convertido el mundo en un lugar inhabitable. ¿Qué sucedería si, por el contrario, decidiéramos aprender, si en vez de decir «me asustas» dijéramos «me interesas»?

–Nosotros creemos que, poco a poco, nuestro mundo está cada vez más dispuesto a probar esta alternativa –añadí.

Me pregunté qué habíamos ido a aprender allí. ¿Que «ellos» son «nosotros»? ¿Que los norteamericanos son soviéticos son chinos son africanos son árabes son asiáticos son escandinavos son indios? ¿Distintas expresiones del mismo espíritu surgidas de distintas alternativas, distintas bifurcaciones en el infinito camino de la vida en el espacio-tiempo?

Hablando de lo que nos gustaba y lo que no nos gustaba de las dos superpotencias que tenían nuestras vidas en su puño, la velada se prolongó hasta pasada la medianoche. Charlando calurosamente, como viejos amigos, tuvimos la sensación de haber conocido y querido a aquella pareja durante toda nuestra vida.

¡Cómo cambiaba las cosas el hecho de conocerlos! Después de aquella velada, librar una guerra con Tatiana o Iván Kirilov nos resultaría tan aceptable como bombardearnos nosotros mismos. De marionetas del imperio del mal, habían pasado a convertirse en seres humanos iguales a nosotros, en personas que se esforzaban tanto como nosotros por hallarle un sentido a la vida, y cualquier temor que hubieran podido inspirarnos se desvaneció por completo. Para cuatro de nosotros, al menos, el círculo vicioso se había roto.

–En la Unión Soviética tenemos la historia de un lobo y un conejo danzarín –comenzó Iván, dispuesto a representarla para nosotros.

doce

¿**P**OR QUÉ? –exclamé–. ¿Qué tiene de maravilloso el asesinato en masa para que en toda la historia del mundo nadie haya encontrado jamás una solución mejor que exterminar a todos los que discrepan? ¿Acaso es éste el límite de la inteligencia humana? ¿Seguimos siendo hombres de Neanderthal? *¡Zog tener miedo, Zog matar!* Es que... No puedo creer que todos hayan sido siempre tan... *¡estúpidos!* Que nadie haya...

La frustración no puede completar sus frases. Contemplé a Leslie, que tenía las mejillas cubiertas de lágrimas. Lo que a mí me había provocado una profunda cólera, en ella había despertado un profundo pesar.

–Tatiana... –musitó, tan afectada como si estuviera bajo las bombas–. Iván... Qué buenas personas... y Petrouchka... ¡Oh, Dios mío! –Comenzó a sollozar.

Me hice cargo de los controles y apreté su mano. ¡Cómo me habría gustado que Pye se encontrara con nosotros! ¿Qué diría ella de nuestra furia y nuestro llanto?

Maldita sea, pensé. Con toda la belleza que podríamos alcanzar, con toda la gloria que muchos ya han alcanzado, ¿y ha

El blanco describió un cerrado giro hacia la derecha y de improviso, desesperado, invirtió el sentido del movimiento. La maniobra le llevó directamente ante nuestro punto de mira, casi a quemarropa, y mi yo alternativo apretó el disparador incorporado en el volante de control. Las ametralladoras crepitaron, un sonido apagado como de petardos en las alas, y de inmediato vimos surgir una nubecilla de humo blanco del motor del otro avión.

Por primera vez oímos la voz de nuestro piloto.

−¡Ya te tengo! −exclamó−. O casi...

¡Era la voz de Leslie! ¡No era otro aspecto de mí quien pilotaba nuestro aparato, sino una Leslie alternativa!

En la mira destelló un mensaje: *BLANCO TOCADO.*

−¡Maldición! −protestó la piloto−. Vamos, Linda...

Aceleró para aproximarse aún más al averiado contrincante y volvió a apretar el disparador con una ráfaga más larga. El interior de la cabina se llenó de olor a pólvora.

El humo que antes era blanco se volvió negro, y el aceite del motor de nuestra víctima nos salpicó el parabrisas.

BLANCO DESTRUIDO.

−¡Ahora sí! *¡Ahora sí!* −gritó la piloto.

Por la radio llegó un mensaje apenas audible.

−¡Delta Leader, gira a la derecha! ¡Enseguida! ¡Enseguida! *¡A la derecha!*

La piloto no volvió la cabeza para ver el peligro, sino que rápidamente giró el volante hacia la derecha como si su vida dependiera de ello. Demasiado tarde.

De pronto, nuestro parabrisas quedó oscurecido por un chorro de aceite caliente, y un brote de humo negruzco estalló bajo la cubierta del motor. El motor tartamudeó y se detuvo; la hélice quedó inmóvil.

En la carlinga sonó una campana, como la que marca el final del asalto en un combate de boxeo. El mensaje que se iluminó en la mira decía: *AVIÓN DERRIBADO.*

Al instante quedó todo en silencio, sólo el agudo gemido del viento en el exterior y la irregular columna de humo que brotaba del motor.

Estiré el cuello para mirar hacia atrás y, sobre la negra

estela que íbamos dejando, divisé un aparato que nos daba alcance y oí el rugido de su motor. Se trataba de un avión idéntico al que acabábamos de eliminar, pero pintado a cuadros anaranjados y amarillos. En el interior de la cabina, mientras nos adelantaba a menos de veinte metros de distancia, el hombre que nos había derribado se reía y saludaba alegremente con la mano.

Nuestra piloto alzó el visor de su casco y le devolvió el saludo.

–¡Maldita sea, Xiao! –masculló para sí–. ¡Ésta me la pagarás cara!

El otro empezó a alejarse. Sobre su fuselaje de vivos colores, bajo la cabina, alcancé a distinguir varias hileras de marcas que indicaban otras tantas victorias en el aire. Enseguida, el morro de su avión se enderezó con una sacudida e inició una cerrada curva ascendente para salir al encuentro de nuestro piloto de flanco, que se abalanzaba con un rugido sobre él, ávido de venganza. Los dos aeroplanos, describiendo semicírculos el uno en torno al otro, se perdieron de vista en menos de medio minuto.

No había fuego en nuestra cabina, y el humo se había reducido a un minúsculo jirón. Para ser alguien que acababa de perder una batalla, nuestra piloto parecía tan pacífica como una tostada quemada.

–Oye, Delta Leader –dijo una voz por la radio–. ¡Tu cámara se ha apagado! Tengo delante una luz que me indica que te han derribado. ¡Dime que no es cierto!

–Lo siento, entrenador –respondió la mujer–. A veces se gana y a veces se pierde, ¡maldita sea! Xiao Xien Ping me la ha jugado.

–Excusas, excusas. Cuéntaselo a tus admiradores. Había apostado doscientos dólares a que Linda Albright regresaría como triple vencedora, ¡y se han esfumado! ¿Dónde vas a aterrizar?

–El Tres de Shanghai es el más cercano, pero podría llegar hasta el Dos si quieres.

–El Tres está bien. Te inscribiré para que vuelvas a salir mañana desde Shanghai Tres. Llámame esta noche, ¿de acuerdo?

131

–Detesto esta parte –nos dijo ella–. En este mismo instante, el Primer Canal de los Juegos anuncia a los cuatro vientos que Linda Albright está fuera de combate después de ser tiroteada por la espalda como un maldito novato en su primera salida. –Suspiró–. ¡Qué le vamos a hacer! Al mal tiempo buena cara, Linda.

En cuestión de segundos, todos los objetivos se concentraron en primeros planos de nuestro pequeño avión, un mosquito bajo otros tantos microscopios. En las enormes pantallas se vio cómo nuestra piloto abría la carlinga, se quitaba el casco, sacudía su larga y oscura cabellera y la echaba hacia atrás. Parecía molesta y enojada consigo misma. No aparecía ninguna imagen de nosotros.

El locutor del estadio fue el primero en llegar a su lado.

–¡El as norteamericano, Linda Albright! –gritó ante su micrófono–. ¡Vencedora en un excelente combate con Li Sheng Tan, pero lamentablemente derribada por Xiao Xien Ping, el as de Sechuán! ¿Puede decirnos algo sobre sus combates de hoy, señorita Albright?

Al otro lado de la línea roja había una multitud de seguidores de los Juegos Aéreos, casi todos chinos, ataviados con gorros y chaquetas que ostentaban los colores de la escuadrilla local. Estaban saboreando el instante, contemplaban los monitores de vídeo situados en el terreno y vislumbraban por entre las cámaras a la famosa Linda Albright en carne y hueso. ¡Cuánto se alegraban de tenerla allí, la celebridad del día! En las pantallas, bajo su rostro, se leía la leyenda LINDA ALBRIGHT, ESTADOS UNIDOS/2, y una hilera de 9,8 y 9,9. Al ver que se disponía a hablar, el público guardó silencio.

–El honorable Xiao es uno de los más bravos jugadores que adornan los cielos del mundo –comenzó. Mientras hablaba, los altavoces difundían la traducción de sus palabras–. Me inclino respetuosamente ante el valor y la pericia de tan gran piloto. Los Estados Unidos de América se sentirán muy honrados si mi humilde persona puede merecer la oportunidad de enfrentarse de nuevo con él en los cielos de este hermoso país.

La muchedumbre enloqueció. Para llegar a ser una estre-

134

lla de los Juegos Aéreos, hacía falta algo más que saber cuándo apretar un disparador.

El presentador se llevó una mano a su auricular y asintió con presteza.

–Muchas gracias, señorita Albright –se despidió–. Quedamos muy reconocidos por su visita al Estadio Tres, esperamos que disfrute su estancia en nuestra ciudad y le deseamos la mejor suerte en la continuación de estos Juegos Internacionales. –Se volvió hacia las cámaras–. Y ahora nos vamos con Yuan Ch'ing Chih, que vuela en la zona cuatro, donde es inminente una importante batalla...

Las pantallas mostraron las imágenes, captadas desde el aire, de tres aparatos chinos que avanzaban en formación para interceptar a ocho aviones norteamericanos. En el estadio retumbó una exclamación colectiva, y todos los ojos se volvieron hacia la acción que se avecinaba. O bien los tres chinos se hallaban poseídos de una suprema confianza, o bien anhelaban desesperadamente los puntos y la gloria, pero el coraje que demostraban resultaba magnético.

La batalla era retransmitida por las cámaras que llevaban incorporadas todos los combatientes, además de los propios aviones de la red de televisión. El realizador del programa seguramente tenía más de veinte imágenes entre las que escoger, y pronto serían más. Aullando desde las pistas despegaron dos equipos de cuatro aviones chinos, que ganaron altura a toda velocidad para llegar a tiempo a la batalla, dispuestos a inclinar la balanza en su favor antes de que el enfrentamiento de la zona cuatro pasara a la historia del deporte.

Linda Albright se soltó el correaje de los hombros y descendió de su aparato, deslumbradora en su mono de seda color fuego, ajustado como las mallas de un bailarín y completado con una cazadora de satén azul con estrellas blancas y una bufanda a rayas blancas y rojas.

Esperamos a un lado mientras los periodistas se agolpaban en torno a ella para obtener sus primeras impresiones nada más tocar tierra. Sin duda, en la escuela de pilotos le habían enseñado tanta discreción y cortesía como habilidades acrobáticas y puntería. Para cada pregunta tenía una contestación inesperada que reflejaba al mismo tiempo mo-

competiciones. Estamos hablando de asesinatos deliberados, premeditados y al por mayor.

Linda Albright se incorporó en el sofá y nos miró con expresión desconcertada.

—¡Dios mío! —exclamó de pronto—. ¡Queréis decir *guerras*! —La cosa resultaba tan impensable que en ningún momento se le había ocurrido la idea, pero al comprender la realidad se mostró compasiva y preocupada—. No podía suponer... También nosotros teníamos guerras, hace años. Guerras mundiales, hasta que nos dimos cuenta de que la siguiente iba a significar el fin para todos.

—¿Y qué hicisteis? ¿Cómo os detuvisteis?

—No nos detuvimos —dijo ella—. Sencillamente, cambiamos.

Sonrió al recordarlo.

—Fueron los japoneses los que lo empezaron todo, para vender más coches. Hace treinta años, Matsumoto se metió en las carreras aéreas de Estados Unidos. Fue un ardid publicitario: montaron el motor del automóvil Sundai en una avioneta de carreras. Luego instalaron microcámaras en las alas, participaron en las competiciones nacionales, consiguieron algunas imágenes bastante buenas y las convirtieron en los primeros anuncios de Sundai Drive. A nadie le importó que terminaran en cuarto lugar: las ventas del Sundai se dispararon de la noche a la mañana.

—¿Y eso cambió el mundo?

—A la larga, sí. Después vino Gordon Bremer, el promotor de espectáculos aéreos, con la idea de montar microcámaras de televisión y rayos láser trazadores en las avionetas de exhibición. Estableció las reglas de combate y ofreció importantes premios a los pilotos. Durante cosa de un mes, fue un espectáculo puramente local, pero de pronto los combates aéreos se convirtieron en el deporte más sensacional. Es un juego de equipo con estrellas, con toda la estrategia del karate, el ajedrez, la esgrima y el fútbol, pero en tres dimensiones; un deporte rápido y potente, y que parece infernalmente peligroso.

Sus ojos volvían a chispear. Fuera lo que fuese lo que había atraído a Linda Albright a este deporte, aún seguía emocionándola. No era de extrañar que estuviese entre los mejores.

–Las microcámaras conseguían que los espectadores se sintieran como en el interior de la carlinga. ¡No existía nada semejante! Todas las semanas era como el derby de Kentucky, las quinientas millas de indianápolis y la Super copa reunidos. Cuando Bremer sindicó el espectáculo a escala nacional, fue como si hubiese aplicado una cerilla a un montón de pólvora. Al instante se convirtió en el segundo deporte televisado de Estados Unidos por orden de importancia, y al poco tiempo en el primero, y por último los Juegos Aéreos norteamericanos se retransmitieron vía satélite a todos los países del mundo. ¡Fue como un incendio en la pradera!

–Dinero –apuntó Leslic.

–¡Y no sabes cuánto! Todas las ciudades organizaron sus equipos de combate para los Juegos Aéreos, y pronto aparecieron los equipos nacionales a base de eliminatorias. Después, y ahí es donde de verdad cambiaron las cosas, comenzaron las competiciones internacionales, como una especie de Olimpiada del Aire con equipos profesionales. Dos mil millones de televisores sintonizados con los Juegos durante siete días, mientras todos los países que disponían de aviones combatían como locos. Con un público tan numeroso, ¿podéis imaginar los presupuestos de publicidad que se manejaban? Hubo naciones que pagaron su deuda exterior con los ingresos de aquella primera competición.

Leslie y yo la escuchábamos fascinados.

–No os hacéis una idea de lo deprisa que ocurrió todo. Cualquier pueblo que tuviera un aeropuerto y unos cuantos aviones organizó su equipo de aficionados. Y las ciudades... Al cabo de unos años, los chicos de los barrios pobres se habían convertido en héroes deportivos. Si uno se consideraba listo, rápido y valeroso, si no le importaba transformarse en una estrella internacional de la televisión, podía acabar ganando más dinero del que puede soñar un presidente.

»Entre tanto, las fuerzas aéreas se quedaron poco a poco arrinconadas. En cuanto cumplían su turno de servicio, los pilotos militares se retiraban para participar en los Juegos. Por supuesto, nadie quería alistarse. ¿Quién desea ser un oficial mal pagado y vivir bajo la ley militar en una base aérea olvidada de Dios, perdiendo el tiempo en simuladores que más

–¡Esto podría dar resultado! –le comenté a Leslie.

–Y tanto –asintió ella–. Aquí funciona.

–¡Funciona! –exclamó Linda–. ¡No sabéis lo que ha representado para la economía! Los Juegos supusieron una increíble demanda de lo mejorcito: mecánicos, técnicos, pilotos, estrategas, organizadores, grupos de apoyo... Es increíble el dinero que se maneja. No sé lo que sacan los directores, pero un buen jugador puede ganar millones de dólares. Si contamos el salario base, las primas por victoria y los extras por cada chico nuevo que descubrimos y entrenamos... bueno, ganamos más dinero del que podemos gastar. Además, hay el peligro suficiente para tenernos satisfechos; a veces, incluso un poco más del suficiente, sobre todo en el asalto inicial, cuando cuarenta y ocho combatientes se disputan una pantalla de vídeo. ¡No puede uno despistarse!

Sonó un suave campanilleo en la puerta.

–La atención que se recibe de los medios de comunicación basta para satisfacer aun a los más egocéntricos, como yo misma –añadió, mientras se dirigía a responder la llamada. Y, por supuesto, nadie debe esforzarse tratando de imaginar quién puede ser el vencedor de la próxima guerra: basta con esperar al veintiuno de junio y verlo por el telesat. Naturalmente, montones de personas apuestan por su favorito. Eso hace que en ocasiones te sientas como un caballo de carreras. Disculpadme un momento. –Abrió la puerta.

El visitante quedaba oculto por un inmenso ramo de flores primaverales.

–Pobrecita –se compadeció–. ¿Necesitamos un poco de consuelo esta noche?

–¡Krys! –Linda le echó los brazos al cuello. Bajo el dintel se recortaban dos siluetas ataviadas con resplandecientes trajes de vuelo, mariposas entre las flores. Miré a Leslie y, sin palabras, le pregunté si no sería ya hora de retirarnos. Sin duda, al yo alternativo de mi mujer le resultaría difícil proseguir su conversación con unas personas invisibles para el recién llegado. Pero cuando me volví de nuevo hacia la puerta comprendí que no se plantearía este problema. Aquel hombre era yo.

–Pero, querido, ¿qué estás haciendo *aquí*? –inquirió

Linda–. Deberías estar en Taipei. ¡Has de volar en el tercer período desde Taipei!

El individuo se encogió de hombros.

–¡Pero ha sido un combate magnífico, Lindie! –exclamó.

Ella se quedó con la boca abierta.

–¿Quieres decir que *te han derribado*?

–Tocado, solamente. El jefe de vuestra escuadrilla estadounidense es un piloto increíble. –Hizo una pausa para saborear su asombro, y luego se echó a reír–. Pero no tan increíble. Se olvida de que el humo blanco no es humo negro. En último intento, yo bajo las ruedas, bajo los flaps, a toda potencia invierto en la cima de la curva y ahí lo tengo en mi punto de mira, *¡y lo derribo!* Suerte, pero el director dice que queda espléndido en la pantalla. ¡Un combate de veintidós minutos! Cuando termina, claro, Taipei ya está fuera de alcance, conque llamo a Shanghai Tres. Y nada más aterrizar veo tu aparato, negro como un tizón. Acabo con los periodistas, pienso que mi esposa necesita un poco de consuelo... –En aquel momento, miró hacia el interior del cuarto, nos vio y se giró hacia Linda–. ¡Ah!, la prensa. Lo siento. ¿Vuelvo dentro de un rato?

–No es la prensa –replicó ella, mirándolo a la cara. Luego se dirigió a nosotros y añadió–: Richard y Leslie, os presento a mi marido, Krzysztof Sobieski, el as número uno del equipo polaco...

El hombre no era tan alto como yo, sus cabellos eran más claros que los míos, sus cejas más tupidas, y su cazadora blanca y carmesí llevaba inscritas las palabras *Escuadrilla Uno - Equipo Aéreo de Polonia*. Aparte de eso, muy bien podría estar contemplando mi propio y sorprendido reflejo. Nos saludamos, y Linda le explicó nuestra presencia en los términos más sencillos que pudo.

–Ya veo –dijo al fin. Estaba desconcertado, pero nos aceptaba porque su esposa lo había hecho–. Ese sitio de donde venís, ¿se parece al nuestro?

–No –respondí–. Nos da la impresión de que habéis organizado vuestro mundo en torno a los juegos, como si vuestro planeta fuese una feria, una especie de carnaval. Se nos hace un poco difícil de creer.

Hubiera deseado preguntarles muchas cosas más, pero no sólo debían planear la estrategia del día siguiente con sus equipos de apoyo, sino que aún tenían que hablar a solas, y dormir.

Nos levantamos mientras ellos hablaban por distintos teléfonos y nos despedimos silenciosamente con un ademán. Linda cubrió el micrófono con la mano.

—¡No os vayáis todavía! No es más que un momento...

También Krys cubrió su teléfono.

—¡Esperad! ¡Podemos cenar juntos! ¡Quedaos, por favor!

—No, gracias —respondió Leslie—. Ya os hemos robado demasiado tiempo.

—¡Felices aterrizajes a los dos! —exclamé yo—. Y, señorita Albright, de ahora en adelante, a ver si nos fijamos en la retaguardia, ¿entendido?

Linda Albright se cubrió el rostro con las manos, fingiendo vergüenza, y se ruborizó. Y su mundo desapareció.

trece

DE NUEVO en el aire, charlamos animadamente sobre Linda, Krys y su época. ¡Qué magnífica alternativa al constante estado de guerra y de preparación para la guerra que mantenía a nuestro mundo prisionero en una Edad Oscura de alta tecnología!

–¡Por fin una esperanza! –suspiré.

–¡Qué contraste! –remarcó Leslie–. ¡Ahí se ve lo mucho que despilfarramos por culpa del miedo, la suspicacia y la guerra!

–¿Cuántos mundos distintos habrá allí abajo que sean tan creativos como el suyo? –pregunté–. ¿Habrá más como el de ellos o como el nuestro?

–¡Tal vez aquí sean *todos* creativos! ¡Aterricemos!

Sobre nuestras cabezas, el sol era un blanco fuego de cobre en un firmamento violáceo. Dos veces más grande que el sol que conocíamos pero menos brillante, más cercano, pero no más cálido, teñía toda la escena de un suave resplandor dorado. El aire olía muy levemente a vainilla.

Nos encontrábamos de pie en la ladera de un cerro, donde la pradera se fundía con el bosque, y a nuestro alrededor brillaba una galaxia en espiral de minúsculas flores plateadas. Más abajo, a lo lejos, había un océano casi tan oscuro como el cielo y un refulgente río que discurría pausadamente hacia él. Al otro lado, y hasta donde alcanzaba la vista, una inmensa planicie se extendía hacia un horizonte de prístinos valles y colinas. Desierto y silencioso, aquel paisaje era como una visita al Edén.

A primera vista, habría jurado que nos hallábamos en una tierra no tocada por la civilización. ¿Y las personas? ¿Acaso se habían convertido en flores?

–Esto es... Esto parece ciencia ficción –comentó Leslie.

Un cielo extraño, una tierra encantadora y extraña.

–Aquí no hay ni un alma –observé–. ¿Qué estamos haciendo en un planeta salvaje?

–No puede ser todo salvaje. Tenemos que estar aquí, por alguna parte.

El segundo vistazo me produjo una impresión diferente. Bajo el distante paisaje se adivinaba el más tenue tablero de ajedrez, un casi invisible enrejado de líneas oscuras, amplias rectas y ángulos, como si antaño hubieran sido avenidas para el tránsito de vehículos que el tiempo ya había reducido a polvo.

Mi intuición rara vez me engaña.

–Ya sé lo que ha pasado. Hemos llegado a Los Ángeles, pero con un millar de años de retraso. ¿No lo ves? Allí es donde antes estaba Santa Mónica, y allí Beverly Hills. ¡La civilización ha desaparecido!

–Puede ser –admitió–. Pero Los Ángeles nunca tuvo este cielo, ¿verdad? Ni dos lunas. –Señaló hacia arriba.

Muy por encima de las montañas flotaban una luna roja y otra amarilla, ambas más pequeñas que la luna de la Tierra, que se perseguían por el firmamento.

–Hum –rezongué, convencido–. No es Los Ángeles. Es ciencia ficción.

Se produjo un movimiento en el bosque de enfrente.

–¡Mira!

El leopardo avanzó hacia nosotros desde los árboles. Su

lomo tenía el color del bronce al atardecer, y estaba salpicado de nítidos copos de nieve. Pensé que se trataba de un leopardo por el pelaje, pero su tamaño se acercaba más al de un tigre; subía fatigosamente por la ladera, con un curioso paso vacilante, y cuando se aproximó le oímos jadear.

No puede vernos ni atacarnos, me dije. No parece hambriento, aunque con los tigres nunca se sabe.

–¡Está herido, Richard!

Su extraña forma de caminar no se debía a que fuera un animal desconocido, sino a que alguna fuerza terrible lo había aplastado. Con las doradas pupilas ardiendo de dolor, se arrastraba pesadamente como si su vida dependiera de atravesar aquel claro y volver a internarse en el bosque que teníamos a nuestra espalda.

Corrimos en su ayuda, aunque no sé qué habríamos podido hacer ni aun en el caso de que fuésemos de carne y hueso.

Visto de cerca era inmenso. Con la paletilla a la altura de la cabeza de Leslie, aquel felino gigantesco debía de pesar al menos una tonelada.

Su agónica respiración nos hizo comprender que le quedaba muy poco tiempo de vida; el lomo y los costados estaban cubiertos de sangre coagulada y casi seca. El animal cayó al suelo, se levantó con un esfuerzo y, a los pocos pasos, volvió a desplomarse entre las flores plateadas. ¿Por qué, me pregunté, tanto afán en llegar a los árboles en sus últimos minutos de vida?

–¿Qué podemos hacer, Richie? ¡No podemos quedarnos aquí parados, sin hacer nada! –Había angustia en sus ojos–. Tiene que haber una forma...

Leslie se arrodilló junto a la imponente cabeza e intentó acariciar al moribundo felino, darle consuelo, pero su mano pasó a través del pelaje y la criatura no sintió su contacto.

–No te angusties –le rogué–. Los tigres eligen su destino lo mismo que nosotros, y su vida, como la nuestra, no termina con la muerte... –Cierto, pensé, pero qué consuelo más frío.

–¡No! No es posible que hayamos venido tan sólo para ver este hermoso... para ver cómo muere. Richie, ¡no!

El gigante se estremecía sobre la hierba.

–Querida –comencé, atrayéndola hacia mí–, hay una razón. Siempre hay una razón; es sólo que todavía no la conocemos.

La voz que sonó en el lindero del bosque era tan cálida como el sol, pero resonó sobre la pradera como un trueno.

–¡Tyeen!

Giramos de inmediato la cabeza.

En el bosque de las flores se erguía una mujer. Al principio me pareció que se trataba de Pye, pero su tez era más clara y sus cabellos castaños más largos que los de nuestra guía. Aun así, sus rasgos se parecían tanto a los de ella como a los de mi esposa: la misma curva del cuello, la misma mandíbula angulosa. Iba ataviada con un vestido verde primavera, subierto por una capa verde esmeralda que llegaba hasta la hierba.

Mientras la contemplábamos, echó a correr hacia el malherido animal.

La enorme criatura se agitó, alzó la cabeza y emitió un último rugido entrecortado en su dirección.

La mujer llegó a su lado en un torbellino de verdes, se acuclilló sin temor junto a la bestia y la tocó suavemente, con manos que se veían minúsculas sobre la descomunal cabeza.

–Vamos... levántate ya –le susurró.

El animal intentó obedecer y agitó sus zarpas en el aire.

–Me parece que está muy malherido, señora –opiné–. No creo que pueda usted hacer gran cosa...

La desconocida no dio muestras de haber oído. Cerró los ojos, se concentró amorosamente en la descomunal figura y la acarició con dulzura. Luego, de repente, abrió los ojos y habló.

–Tyeen, pequeña, ¡levántate!

Con un nuevo rugido, el felino se alzó como impulsado por un muelle, arrancando una nube de revoloteante hierba, respiró profundamente y se irguió sobre la recién llegada.

La mujer se incorporó a su vez y rodeó el cuello del animal con sus brazos, tocó sus heridas, le alisó la piel del lomo.

–Eres una tonta, Tyeen –la reconvino–. ¿Dónde tienes el juicio? ¡Aún no te ha llegado la hora de morir!

La sangre coagulada había desaparecido, y el pelaje de exóticos colores se hallaba limpio de polvo. El grandioso animal bajó la vista hacia aquella persona, cerró los párpados unos instantes y le frotó la espalda con el hocico.

–A mí también me gustaría que te quedaras un rato –prosiguió la mujer–, pero piensa en esos cachorros hambrientos que te esperan, ¿eh? Vamos. Sigue tu camino.

Un gruñido como el de un dragón, poco deseoso de marcharse.

–¡Vete! Y cuidado con los acantilados, Tyeen, que no eres una cabra montesa.

El gigante volvió la cabeza hacia ella y, acto seguido, se alejó por la pradera a medio galope, con grácil elegancia, hasta desvanecerse entre las sombras de los árboles.

La mujer lo siguió con la mirada hasta que se hubo perdido de vista, y luego se volvió hacia nosotros con sencillez.

–Le gustan las alturas –comentó, resignada a sus imprudencias–. Le encantan las alturas, y no puede comprender que no todas las rocas son capaces de soportar su peso.

–¿Qué le has hecho? –preguntó Leslie–. Creíamos que... Estaba tan mal que creíamos...

La mujer se dio la vuelta y echó a andar hacia la cumbre de la colina, tras hacer un ademán para que la siguiéramos.

–Los animales sanan muy deprisa –explicó–, pero a veces necesitan que alguien los ayude con un poco de amor. Tyeen es una vieja amiga mía.

–También nosotros debemos de ser viejos amigos –observé–, puesto que puedes vernos. ¿Quién eres?

Sin dejar de andar, nos contempló con aquellos ojos de un verde más intenso que el de la capa, aquel rostro sorprendente, examinándonos a ambos con la velocidad de un láser que parecía leer hasta nuestras almas. ¡Qué inteligencia la de esos ojos! No había en ellos fingimiento ni barreras.

Acto seguido, esbozó una sonrisa, como si de pronto todo hubiera cobrado sentido.

–¡Leslie y Richard! –exclamó–. ¡Soy Mashara!

¿Cómo podía conocernos? ¿Dónde nos habíamos encontrado antes? ¿Qué significaba ella para aquel lugar, y qué significaba aquel lugar para ella? Mis preguntas resultaban confusas. ¿Qué clase de civilización invisible había allí? ¿Cuáles eran sus valores? *¿Quién era esta persona?*

–Yo soy vosotros en mi dimensión –afirmó, como si hubiera oído mis pensamientos–. Los que os conocen aquí os llaman Mashara.

–¿Qué dimensión es ésta? –quiso saber Leslie–. ¿Dónde estamos? ¿Cuándo...?

Ella se echó a reír.

–También yo tengo preguntas para vosotros. Seguidme.

Nada más llegar al borde de la pradera vimos una casa no mayor que una cabaña montañesa. Construida a base de rocas, sin mortero, las piedras estaban talladas y dispuestas de modo tal que ni siquiera un naipe hubiera cabido entre ellas. No había vidrios en las ventanas, ni tampoco puerta que vedara el paso.

Una familia de rollizos ánades cruzaba solemnemente el patio en fila india. Una peluda criatura acurrucada en la rama de un árbol, con cola anillada y un antifaz pintado en la cara, abrió los ojos al oírnos llegar y al instante volvió a cerrarlos para reanudar su sueño.

Tras los pasos de Mashara, cruzamos el umbral. En el interior, cerca de la ventana, un animal parecido a una joven llama del color de una nube de verano dormitaba sobre una alfombra de hojas y paja, lo bastante curioso como para ladear las orejas hacia nosotros pero no tanto como para levantarse.

La casita carecía de cocina, de despensa y de cama, como si aquella persona no necesitara comer ni dormir, pero estaba impregnada de calidez y de una dulce seguridad. Si alguien hubiera pedido mi opinión, habría dicho que Mashara era el hada buena del bosque.

La mujer nos condujo hacia los bancos que bordeaban la mesa, ante el amplio ventanal con vistas al bosque, a la pradera y al valle que se extendía más abajo.

–Mi espaciotiempo es paralelo al vuestro –explicó la mujer–, pero, claro, eso ya lo sabíais. Un planeta distinto, un sol distinto, una galaxia distinta, un universo distinto. Pero un mismo Ahora.

–Mashara –preguntó Leslie–, ¿puedes decirnos si aquí, hace mucho tiempo, ocurrió algo terrible?

Comprendí a qué se refería: las tenues líneas sobre la tierra, el planeta recobrado por la selva. ¿Podía ser que Mashara fuese la última superviviente de una civilización que en otra época había gobernado el lugar?

–¡Os acordáis! –exclamó nuestro yo alternativo–. Pero, ¿acaso es malo que se extinga una civilización que ha destruido el planeta desde el fondo de los océanos hasta la estratosfera? ¿Es eso tan terrible? ¿Es malo que un planeta cure sus heridas?

Por primera vez me sentí a disgusto en aquel lugar, al imaginar cómo debían de haber sido sus últimos días, su gimiente y rechinante muerte.

–¿Acaso es bueno que perezca la vida? –repliqué yo.

–Perecer, no –dijo ella, tras una breve pausa–, sino cambiar. Hubo aspectos de vosotros que eligieron aquella sociedad. Aspectos que se deleitaban en ella, y aspectos que trabajaban desesperadamente por cambiarla. Algunos ganaron, otros perdieron, todos aprendieron.

–Pero el planeta se recuperó –intervino Leslie–. ¡Míralo! Ríos, árboles, flores... ¡es maravilloso!

–El planeta se recuperó, la gente no. –Desvió la mirada.

No había ego en aquella persona; no había modestia, ni juicio. Únicamente había la verdad de lo sucedido.

La llama se puso en pie y anduvo despacio hacia el exterior.

–La evolución convirtió a la civilización en administrador de este planeta. Cien mil años más tarde, el administrador se alzó contra la evolución. Ya no era un ayudante, sino un destructor; no era un cuidador, sino un parásito. Por consiguiente, la evolución retiró su regalo, prescindió de la civilización, rescató el planeta de manos de la inteligencia y se lo entregó al amor.

–Entonces –inquirió Leslie–, ¿es éste tu trabajo, Mashara? ¿Rescatar planetas?

Ella asintió.

–Rescatar este planeta. Para él, yo soy paciencia y protección, soy amor y comprensión. Soy los más altos ideales que la gente de la antigüedad veía en su interior. En muchos aspectos fue una cultura admirable, una sociedad privilegiada que, al final, cayó en la trampa de su codicia y su falta de visión. Expoliaron los bosques hasta convertirlos en desiertos, consumieron el alma de la tierra con sus minas y sus desechos, envenenaron su aire y sus océanos, esterilizaron la tierra con su radiación y sus toxinas. Tuvieron millones de oportunidades para cambiar, pero no lo hicieron. De la tierra obtuvieron lujo para unos pocos, empleos para los demás y tumbas para los hijos de todos. Por último, los hijos no estuvieron de acuerdo, pero los hijos llegaron demasiado tarde.

–¿Cómo es posible que toda una civilización fuese tan ciega? –me asombré–. Lo que estás haciendo ahora... ¡Tú tienes la respuesta!

Se volvió hacia mí, toda ella implacable amor.

–No tengo la respuesta, Richard –contestó–. Soy la respuesta.

Hubo un lapso de silencio. El borde del sol tocaba ya el horizonte, pero aún faltaba mucho para que oscureciera.

–¿Qué les sucedió a los demás? –preguntó Leslie.

–En los últimos años, cuando comprendieron que ya era demasiado tarde, construyeron superordenadores hiperconductores, nos construyeron en sus cúpulas, nos enseñaron a restaurar la tierra y nos enviaron al exterior para que trabajáramos en aquella atmósfera que ellos ya no podían respirar. Su último acto, su último gesto de reparación para con el planeta, consistió en cedernos las cúpulas para que albergáramos en ellas toda la vida silvestre que pudiéramos salvar. Nos llamaban ecólogos de reconstrucción planetaria. Nos dieron nombre, nos dieron su bendición, y salieron todos juntos hacia el veneno que ocupaba el lugar de los antiguos bosques. –Bajó la vista al suelo–. Y desaparecieron.

Escuchamos el eco de sus palabras; intuimos la soledad y la desolación que aquella mujer debía de haber soportado.

Había dejado caer la frase con tanta ligereza...

–Mashara –pregunté–, ¿has dicho que te *construyeron*? ¿Eres un *ordenador*?

Volvió hacia mí su hermoso rostro.

–Se me puede definir como un ordenador –asintió–. Lo mismo que a ti.

Mientras preguntaba, una parte de mí era consciente de que relegaba el concepto principal, que perdía el quién era ella por el qué era ella.

–Estás... –comencé–, Mashara, ¿estás viva?

–¿Tan imposible te parece? –inquirió–. ¿Existe alguna diferencia en que la humanidad resplandezca a través de átomos de carbono, de silicona o de galio?

–¡Naturalmente! Incluso los más bajos... incluso los destructores y los asesinos son humanos –respondí–. Puede que no nos gusten, pero son seres humanos.

Ella negó con la cabeza.

–Un ser humano es una expresión de vida, que lleva luz y refleja amor en cualquier dimensión que elija tocar, en cualquier forma que elija adoptar. La humanidad no es una descripción física, Richard, sino un objetivo espiritual. No es algo que nos venga dado, sino algo que nos hemos de ganar.

Me pareció una reflexión asombrosa, forjada en la tragedia de aquel lugar. Por más que me esforzara en ver a Mashara como una máquina, un ordenador, un *ello*, me resultaba imposible. Lo que definía su vida no era la química de su cuerpo, sino la profundidad de su amor.

–Supongo que estoy acostumbrado a considerar humana a la gente –admití.

–Tal vez deberías replanteártelo.

Una parte de mí contemplaba pasmado a la mujer a través de la neblina de su nueva etiqueta. ¡Un superordenador! Tenía que ponerla a prueba.

–¿Cuánto es trece mil doscientos noventa y siete dividido por dos coma tres dos tres siete nueve cero cero uno al cuadrado?

–¿De verdad necesitas saberlo?

Sacudí afirmativamente la cabeza.

Ella suspiró.

–Dos cuatro seis dos, coma cuatro cero siete cuatro cero dos cinco ocho cuatro ocho dos ocho cero seis tres nueve ocho uno... ¿Cuántos decimales quieres?

–¡Extraordinario! –exclamé.

–¿Cómo sabes que no me lo he inventado? –preguntó apaciblemente.

–Lo siento. Es que pareces tan...

–¿Quieres una prueba definitiva? –inquirió.

–Richard –dijo Leslie, con voz cautelosa.

La mujer dirigió una mirada de agradecimiento a mi esposa.

–¿Sabes cuál es la prueba definitiva de la vida, Richard?

–Bueno, no. Siempre hay una línea entre...

–¿Querrás contestarme una pregunta?

–Por supuesto.

Me miró directamente a los ojos, el hada buena del bosque, sin demostrar ningún temor ante lo que vendría a continuación.

–Dime –prosiguió–, ¿cómo te sentirías si yo me muriera en este mismo instante?

Leslie ahogó una exclamación.

Me levanté de un salto.

–¡No! –Una cuchillada de pánico me atravesó al comprender que el amor superior de nuestro yo alternativo podría empujarla a la autodestrucción, para hacernos sentir la pérdida de la vida que ella era–. Mashara, ¡no!

Cayó tan suavemente como una flor y quedó tendida inmóvil, quieta como la muerte, con sus adorables ojos verdes vacíos de vida.

Leslie se precipitó hacia ella, el espectro de una persona hacia el espectro de un ordenador, y le abrazó con tanta ternura como el hada buena había abrazado al gran felino que amaba.

–¿Cómo te sentirás, Mashara –preguntó Leslie–, cuando Tyeen, y sus cachorros, y los bosques, y los mares del planeta que te fue dado para que lo amaras perezcan contigo? ¿Honrarás sus vidas tal como honras las nuestras?

Muy, muy despacio fue regresando la vida; la encantadora Mashara se removió y volvió el rostro hacia su hermana de otra época. La una como espejo de la otra, idénticos y orgullosos valores que resplandecían en mundos distintos.

–Te quiero –musitó Mashara, mientras se sentaba lentamente sin dejar de mirarnos–. Nunca debéis pensar... que no tengo sentimientos...

Leslie sonrió, la más triste de las sonrisas.

–¿Cómo podríamos contemplar tu planeta y creer que no tienes sentimientos? ¿Cómo podríamos amar nuestra propia Tierra sin amarte a ti, querida administradora?

–Debéis iros –dijo Mashara, al tiempo que cerraba los ojos. Luego, en un susurro, añadió–: ¿Lo recordaréis?

Tomé la mano de mi esposa y ambos asentimos.

–Las primeras flores que plantamos cada año, los primeros árboles –dijo Leslie–, los plantamos para Mashara.

La llama apareció silenciosamente en el umbral, las orejas inclinadas al frente, los ojos oscuros, el aterciopelado morro extendido con preocupación hacia aquella mujer que significaba su hogar. Lo último que alcanzamos a ver fue que el hada buena del bosque le rodeaba el cuello con sus brazos para darle un cariñoso consuelo.

La casita se difuminó entre espuma y luz de sol. *Gruñón*, libre de nuevo, se alzó sobre el diseño.

–¡Qué personaje más adorable! –comenté–. ¡Uno de los mejores seres humanos que jamás hemos conocido es un ordenador!

catorce

VOLAMOS ARROPADOS por el amor de Mashara, todavía inundados con imágenes de su hermoso planeta. ¡Qué indicado nos parecía tener amistades en mundos distintos al nuestro!

Parte de nuestra exploración había sido gozo, parte de ella había sido horror, pero nuestras curvas de aprendizaje seguían una trayectoria ascendente. Habíamos visto cosas, sentido cosas que nunca habríamos podido imaginar ni en un centenar de vidas.

Queríamos continuar.

En las cercanías, el diseño se volvía de un rosa pálido y, bajo el agua, los senderos refulgían con matices de oro. No me hacía falta la intuición para saber que deseaba tocar aquellos colores. Miré a Leslie. Ella asintió.

–¿Preparada para lo que sea?

–Creo que sí... –Me dirigió su mirada de pasajera asustada y se preparó para el aterrizaje.

Cuando se disipó la nube de espuma del aterrizaje, no nos habíamos movido de la cabina. Nos encontrábamos cabeceando suavemente en el agua. Pero aquello no era ningún océano, y el diseño había desaparecido.

Estábamos flotando en un lago de montaña, rodeado de pinos y abetos hasta el borde mismo de una playa color miel. Bajo nosotros centelleaban las transparentes aguas y la luz del sol arrancaba reflejos de la arena del fondo. Avanzamos a la deriva unos instantes, mientras intentábamos comprender.

–¡Leslie! –exclamé–. ¡Aquí es donde practico aterrizajes sobre el agua! ¡Estamos en el lago Healey! ¡Nos hemos salido del diseño!

Ella miró en torno, en busca de algún signo que confirmara o desmintiera mi afirmación.

–¿Estás seguro?

–Bastante seguro. –Volví a comprobarlo. Empinadas laderas cubiertas de bosque hacia la izquierda, árboles más pequeños al extremo del lago. Más allá de los árboles debía de encontrarse la depresión del valle.

–¡Hurra! –exclamé, pero la palabra sonó a vacío, y la pronuncié yo solo.

Giré la cara hacia Leslie.

Su rostro reflejaba decepción.

–Oh, ya sé que tendría que sentirme satisfecha, pero es que apenas estábamos empezando a aprender. ¡Nos queda tanto por comprender!

Se hallaba en lo cierto. También yo me sentía estafado, como si se hubieran encendido las luces y los actores hubiesen abandonado el escenario antes de terminar la representación.

Hice descender el timón de agua y apreté el pedal para virar hacia la playa. En aquel mismo instante, Leslie profirió una exclamación.

–¡Mira allí! –Y señalaba con el dedo.

Justo hacia donde apuntaba nuestra ala derecha había otro Martin Seabird, con el morro apoyado en la arena.

–¡Ajá! Éste es el lugar, no cabe duda –comenté–. Todo el mundo viene a practicar aquí. Estamos de nuevo en casa.

Accioné el acelerador y con un susurro nos deslizamos sobre el lago en dirección al otro hidroavión.

No se advertía movimiento por ningún lugar, ni señales de vida. Paré el motor y dejé que la inercia nos impulsara en silencio durante los últimos metros. La proa arañó suavemente la arena a setenta metros del otro aparato.

Me quité los zapatos, salté al agua, que me cubría hasta los tobillos, y ayudé a Leslie a bajar del avión. Después, levanté la proa del hidroplano y lo arrastré un poco más tierra adentro.

Leslie se acercó al otro Seabird mientras yo hincaba el ancla en la arena.

–¿Hola? –saludó, dubitativa–. ¡Hola!

–¿Qué? –pregunté, encaminándome hacia ella–. ¿No hay nadie en casa?

No me respondió. Estaba en pie junto al otro aparato y examinaba el interior de la cabina.

El hidroavión era el gemelo de *Gruñón* y estaba pintado con el mismo diseño de nieve y arcoiris que nosotros habíamos creado. El interior de la carlinga era del mismo color, la misma tapicería y la misma alfombra en el suelo. Todo correspondía a nuestro diseño, hasta los parasoles de encargo y la rotulación del tablero de instrumentos.

–¿Una coincidencia? –preguntó Leslie–. ¿Puede haber otro avión *exactamente igual* que *Gruñón*?

–Extraño. Muy extraño.

Extendí la mano para tocar la cubierta del motor. Aún se encontraba caliente.

–Uh, uh –musité, poseído de una misteriosa sensación. Cogí la mano de Leslie y anduvimos de regreso hacia nuestro aparato.

A mitad de camino, mi esposa se detuvo y volvió la cabeza.

–¡Fíjate! No hay ni una sola pisada, salvo las nuestras. ¿Cómo han podido aterrizar, salir de su hidroplano y desaparecer sin dejar ni una sola huella?

Nos quedamos entre los dos *Gruñón*, intrigados.

–¿Estás seguro de que hemos vuelto a casa? –inquirió Leslie–. Tengo la impresión de que seguimos en el dibujo.

–¿Un duplicado del lago Healey? Entonces, ¿cómo es que nosotros sí dejamos huellas, si aún somos incorpóreos?

–Es verdad. Además, si hubiéramos aterrizado en el diseño, habríamos encontrado algún aspecto de nosotros –concluyó. Permaneció unos instantes en silencio, sin moverse, y luego volvió la vista hacia el otro Seabird. Ambos estábamos desconcertados.

–Si todavía seguimos en el dibujo, esto podría ser una especie de prueba –apunté–. Puesto que no parece que haya nadie por los alrededores, la lección podría ser que sí hay alguien pero bajo otra forma. No podemos estar separados de nosotros mismos. Nunca estamos solos, a menos que así lo creamos.

Un fulgor de láser rubí destelló a cinco metros de distancia, y al instante apareció nuestra guía, en blusa y tejanos blancos.

–¿Por qué os quiero tanto? ¡Porque os *acordáis* de las cosas! –Extendió ambos brazos en un gesto de bienvenida.

–¡Pye! –Mi esposa corrió a estrecharla entre los suyos.

En aquel lugar, diseño o no diseño, no éramos incorpóreos y ¡vaya si se abrazaron!

–¡Cuánto me alegro de verte! –exclamó Leslie–. ¡No te imaginas dónde hemos estado! Personas adorables, y también perversas... ¡Oh, Pye, tenemos tanto que contarte y tanto que preguntarte!

Pye se volvió hacia mí.

–Es bueno verte de nuevo –la saludé, abrazándola yo también–. ¿Por qué te fuiste tan de repente?

Ella sonrió, anduvo hasta el borde del lago, se acomodó en la playa con las piernas cruzadas, y dio unas palmaditas en la arena para que nos sentáramos a su lado.

–Porque no tenía ninguna duda de lo que iba a suceder –respondió–. Cuando quieres a unas personas, cuando sabes que están dispuestas a aprender y a madurar, las dejas en libertad. ¿Cómo habríais podido aprender, cómo habríais vivido vuestras experiencias si hubiéseis sabido que yo estaba allí, como un escudo entre vosotros y vuestras elecciones? –Me miró, sonriente–. Éste *es* un lago Healey alternativo. El hidroavión ha sido para divertirme. Me recordasteis lo mucho que me gusta volar, de modo que he duplicado vuestro *Gruñón* y lo he utilizado para practicar, y para encontraros. Aterrizar en el agua con las ruedas bajadas es toda una sorpresa, ¿no os parece?

Al ver mi expresión horrorizada, levantó la mano.

–Lo he arreglado a tiempo. Un instante antes de tocar el lago, he recurrido al aspecto de mí que más sabe de hidroaviones, y tú has gritado ¡ruedas arriba! Muchas gracias.

Tocó a Leslie en el hombro.

–Muy observador por tu parte el fijarte en que no había dejado huellas en la arena. Lo hice para recordaros que debéis elegir vuestro propio camino, que debéis seguir vuestro propio camino, que debéis seguir vuestro propio sentido de lo correcto y no el de otra persona. Pero eso ya lo sabéis.

¡Oh, Pye! –se lamentó Leslie–. ¿Cómo podemos seguir nuestro mejor sentido de lo correcto? ¿Qué podemos hacer en un mundo que...? ¿Conocías a Iván y Tatiana?

Pye asintió.

–¡Los queríamos! –declaró Leslie, con voz entrecortada–. ¡Y fueron norteamericanos quienes los mataron! ¡Fuimos nosotros, Pye!

–No fuisteis vosotros, querida. ¿Cómo puedes creer que seríais capaces de hacer tal cosa? –Alzó la barbilla de Leslie y la miró a los ojos–. Recuerda: nada en el diseño sucede al azar, nada ocurre sin una razón.

–¿Qué razón puede haber en este caso? –inquirí–. ¡Tú no estabas allí y no viviste aquel terror! –La escena de Moscú regresó como una pesadilla, como si hubiésemos asesinado a nuestra familia en las tinieblas de la noche.

–Richard, el diseño encierra todas las posibilidades –me explicó con ternura–. Absoluta libertad de elección. Es como un libro: todo acontecimiento es una palabra, una frase, parte de una historia interminable. Todas las letras permanecen para siempre en la página. Es la conciencia lo que cambia, eligiendo lo que va a leer y lo que va a pasar por alto. Cuando llegas a una página sobre la guerra nuclear, ¿te desesperas o bien aprendes lo que te dice? ¿Morirás si lees esa página, o pasarás a la siguiente, más sabio por lo que acabas de leer?

–No hemos muerto –admití–. Y espero que seamos más sabios.

–Habéis compartido una página con Tatiana e Iván Kirilov, y al final de vuestra lectura se volvió la página. Todavía existe en este mismo instante, esperando cambiar las ideas de cualquiera que decida leerla. Pero después de aprender, no necesitáis leerla de nuevo. Habéis seguido más allá de esa página, lo mismo que ellos.

–¿Ellos también? –preguntó Leslie, atreviéndose a concebir una esperanza.

Pye sonrió.

–¿Es que Linda Albright no os recordó un poquito a Tatiana Kirilova? ¿Acaso Krzysztof no os hizo pensar, siquiera de pasada, en vuestro amigo Iván? ¿Acaso vuestros pilotos de los Juegos Aéreos no han logrado convertir en diversión el terror de la guerra, y salvado así a su mundo de la destrucción? *¿Quiénes creéis que son todos ellos?*

–¿Los mismos –aventuró Leslie– que leyeron con nosotros aquella página sobre una terrible noche en Moscú?

–¡Sí! –gritó Pye.

–¿Y son también nosotros? –quise saber.

–¡Sí! –Le brillaban los ojos–. Leslie y tú, Linda y Tatiana, y Mashara, y Jean-Paul, y Atila, e Iván, y Atkin, y Tink, y Pye... ¡*Todos* somos uno!

Minúsculas olas lamían la arena, y se oía el leve rumor de la brisa entre los árboles.

–Existe una razón que me ha llevado a vosotros –prosiguió–, y una razón que os ha llevado junto a Atila. ¿Os preocupa la guerra y la paz? Aterrizáis en páginas que os proporcionan comprensión sobre la guerra y la paz. ¿Teméis la separación, o que la muerte os arrebate el uno al otro? Aterrizáis en vidas que os dan una enseñanza sobre la separación y la muerte, y lo que aprendáis allí cambiará para siempre el mundo que os rodea. ¿Amáis la Tierra y os preocupa que la humanidad esté destruyéndola? Veréis lo peor y lo mejor que puede suceder, y aprenderéis que todo depende de vuestras decisiones individuales.

–¿Quieres decir que nosotros creamos nuestra propia realidad? –pregunté–. Ya sé que hay quien lo cree así, Pye, pero no puedo estar de acuerdo...

Se echó a reír alegremente y, a continuación, señaló hacia el horizonte del este.

–Es por la mañana temprano, muy temprano –comenzó, con voz repentinamente grave y misteriosa–. Oscuridad. Nos encontramos de pie en una playa como ésta. La primera claridad del alba. Hace frío.

Estábamos allí con ella, en el frío y la oscuridad, viviendo su relato.

–Ante nosotros tenemos el caballete y el lienzo, y la paleta y los pinceles en la mano. –Era como ser hipnotizado por aquellos ojos oscuros. Sentí la paleta en la mano izquierda y los pinceles en la derecha, pinceles con mango de áspera madera–. Ahora se alza la luminosidad en el firmamento, ¿lo veis? –añadió–. El cielo se convierte en fuego, en oro, en prismas de hielo que se derriten a la luz...

Pasmados, vimos nacer los colores.

–¡Pintad! –nos urgió Pye–. ¡Capturad la aurora en vuestros lienzos! ¡Absorbed su luz con vuestros rostros, a través de los ojos, y convertidla en una obra de arte! ¡Deprisa, ahora, deprisa! ¡Vivid el amanecer con vuestros pinceles!

No soy ningún artista, pero traspasé al lienzo toda aquella gloria con seguros trazos. Me imaginé el caballete de Leslie y vi en él su propio amanecer, maravillosamente delicado, cuidadosos resplandores que se fundían en un estallido de pintura al óleo.

–¿Está ya? –preguntó Pye–. ¿Habéis terminado con los pinceles?

Ambos asentimos.

–¿Qué habéis creado?

Me habría gustado pintar a nuestra instructora tal y como la veía en aquel momento, tan oscuramente resplandeciente.

–Dos auroras muy diferentes –contestó Leslie.

–Dos auroras, no –objetó Pye–. El artista no crea el amanecer; lo que crea es...

–¡Oh, claro! –se adelantó Leslie–. El artista crea *la pintura*.

Pye asintió.

–La aurora es realidad, y la pintura es lo que hacemos a partir de ella, ¿no es así? –apunté.

–¡Exactamente! –aprobó Pye–. Si cada uno de nosotros tuviera que crear su propia realidad, ¿os imagináis qué caos habría? La realidad quedaría limitada a lo que cada uno de nosotros es capaz de inventar.

Con un gesto de asentimiento, reflexioné sobre lo que acababa de decirnos. ¿Cómo podría crear un amanecer si nunca hubiera visto ninguno? ¿Qué haría con el negro firmamento de la noche para dar nacimiento al día? ¿Se me habría ocurrido el cielo? ¿La noche y el día?

–La realidad –prosiguió Pye– no tiene nada que ver con las apariencias, con nuestra limitada forma de ver. La realidad es el amor expresado, un amor puro y perfecto, sin restricciones de tiempo y espacio.

»¿Os habéis sentido alguna vez tan a una con el mundo, con el universo, *con todo lo que existe*, como para quedar abrumados de amor? –Miró a Leslie y luego a mí–. *Eso* es la realidad. *Eso* es la verdad. Lo que hagamos con ella depende de nosotros, al igual que la pintura del amanecer depende del artista. En vuestro mundo, la humanidad ha vuelto la espalda a este amor. Movida por sus mezquinas razones, vive en el odio, las luchas por el poder y la exploración de la propia tierra. Continuad así y nadie verá salir el sol. El amanecer existirá siempre, desde luego, pero la gente de la Tierra no sabrá nada de él y, por último, hasta las leyendas sobre su belleza desaparecerán de vuestra memoria.

Oh, Mashara, pensé. ¿No hay forma de evitar que tu pasado sea nuestro futuro?

–¿Cómo podemos llevar el amor a nuestro mundo? –la interrogó Leslie–. ¡Hay tantas amenazas, tantos... Atilas!

Pye hizo una pausa en su explicación, en busca de una parábola que nos resultara comprensible, hasta que por fin dibujó un cuadradito en la arena.

–Supongamos que estamos viviendo en un lugar horrible: la Ciudad de las Amenazas –comenzó, mientras señalaba el cuadrado–. Cuanto más tiempo vivimos en ella, menos nos gusta. Hay violencia y destrucción, no nos gustan sus habitantes, no nos gustan sus decisiones, no estamos bien allí. ¡La Ciudad de las Amenazas no es nuestro hogar!

Trazó una línea irregular que partía del cuadrado, toda ángulos y curvas cerradas. Al extremo de la línea dibujó un círculo.

166

–Así pues, un buen día hacemos las maletas y nos marchamos, a la búsqueda del pueblo de la Paz. –Recorrió la sinuosa carretera que había trazado, siguiendo con el dedo todas sus vueltas y revueltas–. Elegimos desvíos a la derecha y a la izquierda, autopistas y senderos, y al final, tras seguir el mapa de nuestras más altas esperanzas, llegamos a este hermoso pueblecito.

Paz era el círculo dibujado en la playa, y el dedo de Pye se detuvo allí. Mientras hablaba, iba plantando minúsculas ramitas en la arena para representar los árboles.

–Encontramos un hogar en Paz y, conforme empezamos a conocer a la gente, descubrimos que comparten los mismos valores que nos han llevado a nosotros allí. Cada uno de sus habitantes ha buscado su camino personal, ha seguido su propio mapa hasta este lugar donde la gente ha elegido el amor, el gozo y la amabilidad, con ellos mismos, con su población y con la tierra. No tuvimos que convencer a todos los habitantes de la Ciudad de las Amenazas para que viajaran a Paz con nosotros, no debimos persuadir a nadie más que a nosotros mismos. Paz existe ya, y cualquiera que lo desee puede trasladarse allí cuando le plazca. –Nos miró, casi avergonzada de su relato–. Los habitantes de Paz han aprendido que el odio es amor que desconoce los hechos. ¿Por qué contar mentiras que nos separan y nos destruyen cuando la verdad es que todos somos uno? La gente de la Ciudad de las Amenazas es libre de buscar su propia destrucción, y nosotros somos libres de buscar la paz.

»Con el tiempo, puede que otros habitantes de la Ciudad de las Amenazas se cansen de la violencia, y tal vez sigan su propio camino hacia Paz, tomando, como antes hicimos nosotros, la decisión de abandonar la violencia. Si todos ellos toman esta decisión, la Ciudad de las Amenazas puede acabar por convertirse en una población fantasma.

Dibujó un ocho en la arena, una carretera de suaves curvas que comunicaba la Ciudad de las Amenazas con Paz.

–Y puede que un día los habitantes de Paz, movidos por la curiosidad y por sus recuerdos, vuelvan a visitar las ruinas de la Ciudad de las Amenazas y descubran que, con la partida de los destructores, la realidad se ha hecho visible de nuevo:

claros arroyos en lugar de corrientes envenenadas, nuevos bosques surgidos en las viejas minas y canteras, pájaros que cantan en una atmósfera limpia. –Pye plantó otras ramitas en la nueva ciudad–. Y la gente de Paz retira el cartel que pende desgoznado en el límite de la localidad, el cartel que reza Ciudad de las Amenazas, y lo sustituye por uno nuevo: Bienvenidos al Amor. Algunos regresan a vivir allí para despejar los escombros, para reconstruir con cariño las malas calles, y prometen que la ciudad vivirá de acuerdo con su nombre. Elecciones, amigos, ¿os dais cuenta? ¡Todo son elecciones!

En aquel momento, en aquel extraño lugar, sus palabras tenían sentido.

–¿Qué podéis hacer? –preguntó–. En la mayoría de los mundos, las cosas no cambian mediante milagros repentinos. El cambio surge al hilar un tembloroso y frágil lazo entre las naciones: en el mundo de Linda Albright, los primeros Juegos Aéreos de aficionados; en el vuestro, los primeros bailarines, cantantes o films soviéticos que llegan al público norteamericano. Poco a poco, eligiendo una y otra vez la vida.

–¿Y por qué no de la noche a la mañana? –quise saber–. No hay ninguna ley que afirme que los cambios repentinos son imposibles...

–Por supuesto que es posible el cambio repentino, Richard –admitió–. Los cambios se producen a cada instante, lo adviertas o no. Vuestro mundo, con su incipiente lucecita de esperanza para un futuro en paz, es tan real como el mundo alternativo que terminó en 1962, en el primer día de su última guerra. Cada uno de nosotros elige el destino de su mundo. Antes de que cambien los acontecimientos deben cambiar las mentes.

–Entonces, ¡lo que le dije al teniente era verdad! –exclamé–. Uno de mis futuros en 1962 era que los soviéticos no se echaron atrás. Y yo comencé una guerra nuclear.

–Naturalmente. En el diseño existen millares de senderos que llegan a su fin en ese año, millares de Richards alternativos que eligieron experiencias de muerte. No es éste tu caso.

–Espera un momento –le rogué–. En los mundos alternativos que no sobrevivieron, ¿no había gente inocente que saltó hecha pedazos, o murió congelada, o desintegrada, o devorada por las hormigas, o lo que sea?

–Sin duda. Pero Richard, la destrucción de su planeta es lo que ellos mismos eligieron. Algunos eligieron por inhibición, porque no les importaba; otros, porque creían que la mejor defensa es el ataque; y aun otros, porque se creían impotentes para evitarlo. Una forma de elegir el futuro es creer que resulta inevitable.

Hizo una pausa y señaló el círculo con sus minúsculos árboles.

–Cuando elegimos la paz, vivimos en paz.

–¿Existe alguna forma de comunicarse con la gente que vive allí, alguna forma de hablar con otros aspectos de nosotros cuando nos es necesario conocer lo que han aprendido? –inquirió Leslie.

Pye le dirigió una sonrisa.

–Eso es lo que estáis haciendo ahora mismo.

–Pero, ¿cómo podemos conseguirlo sin tener que meternos en el hidroavión y esperar una probabilidad entre un trillón de ir a parar a una dimensión distinta para reunirnos contigo?

–¿Deseáis conocer una manera de hablar con cualquier yo alternativo que se os ocurra?

–Sí, por favor –respondí.

–No es nada misterioso –nos explicó–, pero funciona. Imagínate el yo con el que deseas hablar, Richard; haz ver que le preguntas lo que te interesa saber. Imagínate que oyes su respuesta. Inténtalo.

De pronto, me sentí muy nervioso.

–¿Yo? ¿Ahora?

–¿Por qué no?

–¿Tengo que cerrar los ojos?

–Si quieres.

–¿No habrá ningún ritual, supongo?

–Sólo si el ritual te hace sentir más a tus anchas –contestó–. Respira hondo, represéntate una puerta que se abre a una habitación inundada de luz multicolor, imagina a la persona moviéndose en esa luz o en una neblina. O, si no, olvídate de luces y neblinas y hazte cuenta de que oyes una voz; a veces, resulta más fácil oír sonidos que visualizar. También puedes prescindir de la luz y el sonido y limitarte a sentir que los conocimientos de esa persona fluyen hacia ti. O prescinde de la intuición e imagínate que la primera persona que encuentres te dará la respuesta si le preguntas... y pregúntaselo. O pronuncia una palabra que para ti sea mágica. Como gustes.

Elegí la imaginación y una palabra. Con los ojos cerrados, me imaginé que, al pronunciarla, encontraría delante de mí un yo alternativo que me diría lo que necesitaba saber.

Al relajarme, vi flotar colores, suaves tonos pastel. Cuando pronuncie la palabra, pensé, veré a esta persona. No hay prisa.

Los colores flotaban a la deriva como nubes tras mis ojos.

–Uno –dije en voz alta.

La visión apareció en un abrir y cerrar de ojos: el hombre se encontraba en pie junto al ala de un viejo biplano estacionado en un prado, con el cielo azul y un destello de sol a sus espaldas. Yo no alcanzaba a distinguir su rostro, pero la escena era tranquila como un verano en Iowa, y su voz sonó como si estuviera sentado en la playa con nosotros.

«Pronto vas a necesitar todos tus conocimientos para ser capaz de negar las apariencias –me advirtió–. Recuerda que para pasar de un mundo a otro en tu hidroavión interdimensional necesitas el poder de Leslie, y ella necesita tus alas. Juntos podéis volar.»

El telón se cerró de nuevo y, sobresaltado, abrí los párpados.

–¿Ha habido respuesta? –preguntó Leslie.

–¡Sí! –contesté–. Pero no estoy muy seguro de cómo utilizarla. –Le expliqué lo que había visto y oído–. No lo entiendo.

–Ya lo entenderás cuando lo necesites –me aseguró Pye–. Cuando se halla el conocimiento antes que la experiencia, no siempre se comprende de inmediato.

Leslie esbozó una sonrisa.

–No todo lo que hemos aprendido aquí es de orden práctico.

Pye volvió a trazar el ocho que había dibujado antes en la arena, meditando.

–Nada es de orden práctico hasta que lo hemos comprendido –observó–. Existen algunos aspectos vuestros que os adorarían como a dioses porque pilotáis un Martin Seabird. Existen otros que, si los conocieseis, os parecerían magos.

–Como tú –admití.

–Como cualquier ilusionista –explicó–, os parezco mágica porque no sabéis lo mucho que he practicado. Soy un punto de conciencia que se expresa en el diseño, al igual que vosotros. Al igual que vosotros, no he nacido nunca y nunca puedo morir. El mismo hecho de distinguirme a *mí* de *vosotros*, recordadlo, implica una diferencia que en realidad no existe.

»Del mismo modo en que vosotros sois uno con la persona que erais hace un segundo o hace una semana –prosiguió Pye–, del mismo modo en que sois uno con la persona que vais a ser dentro de un segundo o dentro de una semana, también sois uno con la persona que fuisteis hace una vida, con la que sois en otra vida alternativa o con la que seréis dentro de cien vidas en lo que llamáis vuestro futuro.

Se puso en pie y se sacudió la arena de las manos.

–Ahora debo irme. No os olvidéis de los artistas y el amanecer. Pase lo que pase, sean cuales fueren las apariencias, la única realidad es el amor.

Se acercó a Leslie y le dio un abrazo de despedida.

–¡Oh, Pye! –exclamó mi mujer–. ¡Cuánto me disgusta verte partir!

–¿Partir? Puedo desaparecer, amigos míos, pero no abandonaros. Al fin y al cabo, ¿cuántos de nosotros existimos?

–Uno, querida Pye –respondí, y la abracé a mi vez.

Se echó a reír.

–¿Por qué os quiero tanto? Porque os acordáis...

Y se desvaneció.

Leslie y yo seguimos largo tiempo sentados en la playa junto al dibujo que Pye trazara en la arena, repasando el ocho que había dibujado, sintiendo crecer nuestro amor por sus minúsculas poblaciones y bosques, por la historia que ella nos había relatado.

Por último, anduvimos hacia *Gruñón* cogidos del brazo. Enrollé el cable del ancla, ayudé a Leslie a subir a la cabina, empujé el hidroavión hacia el agua y trepé al interior. El Martin empezó a cabecear suavemente a impulsos de la brisa. Puse en marcha el motor.

–Me gustaría saber qué viene a continuación –comenté.

–Es curioso –observó Leslie–. Cuando hemos aterrizado aquí, creyendo que ya habíamos salido del diseño, me entristecía pensar que todo había terminado. Y ahora me siento... El ver de nuevo a Pye ha completado algo. Hemos aprendido muchas cosas en muy poco tiempo. Ojalá pudiéramos volver a casa y reflexionar sobre todo ello, aclarar lo que significa...

–A mí me ocurre lo mismo –admití.

Nos contemplamos el uno al otro durante un largo instante y, sin necesidad de palabras, nos pusimos de acuerdo.

–Muy bien –dije al fin–. A casa, pues. Ahora hemos de averiguar cómo lo hacemos.

Así la palanca del acelerador y la empujé hacia adelante. Sin imaginar nada, sin esforzarme en visualizar. El motor de *Gruñón* soltó un rugido y el aparato se puso en movimiento. Me pregunté por qué aquel sencillo acto me resultaba tan difícil cuando no veía el acelerador.

En el mismo instante en que *Gruñón* se elevó sobre las aguas, el lago desapareció y otra vez nos encontramos sobrevolando todos los mundos posibles que pueden existir.

quince

MISTERIOSO COMO siempre, el diseño se extendía hasta el horizonte sin señalizaciones, flechas ni carteles indicadores.

—¿Tienes alguna idea? ¿Cómo empezamos? —pregunté.

—¿Nos dejamos llevar por la intuición, como de costumbre? —preguntó Leslie a su vez.

—La intuición es demasiado vaga, demasiado llena de sorpresas —objeté—. No buscábamos especialmente a Tink ni a Mashara, ni a Atila. ¿Crees que la intuición puede conducirnos al punto exacto del dibujo donde estábamos en nuestro camino a Los Ángeles?

Parecía una de esas retorcidas pruebas de inteligencia, muy fácil cuando se conoce la respuesta, pero hasta que la encuentras puedes volverte loco.

Leslie me tocó en el brazo.

—Richard —comenzó—, en nuestro primer aterrizaje en el diseño no encontramos a Tink, ni a Mashara, ni a Atila. Al principio, podíamos reconocernos a nosotros mismos; en Carmel, cuando nos encontramos por primera vez de jóvenes. Pero cuanto más nos alejábamos...

173

–¡Eso es! Cuanto más nos alejábamos, más cambiábamos. De modo que propones que volvamos atrás y busquemos un paisaje familiar, ¿no es eso? ¡Naturalmente!

Ella asintió.

–Podemos intentarlo. ¿Por dónde se vuelve atrás?

Miramos en todas direcciones. Por doquier se veía el refulgente diseño, pero no había sol ni señales que nos permitieran orientarnos.

Iniciamos la ascensión en espiral, escrutando el diseño en busca de alguna señal que nos indicara dónde habíamos aterrizado antes. Por fin, muy hacia abajo y a nuestra izquierda, me pareció divisar el borde de la extensión rosa y dorada donde habíamos encontrado a Pye.

–Leslie, mira allí... –Ladeé el hidroavión para que pudiera ver con mayor claridad–. ¿Verdad que parece...?

–Rosa. Oro. ¡Rosa y dorado! –exclamó.

Nos miramos con ojos esperanzados y seguimos la trazada de espirales ascendentes.

–Eso es –afirmó Leslie–. Y allí a lo lejos, más allá del rosa... ¿no ves el verde? ¿No es donde encontramos a Mashara?

Efectuamos un pronunciado viraje a la izquierda y nos encaminamos hacia las primeras imágenes familiares que habíamos hallado en el dibujo.

Acompañado por el zumbido constante del motor, el hidroplano sobrevoló la matriz de líneas vitales como una minúscula mota en aquel vasto firmamento; sobre los verdes y dorados de Mashara, sobre los corales que ocultaban aquella desgarradora noche de Moscú, sobre las oscuras tonalidades burdeos de Atila. Me sentía como si lleváramos ya varias horas en vuelo desde el momento del despegue.

–Al principio, cuando desapareció Los Ángeles, el agua era azul con senderos de plata y de oro, ¿recuerdas? –dijo Leslie, al tiempo que apuntaba hacia el remoto horizonte–. ¿No es aquello? ¡Sí! –exclamó, con ojos brillantes de alegría–. No es tan difícil, ¿verdad?

Sí que lo es, pensé.

Cuando cruzamos el límite de los azules y dorados, descubrimos que se sucedían hasta donde alcanzaba la vista. En algún punto de aquel paisaje se encontraban unos concretos palmos de agua, umbral de nuestro propio tiempo, en los que debíamos aterrizar con toda exactitud. ¿Dónde?

Seguimos volando, con giros alternativos hacia uno y otro lado, en busca de los dos senderos resplandecientes que nos habían conducido a nuestro primer encuentro en Carmel. Por debajo de nosotros había millones de caminos, millones de líneas paralelas e intersecciones.

–Oh, Richard –suspiró al fin Leslie, con tanta pesadumbre como alegría había mostrado antes–. ¡Jamás lo encontraremos!

–¡Claro que sí! –le aseguré. Pero mi yo interior compartía sus temores–. ¿No crees que ha llegado el momento de volver a confiar en la intuición? Tampoco nos quedan muchas alternativas. Ahí abajo todo parece idéntico.

–De acuerdo –asintió–. ¿Tú o yo?

–Tú.

Se arrellanó en el asiento, cerró los ojos y, durante unos segundos, se sumió en el silencio.

–Gira a la izquierda. –¿Era ella consciente de la tristeza que había en su voz?–. Un gran giro a la izquierda y luego abajo...

La taberna estaba casi vacía. Había un hombre solo al extremo de la barra y una pareja de cabellos blancos en un compartimiento junto a la pared.

¿Qué estamos haciendo *en un bar*?, pensé. Toda mi vida los he odiado, y hasta cruzo la calle para evitarlos.

–Vámonos de aquí.

Leslie posó una mano en mi brazo y me retuvo.

–No es la primera vez que al aterrizar nos parece que nos hemos equivocado –adujo–. ¿Era Tink una equivocación? ¿Lo era el lago Healey?

Se acercó a la barra, se volvió para contemplar a la anciana pareja del compartimiento y sus ojos se dilataron de sorpresa.

Fui a su lado.

–¡Asombroso! –susurré–. Somos nosotros, no hay duda, pero... –Sacudí la cabeza.

Pero *cambiados*. Sus rostros eran igual de arrugados, sus bocas igual de rígidas. El hombre tenía ojeras, y su tez un color ceniciento; no parecía viejo, sino derrotado. Sobre la mesa distinguí dos botellas de cerveza y sendos platos con hamburguesas y patatas fritas. Entre ellos, vuelto boca abajo, había un ejemplar en rústica de nuestro último libro. La pareja estaba profundamente enfrascada en su conversación.

–¿Qué te parece esto? –inquirió Leslie, también en un susurro.

–¿Un nuevo aspecto de nosotros, en nuestra propia época, leyendo nuestro libro en un bar?

–¿Por qué no nos ven?

–Seguramente deben de estar borrachos –respondí–. Vámonos.

No me hizo el menor caso.

–Deberíamos hablarles, pero no siento ningún deseo de abordarlos. ¡Se les ve tan amargados! Sentémonos antes en el compartimiento de al lado y escuchemos qué dicen.

–¿Escuchar? ¿Pretendes que escuchemos *furtivamente*, Leslie?

–¿No? Muy bien. Abórdalos tú, y yo ya vendré en cuanto vea que desean compañía.

Los examiné con mayor atención.

–Tal vez tengas razón –admití al fin.

Nos deslizamos en el compartimiento contiguo y nos sentamos en el extremo de afuera, para poder verles la cara.

El hombre tosió y dio unos golpecitos sobre el libro.

–¡Esto hubiera podido hacerlo yo! –declaró, entre bocados de hamburguesa–. ¡Hubiera podido hacer todo lo que sale en este libro!

Ella suspiró.

–Puede que sí, Dave.

–¡Te digo que sí! –Volvió a toser–. Mira, Lorraine, el tipo pilota un viejo biplano. ¿Y qué? Yo empecé a pilotar, ya lo sabes. Casi llegué a volar solo. ¿Qué dificultad tiene el pilotar un avión antiguo?

Yo no había escrito en ninguna parte que eso fuera difícil, pensé, sino que me dedicaba a pilotar un avión de acrobacias cuando comprendí que mi vida no conducía a ninguna parte.

–Además de aviones antiguos, en el libro hay otras cosas –apuntó ella.

–Bueno, pues te digo que es un condenado embustero. No hay nadie que se gane así la vida, llevando a la gente a dar paseos aéreos desde un prado. Eso se lo ha inventado. Y seguramente su maravillosa esposa también es inventada. No hay nada que sea verdad. ¿No te das cuenta?

¿Por qué se mostraba tan cínico? Si yo leyera un libro escrito por otro aspecto de mí mismo, ¿no sería capaz de reconocerme en sus páginas? Y si este hombres es otro aspecto de lo que yo soy ahora, pensé, ¿por qué no compartimos los mismos valores? ¡Por el amor de Dios! ¿Qué está haciendo metido en un bar, bebiendo *cerveza* y engullendo la carne desmenuzada y quemada de una pobre vaca muerta?

Tenía ante mí a un hombre desdichado y, a juzgar por las apariencias, hacía tiempo que las cosas estaban así. Su cara era la que yo contemplaba cada día en el espejo, salvo por aquellos surcos tan profundos y marcados que casi parecía que hubiera tratado de tachar su cara a cuchilladas. A su alrededor se percibía como un aura de mezquindad, como cierta tensión en el aire, y sentí el anhelo de alejarme de él y abandonar aquel lugar.

Leslie advirtió mi disgusto y me cogió de la mano para infundirme paciencia.

Y aunque todo sea inventado, ¿qué importa eso? –preguntó la mujer–. Sólo es un libro, Davey. ¿Por qué te irrita tanto?

El hombre terminó su hamburguesa y picó una patata frita del plato.

–Lo único que digo es que me has estado dando la lata para que lo leyera y lo he leído. Lo he leído y no he visto que tenga nada de especial. Yo habría podido hacer lo mismo que ese tipo. No entiendo por qué te parece tan... tan lo que te parezca.

–A mí no me parece nada. Creo que es justo lo que tú

mismo acabas de decir, que los del libro hubiéramos podido ser nosotros.

Cuando él la miró, asombrado, ella alzó una mano para que la dejara continuar.

—Si hubieras seguido volando, ¿quién sabe qué habría podido ocurrir? Y también escribías. ¿No te acuerdas de cuando trabajabas en el *Courier* y escribías relatos por las noches? Igual que él.

—¡Bah! —exclamó—. Relatos por la noche. ¿Y qué conseguí? Rechazos. Toda una caja de papeletas de rechazo ya impresas, ni siquiera auténticas cartas. ¿A quién le importa eso?

La voz de la mujer sonó casi tierna.

—Tal vez lo dejaste demasiado pronto.

—Tal vez sí. ¡Pero te digo que yo hubiera podido escribir esa historia de las gaviotas igual de bien que él! Cuando era un niño solía ir al rompeolas para ver volar a los pájaros. ¡Me habría gustado tanto tener alas yo también...!

Ya lo sé, pensé. Te agazapabas entre los grandes peñascos, te ocultabas fuera de la vista, y las gaviotas pasaban volando tan cerca que podías oír el siseo del viento en sus alas, plumosas espadas que rasgaban el aire. Luego, un giro, un destello y se alejaban a favor del viento, con su aleteo como de murciélago, libres en la extensión del cielo mientras tú permanecías anclado en la sólida roca.

De pronto me sentí lleno de compasión por aquel hombre, y al contemplar su gastado rostro me ardieron los ojos.

—Ese libro habría podido escribirlo yo, palabra por palabra. —Tosió de nuevo—. Ahora sería rico.

—Sí —admitió ella.

La mujer quedó silenciosa y dedicó su atención a la hamburguesa. Él pidió otra cerveza, encendió un cigarrillo y por unos instantes permaneció envuelto en una nube de humo azulado.

—¿Por qué dejaste de volar, Dave —preguntó ella—, si tanto lo deseabas?

—¿No te lo he dicho nunca? Muy sencillo. Había que pagar una verdadera fortuna, como veinte dólares a la hora en una época en que se podía vivir toda una semana con veinte dólares; o bien había que trabajar como un esclavo, sacar brillo a los aviones durante días enteros y bombear gasolina de la mañana a la noche para conseguir un solo vuelo. ¡Yo nunca he sido esclavo de nadie!

La mujer no respondió.

–¿Lo hubieras hecho tú? –añadió él–. ¿Te gustaría llegar todas las noches a tu casa oliendo a cera y gasolina a cambio de una hora de vuelo a la semana? A ese paso, habría tardado un año en obtener la licencia. –Emitió un profundo suspiro–. Recibes órdenes todo el tiempo: limpia esa mancha de aceite, barre el hangar, vacía el cubo de la basura. ¡Esa vida no es para mí!

Aspiró el humo de su cigarrillo como si fuera el rescoldo de los propios recuerdos lo que ardiera.

–El ejército no resultó mucho mejor –observó, desde el interior de su nube–, pero al menos allí me pagaban en efectivo. –Miró a través de la sala, sin ver nada; sus pensamientos estaban en otro tiempo–. Salíamos de maniobras, y en ocasiones los cazas pasaban en vuelo rasante como lanzas refulgentes, ya sabes, un descenso en picado y otra vez hacia lo alto, hasta perderse de vista. Entonces me arrepentía de no haber ingresado en las fuerzas aéreas. Habría podido ser un piloto de combate.

Ni lo sueñes, pensé. El ejército fue tu mejor decisión, Dave. En el ejército, como máximo matas a una persona por vez.

Exhaló el humo y volvió a toser.

–No sé, puede que tengas razón respecto al libro. Habría podido ser yo. Y no cabe duda de lo que habrías podido ser tú. Te sobraba belleza para ser artista de cine. –Se encogió de hombros–. En el libro, pasan algunos momentos apurados. Culpa suya, por supuesto. –Hizo una pausa y engulló un largo sorbo de cerveza, con expresión apesadumbrada–. Eso no se lo envidio, pero en cierto modo envidio cómo les salieron las cosas.

–No te pongas melancólico, ahora –protestó ella–. Me alegro de no estar en su lugar. Su historia tiene algunas cosas bonitas, pero es vivir siempre en el límite. Demasiada inseguridad para mí. Si yo fuera ella, no podría dormir por las noches. Tú y yo hemos tenido una buena vida, con buenos trabajos. No hemos estado nunca en el paro ni en la miseria, y nunca lo estaremos. Tenemos una hermosa casa y algunos ahorros. No somos la pareja más fantástica del mundo, quizá ni siquiera la más feliz, pero te quiero, Dave...

El hombre sonrió y le dio unas palmaditas en la mano.

–Más te quiero yo a ti...

–¡Oh, David! –exclamó ella, mientras sacudía la cabeza.

Permanecieron un largo rato en silencio. ¡Cuánto habían cambiado, a mi parecer, en el poco tiempo que llevábamos junto a su mesa! Habría querido que Dave no se hubiese acostumbrado nunca a fumar, pero aun así me caía bien. En un breve lapso, había pasado de la aversión a la simpatía hacia un aspecto de mí mismo que hasta entonces desconocía. El odio es amor que ignora los hechos, había dicho Pye. Cuando una persona nos disgusta, sea quien sea, ¿existen hechos que de conocerlos nos harían cambiar de opinión?

–¿Sabes qué voy a regalarte para nuestro aniversario? –preguntó la mujer.

–¿Ahora hablamos de regalos de aniversario? –se extrañó él.

–¡Lecciones de vuelo!

El hombre la miró como si acabara de perder el juicio.

–Todavía estás a tiempo de hacerlo, Dave. Yo sé que puedes...

Se produjo un lapso de silencio.

–¡Maldita sea! –exclamó él–. ¡No es justo!

–Nada es justo –admitió su esposa–. Pero ya sabes, a veces te dicen seis meses y luego todo se arregla solo. ¡Hay gente que vive años!

–La vida se va *tan deprisa*, Lorraine... Ayer me alisté en el ejército, y han pasado ya treinta años. ¿Por qué nadie te dice que se va tan deprisa?

–Te lo dicen –objetó ella.

El hombre suspiró.

–¿Por qué no les hicimos caso?

–¿Cambiaría en algo las cosas?

–Las cambiaría –afirmó él–, si pudiera vivir de nuevo, sabiéndolo.

–¿Qué les dirías ahora a nuestro hijos, si los tuviéramos? –quiso saber ella.

–Les diría que se lo pensaran bien todo. *¿Realmente quiero hacer esto?* No importa lo que hagas, sino que tú quieras hacerlo.

Ella le dirigió una mirada de sorpresa. Me pareció que no le oía hablar así a menudo.

–Les diría que no es nada agradable –prosiguió– llegar a tus últimos seis meses de vida y no saber qué se ha hecho de lo mejor que habrías podido ser, qué se ha hecho de lo que de verdad te importaba. –Sufrió otro acceso de tos y, con el ceño fruncido, apagó el cigarrillo en el cenicero–. Les diría que nadie decide dejarse llevar por... la mediocridad. Pero eso es lo que ocurre, chicos, es lo que ocurre cuando no se reflexiona bien en todo lo que se hace, cuando cada decisión, por pequeña que parezca, no es la mejor que uno sabría tomar.

–Tendrías que haberte dedicado a escribir, Davey.

El hombre hizo un gesto de negación.

–Es como si al final te plantearan la pregunta sorpresa: ¿estoy orgulloso de mí? ¡He dedicado *mi vida* a convertirme en la persona que soy ahora! ¿Valía la pena el precio que he pagado?

De pronto, su voz se volvió terriblemente cansina.

Lorraine apoyó la cabeza en el hombro de él, buscó un pañuelo de papel en su bolso y se lo llevó a los ojos. Su marido la rodeó con el brazo, la atrajo hacia sí y enjugó sus propias lágrimas. Ambos se sumieron en un silencio sólo interrumpido por los pertinaces accesos de tos.

Quizá fuera demasiado tarde para decírselo a sus hijos, pensé, pero se lo había dicho a alguien. Se lo había dicho a su esposa y nos lo había dicho a nosotros, sentados en la mesa de al lado, a un universo de distancia. Oh, Dave...

¡Cuántas veces me había imaginado a aquel hombre y contrastado mis decisiones con él! Si digo «no» a esta posibilidad, si voy a lo seguro, ¿cómo me sentiré cuando recapacite sobre lo que he hecho? Algunas elecciones eran un «no» evi-

181

dente: no, no quiero atracar bancos; no, no quiero convertirme en un drogadicto; no, no quiero vender mi vida a cambio de placeres baratos. Pero la decisión de emprender cualquier auténtica aventura la tomaba guiándome por sus ojos: cuando vuelva la vista atrás, ¿me alegraré de haber osado o de no haberlo hecho? Y ahora lo tenía ante mí en persona, respondiéndome.

–¡Pobrecillos! –exclamó Leslie, con dulzura–. ¿Se trata de nosotros mismos, Richard, deseando haber llevado una vida diferente?

–Trabajamos demasiado –murmuré, a modo de contestación–. Tenemos la fortuna de contar el uno con el otro. Me gustaría disponer de más tiempo para nosotros, simplemente para estar los dos juntos con tranquilidad.

–¡A mí también! Podemos frenar el ritmo, cariño –sugirió ella–. No tenemos por qué asistir a conferencias y hacer películas y emprender diez proyectos al mismo tiempo. Supongo que ni siquiera hacía falta que nos enfrentáramos con Hacienda. Quizás hubiéramos debido marcharnos del país, irnos a Nueva Zelanda y tomarnos unas vacaciones para el resto de nuestras vidas, como tú querías.

–Me alegro de no haberlo hecho –contesté–. Me alegro de que nos quedáramos. –La miré, lleno de amor por los años que habíamos pasado juntos. Daba igual que hubieran sido difíciles; también habían sido la mayor satisfacción de mi vida.

Malos tiempos, maravillosos tiempos, dijo ella con la mirada. Tampoco yo los cambiaría por nada.

–Cuando volvamos, podemos tomarnos unas vacaciones –le propuse. Aquella pareja había despertado en mí una nueva perspectiva, una nueva comprensión.

Leslie asintió.

–Hemos de replantear toda nuestra vida.

–¿Sabes qué estoy pensando, Dave, querido? –preguntó Lorraine, que se esforzaba por sonreír.

Su marido carraspeó y sonrió a su vez.

–Nunca he sido capaz de adivinar qué pensabas.

–Creo que deberíamos coger esta servilleta de papel –explicó ella, al tiempo que metía la mano en su bolso– y este lápiz, y deberíamos hacer una lista de todas las cosas que deseamos hacer y convertir estos seis meses... el tiempo que tengamos por delante, en la mejor época de nuestras vidas. ¿Qué haríamos si no existieran los médicos con sus «haga esto» y «no haga aquello»? Ellos mismos reconocen que no son capaces de curarte, conque ¿quiénes son para decirnos cómo debemos emplear el tiempo que nos queda de estar juntos? Creo que deberíamos redactar esa lista ahora mismo y ponerla en práctica hasta donde podamos.

–Eres una locuela.

La mujer comenzó a escribir sobre el papel.

–Clases de vuelo, por fin...

–¡Oh, vamos! –protestó él.

–Tú mismo acabas de decir que eres capaz de hacerlo igual que este tipo –observó ella, mientras ponía la mano sobre el libro–. Es sólo para divertirnos. Vamos, hombre. ¿Qué más?

–Bien, siempre he deseado viajar. Ir a Europa, quizás, ya que estamos soñando despiertos.

–¿A qué parte de Europa? ¿Algún sitio en especial?

–A Italia –respondió, como si lo hubiera deseado toda la vida.

Lorraine enarcó las cejas y anotó lo que él decía.

–Y antes de ir, me gustaría aprender un poco de italiano, para entendernos con la gente de allí.

Ella alzó la vista, sorprendida, y la mano que sostenía el lápiz quedó por un instante suspendida en el aire.

–Compraremos libros de italiano –asintió al fin, mientras empezaba a escribir de nuevo–. Y he visto que también hay casetes. –Alzó de nuevo la vista–. ¿Qué más? En esta lista ha de entrar todo lo que te gustaría.

–Oh, ya no tenemos tiempo –objetó él–. Esto habríamos tenido que hacerlo...

–Olvida lo que tendríamos que haber hecho –replicó ella–. Es inútil desear que el pasado hubiera sido de otra forma. ¿Por qué no desear cosas que todavía podemos hacer?

Su marido reflexionó unos instantes sobre estas palabras y, finalmente, su aire de melancolía desapareció. Fue como si ella le hubiera insuflado un nuevo aliento.

–¡Tienes razón! –saltó–. ¡Ya empieza a ser hora! ¡Apunta también el surf!

–¿Quieres empezar a practicar surf? –inquirió Lorraine, con los ojos muy abiertos.

–¿Qué te parece que dirán los médicos de eso? –preguntó él, con expresión de picardía.

–Dirán que no es bueno para tu salud. –Se echó a reír y lo incluyó en la lista–. ¿Y luego?

Leslie y yo intercambiamos una sonrisa.

–No nos han dicho cómo llegar a casa –comenté–, pero, desde luego, nos han dicho lo que debemos hacer cuando lleguemos.

Leslie asintió, accionó el invisible acelerador y la habitación se esfumó en el aire.

———

dieciséis

DE NUEVO en el aire, examinamos el diseño en busca de cualquier indicio que pudiera mostrarnos el camino de regreso a casa. Los senderos, por supuesto, se alejaban simultáneamente en todas las direcciones.

–Empiezo a creer que vamos a pasar el resto de nuestros días entrando y saliendo de las vidas de otra gente, mientras buscamos infructuosamente las nuestras.

–No temas, cariño, está aquí mismo –le mentí . ¡Tiene que estar! Debemos tener paciencia hasta que encontremos la clave, sea cual sea.

Se volvió hacia mí.

–Me parece que, en estos momentos, tienes la mente mucho más despejada que yo. ¿Por qué no eliges tú un sitio y volvemos a intentarlo?

–¿Un último intento de utilizar la intuición?

Nada más cerrar los ojos supe con certeza lo que debíamos hacer.

–¡Recto adelante! Prepárate para aterrizar.

Yacía tendido en una cama de hotel, él solo. Mi gemelo, mi gemelo idéntico, apoyado sobre un codo y con la vista fija en la ventana. No era yo, pero estaba tan próximo que comprendí que no podíamos hallarnos muy lejos de casa.

Una puerta cristalera enmarcaba un balcón que se abría sobre una pista de golf, con grandes árboles de hoja perenne más allá. Nubes bajas y el constante tamborileo de la lluvia sobre el tejado. Caía ya la tarde, o bien las nubes eran tan densas y oscuras como para convertir el mediodía en crepúsculo.

Leslie y yo nos encontrábamos en un balcón idéntico al otro lado de la habitación, atisbando al interior.

—Tengo la sensación de que está muy deprimido, ¿no crees? —comentó Leslie.

Asentí.

—Me resulta extraño verlo ahí tendido sin hacer nada. ¿Dónde está Leslie?

Mi esposa meneó la cabeza y siguió observándolo con preocupación.

—Me siento... violenta en esta situación —declaró—. Creo que deberías hablar con él a solas.

El hombre permanecía inmóvil en la cama, pero no dormía.

—Adelante, Richard —me urgió—. Creo que te necesita.

Le estreché la mano y pasé yo solo al interior del cuarto.

El hombre, con la mirada puesta en el vacío, apenas ladeó la cabeza cuando me vio entrar. A su lado, sobre el cobertor, había un ordenador portátil. Aunque el indicador luminoso estaba encendido, la pantalla permanecía tan en blanco como su expresión.

—Hola, Richard —le saludé—. No te asustes. Soy...

—Ya lo sé. —Suspiró—. Eres la alucinación de una mente desequilibrada. —De nuevo volvió la vista hacia la lluvia.

Pensé en un árbol derribado por el rayo, caído al suelo, incapaz de moverse.

—¿Qué ha pasado? —quise saber.

No hubo respuesta.

—¿Por qué estás tan deprimido?

–La cosa no ha funcionado –masculló al fin–. No sé qué ha ocurrido. –Otra pausa–. Me ha dejado.

–*¿Leslie? ¿Que Leslie te ha dejado?*

La forma tendida en el lecho esbozó un leve gesto de asentimiento.

–Dijo que, si no me iba yo de casa, se iría ella. Que ya no podía soportarme. Quizá yo me he abandonado un poco, pero es ella la que ha roto el matrimonio.

Imposible, pensé. ¿Qué había debido ocurrir para que una Leslie alternativa dijera que ya no podía seguir soportándolo? Mi Leslie y yo habíamos pasado por muchos momentos malos, por años de lucha después que me arruinara. Hubo veces en que nos sentíamos tan cansados que casi no podíamos seguir adelante, sometidos a tantas tensiones que perdíamos la perspectiva y la paciencia, ocasiones incluso en que nos peleábamos. Pero la cosa no fue nunca *en serio*. Nunca llegamos hasta el extremo de separarnos; ninguno de los dos dijo nunca que se iría de casa si el otro no se iba. ¿Qué podía haberles sucedido que fuera peor, tanto peor, de lo que nos había ocurrido a nosotros?

–Se niega a hablar conmigo. –Su voz era tan apática como su postura–. En cuanto trato de discutir las cosas con ella, cuelga el teléfono.

–¿Qué has hecho? –le interrogué–. ¿Te has dado a la bebida o a las drogas? ¿Acaso...?

–No seas idiota –replicó, irritado–. ¡Soy yo! –Cerró los ojos–. Vete de aquí. Déjame en paz.

–Lo siento –me excusé–. He dicho una tontería. Pero es que no logro imaginar qué ha podido interponerse entre vosotros. ¡Tiene que haber sido algo descomunal!

–¡No! –protestó–. ¡Menudencias, ha sido todo por menudencias! Hay una auténtica montaña de trabajo: impuestos, contabilidad, películas, libros y mil solicitudes y ofertas que no cesan de llegar de todo el mundo. Son cosas que deben hacerse, y hacerse *bien*, según ella, conque se lanza de cabeza sin detenerse a respirar. Trabaja como una loca. Hace años me prometió que mi vida nunca volvería a ser el caos que era antes de que nos conociéramos. Y lo decía en serio.

Siguió rezongando, contento de poder hablar siquiera fuese con una alucinación de su mente desequilibrada.

–No me interesan los detalles triviales, no me han interesado nunca, conque es ella la que se impone la obligación de ocuparse de todo; es capaz de manipular tres ordenadores con una mano y un millar de formularios, solicitudes y plazos de entrega con la otra. Piensa cumplir su promesa aunque eso la mate, ¿me entiendes?

Pronunció la última frase como si en realidad pensara *aunque me mate*. Estaba resentido, amargado.

–No tiene tiempo para mí ni para nada que no sea el trabajo. Y no puedo ayudarla porque tiene miedo de que vuelva a liarlo todo otra vez.

»Yo le digo que vivimos en un mundo ilusorio, que no se tome las cosas tan a pecho y que me voy a dar unas vueltas en el avión. Es la verdad, pero cuando salgo me mira como si quisiera fulminarme.

Seguía tendido en la cama, como si fuera el diván de un analista.

–Ha cambiado; la tensión la ha cambiado. Ya no es encantadora, divertida ni hermosa. Es como si estuviera al volante de un bulldozer, y siempre hay que mover todo este papel antes del quince de abril, o el trece de diciembre, o el veintiséis de septiembre, y si deja de moverse quedará enterrada en papel, y cuando le pregunto qué ha ocurrido con nuestras vidas, me grita que tal vez podría averiguarlo si me ocupara de mi parte del trabajo.

De no haber sabido que él era yo, habría jurado que aquel hombre estaba delirando.

Sin embargo, yo mismo estuve a punto de tomar este camino, casi me había vuelto tan loco como él parecía estarlo. Es fácil perderse en una marea de detalles, aplazar las cosas importantes de la vida porque uno está seguro de que nada puede destruir un amor tan especial, hasta que un día se da uno cuenta de que la propia vida se ha convertido en un detalle y, por el camino, la persona que uno más quiere ha pasado a ser una desconocida.

–Yo he pasado por lo mismo que tú –afirmé, forzando un poco la verdad–. ¿Te molestaría que te preguntara una cosa?

–Adelante –respondió–, pregunta. Nada puede molestarme. Es el fin de nuestro matrimonio. No ha sido culpa mía. Las nimiedades pueden ser mortíferas, desde luego, ¡pero se trataba de *nosotros*! ¡Compañeros de alma! ¿Te das cuenta? Recaigo en mis viejas costumbres, me muestro un poco menos que pulcro durante unos días, y ella se queja de que aún le doy más trabajo cuando ya se asfixia con el que tiene. Prepara una lista con pequeñas tareas que debo solventar, y si no empiezo al momento, si me olvido de algo tan tonto como cambiar una bombilla, me acusa de dejarle todas las responsabilidades a ella. ¿Comprendes lo que quiero decir?

»Claro que debería ayudarla, pero, ¿todo el tiempo? Y aunque no lo haga, ¿es eso tan importante como para romper nuestro matrimonio? Yo creo que no. Pero, gota a gota, llega un momento en que el vaso rebosa. Le dije que no se lo tomara tan a la tremenda, que viera el aspecto bueno de las cosas, pero ¡*nooo*! Nuestro matrimonio se basaba en el amor y el respeto, pero últimamente no era más que tensión, trabajo y enfados. ¡Y es que ella no sabe ver lo que realmente importa! Ella...

–Oye, chico, dime una cosa –le interrumpí.

Dejó de lamentarse y me miró, sorprendido de verme allí todavía.

–¿Por qué habría ella de pensar que vale la pena soportarte? –le pregunté–. ¿Qué tienes de maravilloso para que ella deba estar enamorada de ti?

Frunció el ceño, abrió la boca... pero no supo qué contestar, como si yo fuera un mago que le hubiese privado de la facultad del habla. Luego, desconcertado, desvió la mirada hacia la lluvia.

–¿Cuál era la pregunta? –inquirió, al cabo de un rato.

–¿Qué tiene tu persona –repetí pacientemente– para que ella deba estar enamorada de ti?

Volvió a reflexionar y, por último, se encogió de hombros.

–No lo sé.

–¿Eres cariñoso con ella? –pregunté.

Movió ligeramente la cabeza.

–Ya no –confesó–, pero es difícil cuando...

–¿Eres comprensivo, le das aliento?

–¿Con toda sinceridad? –Pensó un poco más–. En realidad, no.

–¿Te muestras abierto y receptivo a sus sentimientos? ¿Eres solícito con ella?

–No puedo decir que lo sea. –Su expresión era sombría–. No.

Antes de responder a mis preguntas, reflexionaba cuidadosamente. Quizá le hiciera falta valor para contestarme, o quizás estuviera empezando a descubrir las verdades más sencillas.

–¿Eres comunicativo, un buen conversador, divertido, interesante, educativo, entusiasta?

Por vez primera se incorporó para sentarse en el borde de la cama y me miró a la cara.

–A veces. Bueno, casi nunca. –Una larga pausa–. No.

–¿Eres romántico? ¿Eres considerado? ¿Tienes pequeñas atenciones con ella?

–No.

–¿Eres un buen cocinero? ¿Eres ordenado en las cosas de la casa?

–No.

–¿Eres un hombre en quien se puede confiar para resolver los problemas? ¿Eres un refugio para ella?

–En realidad... no.

–¿Un astuto hombre de negocios?

–No.

–¿Eres su amigo?

Esta pregunta fue la que le exigió más tiempo para contestar.

–No, no lo soy –admitió al fin.

–Si el día de vuestra primera cita te hubieras presentado con todos estos defectos, ¿crees que ella hubiera deseado una segunda?

–No.

–Entonces, ¿por qué no te ha dejado antes? ¿Por qué se ha quedado?

Me contempló con ojos cargados de dolor.

–¿Porque... porque está *casada conmigo*?

–Probablemente. –Quedamos ambos en silencio, reflexionando.

–¿Crees que te sería posible cambiar y convertir todas estas respuestas negativas en afirmaciones? –inquirí. Parecía verdaderamente angustiado por las respuestas que me había dado.

–Pues claro que sí. Antes yo era su mejor amigo, yo era... –Hizo una nueva pausa, en un intento por recordar lo que era antes.

–Todas estas cosas, todas estas cualidades, ¿te perjudicarían si volvieras a tenerlas? –proseguí–. Su práctica... ¿te *disminuiría* de algún modo?

–No.

–¿Qué puedes perder si lo intentas?

–Supongo que nada.

–¿Y crees que podrías ganar algo?

–¡Podría ganar muchísimo! –exclamó por fin, como si se tratara de una idea absolutamente nueva para él–. Creo que ella podría quererme de nuevo. Y entonces los dos seríamos felices. –Volvió de nuevo la mente hacia el pasado–. Antes, todos los momentos que pasábamos juntos eran gloriosos. Era... romántico. Explorábamos nuevas ideas juntos, descubríamos nuevas revelaciones... Siempre era emocionante. Si tuviéramos tiempo, volvería a ser todo como entonces.

Hizo una nueva pausa y, al cabo, declaró su más auténtica verdad:

–Lo cierto es que podría ayudarla mucho más. Ocurre sencillamente que me he acostumbrado a dejar que ella lo haga todo, me resulta mucho más fácil así. Pero si la ayudara, si hiciera mi parte, creo que recobraría el respeto por mí mismo.

Se puso en pie, se miró en el espejo, sacudió la cabeza y comenzó a pasear por el cuarto.

Su transformación era notable. Me pregunté si bastaba con lo que le había dicho para lograr que comprendiera.

–¿Por qué no se me pudo ocurrir a mí solo? Aunque, de hecho, creo que ha sido así.

–¿Has tardado años en caer hasta donde ahora te encuentras? –le advertí–. ¿Cuántos vas a tardar para remontarte?

La pregunta pareció sorprenderle.

–¿Años? ¡Ninguno! –contestó–. ¡Ya he cambiado! ¡Quiero ver enseguida qué resultados me da esto!

–¿Así de rápido?

–En cuanto has entendido el problema, no hace falta tiempo para resolverlo –respondió, con el rostro iluminado por la excitación–. Si alguien te da una serpiente de cascabel, no necesitas tiempo para soltarla, ¿verdad? ¿Acaso debo conservar esta serpiente sólo porque es mía? ¡No, gracias!

–Mucha gente lo haría.

Tomó asiento junto a la ventana y se volvió hacia mí.

–Yo no soy mucha gente –exclamó–. Llevo dos días aquí tumbado, pensando que la feliz pareja que Leslie y yo componíamos se había trasladado a un futuro distinto, abandonándonos en esta desdichada dimensión donde ni siquiera podemos hablarnos.

»Estaba tan convencido de que era por culpa de ella que no podía ver ninguna solución, porque era *ella* la que debía cambiar para que fueran mejor las cosas. Pero ahora... ¡Si la culpa es *mía*, yo puedo arreglarlo! Si verdaderamente ahora cambio, y pasado un mes todavía somos infelices, entonces podremos pensar en que cambie ella.

Se levantó y comenzó a pasear de nuevo, contemplándome como si yo fuera un genial terapeuta.

–¡Ya lo ves, unas cuantas preguntas y ya está! ¿Por qué me ha hecho falta que vinieras de dondequiera que hayas venido? ¿Por qué no me planteé yo estas mismas preguntas hace unos cuantos meses?

–¿Por qué no lo hiciste?

–No lo sé. Estaba muy ocupado en quejarme de ella y de todos los problemas... Es como si ella estuviera *provocándolos*, y no tratando de solucionarlos. Y yo no dejaba de compadecerme de mí mismo y de pensar en lo mucho que había cambiado la mujer a la que amaba.

Se sentó en el borde de la cama y, durante unos segundos, hundió la cabeza entre las manos.

–¿Sabes en qué estaba pensando cuando has aparecido? En cuál es el último acto de un hombre desesperado...

Anduvo hacia el balcón y contempló el panorama como si, en vez de llover, luciera un sol radiante.

–La respuesta es *cambiar*. Si no soy capaz de cambiar mi propia mente, entonces merezco perder a Leslie. Pero ahora que me doy cuenta, sé cómo puedo hacerla feliz. Y cuando ella es feliz... –Se detuvo y me miró, sonriente–. Bueno, ¡ni te lo imaginas!

–¿Por qué supones que te creerá cuando le digas que has cambiado? –le pregunté–. Al fin y al cabo, no sucede todos los días que salgas de casa desinteresándote de tu mujer y regreses a ella transformado en el tipo enamorado con quien se casó.

Reflexionó sobre el alcance de mis palabras, con expresión nuevamente entristecida.

–Es cierto –asintió–. No tiene ningún motivo para creerme. Puede tardar días en darse cuenta, o meses, o quizá nunca lo haga. Puede que no quiera volver a verme nunca. –Siguió pensativo unos instantes–. La verdad es que el hecho de que yo cambie depende sólo de mí. El que ella se dé o no cuenta, lo que ella opine del asunto, es cosa suya.

–Si no quiere hablar contigo –proseguí–, ¿cómo vas a contarle lo que ha ocurrido?

–No lo sé –reconoció en un susurro–. Tendré que encontrar la manera. Quizá me lo note en la voz.

Se acercó al teléfono y marcó un número.

Actuaba como si yo ya hubiese desaparecido, tan grande era el interés que suscitaba en él esta llamada, tan llena de un futuro que casi había perdido.

–Hola, cariño –comenzó–. Si quieres colgar, lo entenderé, pero he descubierto algo que tal vez te interese saber.

Quedó a la escucha, su mente convertida en ojos que no se apartaban de una esposa a cien kilómetros de distancia.

–No, he llamado para decirte que *tenías razón* –prosiguió–. *Yo* soy el problema. He sido egoísta e injusto contigo, y no sé cómo decirte lo arrepentido que estoy. Soy yo quien debe cambiar, y ya lo he hecho.

Volvió a escuchar a su mujer.

–Cariño, te quiero con toda mi alma. Más que nunca, ahora que comprendo lo mucho que has tenido que aguantar para quedarte a mi lado tanto tiempo. ¡Y te juro que haré que te alegres de haberlo aguantado!

Permaneció a la escucha, con una levísima sonrisa en sus labios.

–Gracias. En ese caso, me pregunto si tendrías tiempo... para una cita con tu marido antes de perderlo de vista para siempre.

diecisiete

ME FUI mientras hablaba. Salí al balcón junto a mi Leslie, la besé con ternura y nos fundimos en un abrazo, felices por estar juntos, felices por ser quienes éramos.

–¿Seguirán juntos? –pregunté–. ¿Es posible que una persona cambie tanto en tan poco tiempo?

–Espero que sí –contestó Leslie–. Creo en él porque no ha tratado de defenderse. ¡Quería cambiar!

–Siempre había imaginado que los compañeros de alma comparten un amor incondicional, que nada puede separarlos.

–¿Incondicional? repitió ella–. Si me mostrara cruel y odiosa sin motivo alguno, si te hiciera la vida imposible, ¿seguirías queriéndome siempre? Si te baldara a palos, si desapareciera de casa días enteros, si me fuera a la cama con todos los tipos de la calle, si perdiera en el juego hasta el último centavo y volviera a casa borracha, ¿seguirías igual de enamorado de mí?

–Bueno, si lo presentas así, mi amor podría flaquear –admití. Cuanto más amenazados nos sentimos, pensé, menos capaces somos de amar–. Es interesante: amar a alguien incondicionalmente viene a significar que no te importa quién es ni lo que hace. ¡El amor incondicional viene a ser lo mismo que la indiferencia!

Leslie hizo un gesto de asentimiento.

–Sí, eso creo yo también.

–Entonces, ámame condicionalmente, por favor –continué–. Ámame cuando yo sea la mejor persona que puedo ser, y enfríate un poco cuando me vuelva desconsiderado y aburrido.

Se echó a reír.

–Así lo haré. Haz tú lo mismo, por favor.

Atisbamos de nuevo al interior de la habitación, donde el otro Richard seguía pegado al teléfono y sonreía.

–¿Por qué no intentas despegar tú, esta vez? –sugirió Leslie–. Antes de volver a casa, deberías comprobar que eres capaz de conseguirlo.

La miré, y en aquel instante de claridad, tendí la mano hacia la palanca de nuestro hidroavión invisible, la visualicé en mi puño y la empujé hacia adelante.

Nada. El hotel, las montañas y los árboles permanecieron inmutables. El mundo que nos rodeaba no se alteró en lo más mínimo.

–¡Oh, Richard! –exclamó ella–. ¡Si es muy fácil! Sólo has de concentrarte.

Antes de que pudiera intentarlo de nuevo, resonó el estremecedor retumbo que ya nos resultaba familiar y el universo se desdibujó en el cambio temporal. Leslie ya había empujado la palanca hacia adelante.

–Déjame probar de nuevo –le pedí.

–Muy bien –asintió–. Tiraré de la palanca hacia atrás. Recuerda, el truco está en concentrarse...

En el mismo instante nos hallamos en pleno aire, sobrevolando el mar. Mientras Leslie tiraba de la palanca, el motor petardeó y enseguida comenzó a recuperarse, pero ya era demasiado tarde.

El Martin cabeceó y empezó a caer a plomo.

Sabía que el aterrizaje sería difícil. Lo que no esperaba era el choque, tan violento como si hubiera estallado una bomba en la cabina.

Una fuerza monstruosa me arrancó el cinturón de seguridad como si no fuera más que un cordel y me lanzó a través del parabrisas, proyectándome de cabeza hacia las veloces aguas. Cuando logré salir a la superficie, jadeante, vi el Seabird a unos quince metros de distancia; la cola se erguía hacia el cielo y el motor recalentado, que se hundía poco a poco, hacía sisear el agua y alzaba nubes de vapor.

¡No!, pensé. *¡No! ¡NO!* Me zambullí tras el avión, nuestro magnífico *Gruñón* blanco que las aguas oscurecían, y nadé hacia la resquebrajada cabina que lentamente se llenaba de agua. Sintiendo la presión en los oídos, tiré de los restos fragmentados de la cristalera hasta desprenderlos y desabroché el correaje que sujetaba el yerto cuerpo de Leslie. Su blusa blanca flotaba en torno a ella con etérea lentitud, como su dorada cabellera, graciosa, lánguida, libre. Solté el cinturón y comencé a arrastrarla hacia la superficie, tan lejana que apenas distinguía la luz. Está muerta. No, no, no. Quiero morir ahora, que me estallen los pulmones, ¡quiero ahogarme!

Una mentira me incitaba a seguir: no estás seguro de que haya muerto. Tienes que intentarlo.

Está muerta.

¡Tienes que intentarlo!

Una posibilidad entre un millar. Cuando llegué a la superficie, me encontraba totalmente exhausto.

–No tengas miedo, querida –jadeé–. Saldremos de ésta...

Un pesquero, con dos grandes motores fuera borda, estuvo a punto de arrollarnos mientras reducía bruscamente su velocidad y nos envolvía en una nube de espuma. Entre tinieblas, vi que un hombre se arrojaba por la borda con un cable salvavidas.

El hombre apenas llevaba diez segundos en el agua cuando gritó:

–¡Los tengo a los dos! ¡Recuperad!

Ni yo era un espectro ni aquello era sueño alguno. Se trataba de una auténtica losa, cuyo contacto helado percibía contra mi mejilla. No era un observador que contemplaba desapasionadamente la escena; yo *era* la escena, y no había nadie más para contemplarla.

Yacía sobre la tumba de mi esposa, en la ladera que ella misma había sembrado de flores silvestres, y no podía contener mis sollozos. Frío césped bajo mi cuerpo. Sobre la lápida en que se apoyaba mi cabeza, una palabra: *Leslie*.

No notaba el viento otoñal. En casa, en mi propio tiempo, me resultaba indiferente. Total y absolutamente solo, tres meses después del accidente aún seguía aturdido. Me sentía como si un telón de treinta metros lastrado con pesas hubiera caído sobre mí, aplastándome, enredándome, atrapándome en un mohoso nudo de pesadumbre y pérdida. Nunca había sido consciente del valor que necesita una persona para no quitarse la vida cuando su marido o su esposa ha muerto. Más del que yo poseía. Tenía que recordarme sin cesar las promesas que le había hecho a Leslie.

Cuántas veces habíamos comentado nuestros planes: morir juntos, pase lo que pase, moriremos juntos.

–Pero si no es así –me había advertido en más de una ocasión–, si soy la primera en morir, tú debes seguir adelante. ¡Prométemelo!

–Te lo prometeré si tú también lo prometes...

–¡No! Si tú mueres, la vida ya no tendrá ningún sentido para mí. Quiero estar a tu lado.

–Leslie, ¿cómo quieres que te prometa que seguiré adelante si tú te niegas a hacer la misma promesa? ¡No es justo! Estoy dispuesto a prometértelo porque existe la posibilidad de que las cosas sucedan así *por algún motivo*, pero no lo haré si tú no me prometes lo mismo.

–¿Un motivo? ¿Qué motivo puede haber?

–Es hipotético, pero cabe la posibilidad de que tú y yo encontremos una forma de superarlo. Si el amor no es suficiente motivación para vencer la muerte, entonces no sé qué puede serlo. Tal vez aprendamos a seguir juntos, a pesar de que siempre nos han dicho que la muerte representa el fin de nuestra unión. Quizá no sea más que una perspectiva distinta, una especie de hipnosis, y nosotros hallemos la manera de deshipnotizarnos. ¡Qué fortuna sería poder escribir tal cosa!

Mis palabras la hicieron reír.

–De verdad, cariño, me encanta la manera en que funciona tu mente cuando hablamos de estas cosas –observó–. Pero vienes a mi terreno, ¿no te das cuenta? No sólo eres tú quien lee libros sobre la muerte, y también eres escritor. Así que, si existe alguna posibilidad de lograr esta... deshipnotización, el hecho de que sigas con vida después de muerta yo tiene un sentido. Podrías aprender algo nuevo y escribir al respecto. Pero es inútil que yo viva si tú estás muerto. No podría escribir nada sin ti. Conque, ¡prométemelo!

–Escucha esto. –Abrí un libro sobre el tema de la muerte y comencé a leer en voz alta–: «... y mientras yo me encontraba a solas en nuestro salón, lamentando desesperadamente la pérdida de mi querido Robert, un libro cayó de su estante de forma completamente inesperada. El incidente me sobresaltó en gran manera, y cuando fui a recogerlo del suelo, las páginas se abrieron por sí solas y mi dedo quedó encima de la frase *¡estoy contigo!*, subrayada con la propia pluma de mi esposo.»

–Muy hermoso –comentó ella. Mi esposa, la incrédula, solía tomarse nuestras conversaciones sobre el tema con mucho escepticismo.

–¿Acaso dudas de esto? –le pregunté–. ¿Eres una descreída?

–Lo que yo digo, Richard, es que si tú mueres...

–¿Qué pensaría la gente? –la interrumpí–. Vamos por ahí diciendo... ¡Por el amor de Dios! ¡Vamos por ahí *escribiendo* que el desafío de la vida en el espaciotiempo es utilizar el poder del amor para convertir las calamidades en bendiciones, y un minuto después de mi muerte tú vas, coges el Winchester y te pegas un tiro!

–En un momento así, no creo que me importara la opinión de la gente...

–¡No crees que te importara! ¡*Leslie Maria*...!

Y así hablábamos y hablábamos, dando vueltas a la misma cuestión. Ninguno de los dos podía soportar la idea de vivir sin el otro, pero por fin, agotados, ambos habíamos prometido no suicidarnos.

Ahora lamentaba todas mis palabras. Siempre había albergado el secreto convencimiento de que, si no moríamos juntos, yo sería el primero en morir. Y sabía que yo sería capaz de saltar la verja entre el otro mundo y éste, como un ciervo que salta sobre alambre de púas, para estar a su lado. Pero de este mundo al otro...

Permanecía tendido en la hierba, apoyado en el helado satén de la lápida. Lo que yo sabía sobre la muerte ocupa varios estantes en mi biblioteca; Leslie podía meter en su bolso lo que sabía y aún le quedaría sitio para el billetero y la agenda. ¡Qué loco había sido al hacer aquella promesa!

Muy bien, Leslie, no habrá suicidio. Pero su muerte me había vuelto más descuidado de lo que jamás había sido. Empecé a conducir el viejo sedán Torrance de mi esposa a altas horas de la noche por las angostas carreteras de la isla, a velocidades que serían más adecuadas para un coche deportivo, sin abrocharme el cinturón, dejándome llevar por los recuerdos.

Empecé a gastar mi dinero sin miramientos. Cien mil dólares por un Honda Starflash: setecientos caballos de potencia montados en un chasis de avión de quinientos kilos; cien mil dólares para volar temerariamente en las competiciones de fin de semana, fingidos combates a muerte para deleite de los aficionados locales a la aviación.

Había prometido no suicidarme, pero nunca había dicho que no volaría para ganar.

Conseguí levantarme a duras penas de la tumba y anduve pesadamente hacia la casa. En otro tiempo, el crepúsculo era una fogata de colores en el cielo, y Leslie una movediza nube de deleite sobre la magia en que el ocaso convertía su prado de flores. Ahora, sólo había gris por todas partes.

Pye nos había dicho que podíamos hallar la manera de regresar a nuestra propia época. ¿Por qué había omitido que esta manera consistía en estrellarse sobre el mar, y que uno de los dos tenía que morir?

Me pasé días y días ocupado en estudiar mis volúmenes sobre la muerte, y compré otros nuevos. ¡Cuánta gente había topado con este muro! Y sin embargo, la única forma en que había sido atravesado era del otro lado hacia éste. Si Leslie estaba conmigo, escuchándome u observando, no daba ninguna señal. Mis libros no caían de los estantes, ni se ladeaban los cuadros en las paredes.

Por las noches, sacaba mi almohada y mi saco de dormir y me tendía en la terraza, bajo las estrellas. Se me hacía insoportable dormir en nuestra cama sin tenerla a ella a mi lado.

El sueño –que otrora había sido mi escuela, mi sala de conferencias, mi cúpula de aventuras ultraterrenas– se había convertido en sombras perdidas, fragmentos de películas mudas. La atisbaba en la lejanía, me ponía en movimiento para ir hacia ella y de pronto despertaba solitario y desolado. ¡Maldición! *¡Leslie hubiera debido estudiar más!*

En mi mente, por más que me doliera, repasaba una y otra vez aquellos extraños vuelos sobre el diseño, como un detective que examina un cadáver en busca de pistas. En algún lugar tenía que existir una respuesta. En caso contrario, con promesa o sin ella, también yo moriría.

La noche era más resplandeciente que nunca, con lentos torbellinos de estrellas que se convertían en horas que se convertían en estrellas, tan resplandeciente como aquella otra noche con Le Clerc en la Francia medieval...

Sabed que estáis constantemente envueltos por la realidad del amor, y que en todo momento disponéis del poder de transformar vuestro mundo por medio de lo que habéis aprendido.

No temáis ni desmayéis ante esa ilusión que son las tinieblas, ante ese cascarón vacío que es la muerte.

Vuestro propio mundo es tan ilusorio como cualquier otro. Vuestra unidad en el amor es realidad, y los espejismos no pueden alterar la realidad. No lo olvidéis. No importa cuáles sean las apariencias...

Vayáis donde vayáis estaréis juntos, seguros junto a quien más amáis, en el punto de todas las perspectivas.

Vosotros no creáis vuestra propia realidad: creáis vuestras propias apariencias.

Necesitas su poder. Ella necesita tus alas. ¡Juntos volaréis!

Es fácil, Richie. ¡Sólo has de concentrarte!

Descargué un puñetazo en la pared, enfurecido. El fiero espíritu de Atila se liberó para acudir en mi ayuda.

Me importa un comino que nos estrelláramos, pensé. Ni siquiera creo que nos estrelláramos. ¡No nos estrellamos, maldita sea! Me importa un comino lo que vi, lo que oí, lo que toqué y lo que olí. ¡Me importa todo un comino salvo la vida! ¡Nadie ha muerto nadie está enterrado nadie está solo siempre he estado con ella estoy con ella ahora estaré siempre con ella y ella conmigo y nada nada nada tiene el poder de interponerse entre nosotros!

Oí a Leslie, una vocecilla menuda:

–¡Richie! *¡Es cierto!*

No nos estrellamos salvo en mis pensamientos, y me niego a aceptar esta mentira como verdad. No acepto esto que llaman lugar no acepto esto que llaman tiempo no existe tal cosa como una Honda Starflash, la casa Honda ni siquiera fabrica aviones no los ha fabricado nunca ni lo hará, me niego a aceptar que no soy tan psíquico como ella, he leído mil libros y ella ninguno, maldita sea, y voy a aferrar esa palanca del acelerador y la empujaré hacia adelante hasta romper el parabrisas si hace falta, nadie se ha estrellado, nadie cayó al agua, se trata sólo de otro aterrizaje en mitad de ese maldito diseño y hasta aquí podían llegar todas estas ideas sobre la muerte y la pena y llorar sobre su tumba y voy a demostrarle que soy capaz de hacerlo, que no es imposible para mí...

Llorando de rabia, sentí una inmensa fuerza en mi interior, como un Sansón al derribar las columnas que sostenían el mundo en su lugar. Noté que se movía, como una viga de hierro que se doblara gradualmente, y súbitos terremotos recorriendo la casa. Las estrellas temblaron y sus contornos se hicieron borrosos. Con gesto decidido, extendí el brazo derecho hacia delante.

La casa desapareció. El oleaje del mar atronaba y se agitaba bajo nuestras alas. *Gruñón* se desprendió de las aguas, se liberó de las olas y alzó el vuelo.

–¡Leslie! ¡Oh, Leslie! ¡Has regresado! *¡Estamos juntos de nuevo!*

Su rostro estaba empapado de lágrimas y contraído por la risa.

–¡Richie, amor mío! –exclamó–. ¡Lo has logrado, te quiero, LO HAS LOGRADO!

dieciocho

MI ESPOSO dejó al otro Richard sentado en la cama, hablando por teléfono con su Leslie, y salió al balcón para reunirse conmigo.

Me besó con ternura y nos fundimos en un abrazo, felices por estar juntos, felices por ser quienes éramos.

–¿Por qué no intentas despegar tú, esta vez? –le sugerí–. Antes de volver a casa, deberías estar seguro de que eres capaz de conseguirlo.

Tendió la mano hacia la palanca de *Gruñón*, pero no ocurrió nada. ¿Por qué debía de resultarle tan difícil? Su mente funcionaba en demasiadas pistas al mismo tiempo, pensé.

–Es muy fácil, Richard –le dije–. Sólo has de concentrarte.

Sujeté la palanca yo misma y la empujé para enseñarle cómo lo hacía. Comenzamos a movernos de inmediato. Era algo semejante a cuando terminan de filmar una escena de una película y empiezan a desmontar el decorado: lo que antes eran bosques y montañas se convierte en telas movedizas, las rocas están hechas de blanda esponja, y pesados mecanismos se ponen en marcha para cargar con todo.

–Déjame probar de nuevo –me pidió.

–Muy bien –asentí–. Tiraré de la palanca hacia atrás. Recuerda, el truco está en concentrarse...

Fue una sorpresa descubrir lo cerca que estábamos de volar. En el mismo instante en que tiré de la palanca hacia mí, *Gruñón*, saltaba ya hacia el aire y había agua por debajo de nosotros. El motor tosió un par de veces, como lo haría si estuviese demasiado frío para volar. Nos elevamos hacia el cielo y, de pronto, el morro cayó de nuevo hacia el mar. Richard se apresuró a tomar los mandos, pero ya era demasiado tarde.

Todo pareció suceder a cámara lenta. Nos estrellamos lentamente; lentamente creció una tormenta de ruido blanco, como si pasara la yema del dedo por la aguja de un tocadiscos con el volumen a tope; lentamente nos rodeó el agua por todas partes. El telón cayó lentamente y las luces fueron amortiguándose hasta la negrura.

Cuando reapareció, el mundo era de un verde lóbrego, y no se oía el menor ruido. Richard se aferraba al hidroavión sumergido y arrancaba fragmentos rotos, trataba frenéticamente de rescatar algo mientras todo se hundía hacia las profundidades.

–¡Richie, no! –le grité–. ¡Tenemos un grave problema y hemos de resolverlo ya! En el avión no hay nada importante...

Pero a veces Richard se obceca con algo y no quiere atender a razones; lo único que le importa es recuperar su vieja cazadora de piloto o lo que sea que buscase en el interior del aeroplano. Parecía terriblemente preocupado.

–Muy bien –me resigné–. Tómate el tiempo que te haga falta. Ya te espero.

Le vi afanarse un buen rato, hasta que encontró lo que estaba buscando. ¡Qué extraña sensación! Lo que extrajo del aparato no era su cazadora; era yo, inerte, con el cabello lacio, como un animal ahogado.

Le vi nadar hacia la superficie con mi cuerpo y sacar mi cabeza fuera del agua.

–No tengas miedo, querida –dijo, entre jadeos–. Saldremos de ésta...

El pesquero, que avanzaba de costado en aquellos últimos metros estuvo a punto de pasarle por encima, mientras un tipo saltaba por la borda con una cuerda atada a la cintura. El rostro de mi querido Richard reflejaba un pánico tal que me faltó coraje para seguir mirando.

Cuando volví la cabeza percibí un glorioso resplandor, una luz que era *amor* expandiéndose ante mí. No se trataba del túnel que Richard tan a menudo mencionaba, pero lo parecía porque, en comparación con aquella luz, todo lo demás era negro como la tinta, y la única dirección posible era hacia aquel asombroso amor.

La luz decía *no te preocupes*, con tan maravillosa, gentil y amable perfección que me hizo confiar en ella con todo mi ser.

Dos figuras avanzaban hacia mí. Una de ellas era la de un muchacho adolescente, que me resultaba muy familiar... Se detuvo a cierta distancia; se detuvo y permaneció inmóvil, mirándome.

La otra figura siguió adelante. Se trataba de un hombre mayor, de una estatura no superior a la mía. Yo conocía aquella forma de moverse.

–Hola, Leslie –me saludó al fin. Era una voz áspera y grave, rasposa por los muchos años de fumar.

–¿*Hy*? ¿Eres tú, Hy Feldman? –Me precipité a través de la distancia que nos separaba y nos abrazamos con fuerza, mientras dábamos vueltas y llorábamos los dos de felicidad.

En todo el mundo no había tenido un amigo más querido que aquel hombre, que permaneció a mi lado en los viejos tiempos cuando tantos otros me volvían la espalda. De hecho, no podía comenzar el día sin una llamada a Hy.

Nos separamos y nos miramos a los ojos, con unas sonrisas tan amplias que apenas nos cabían en la cara.

–¡Querido Hy! ¡Dios mío, esto es maravilloso! ¡Es increíble! ¡Qué felicidad verte de nuevo!

Cuando murió, tres años antes... ¡Qué conmoción! ¡Qué dolor y qué sensación de pérdida!

Al recordarlo, di un paso atrás y lo fulminé con la mirada.

–¡Hy, estoy muy enojada contigo!

Sonrió, con aquella chispa de siempre en sus ojos. Yo

lo había adoptado como mi juicioso hermano mayor, y él me había elegido como su testaruda hermana.

–¿Aún sigues enfadada?

–¡Pues claro que sigo enfadada! ¡Qué cosa más vil y engañosa me hiciste! ¡Yo te quería! ¡Confiaba en ti! Me *prometiste* que no volverías a fumar ni un solo cigarrillo mientras vivieras, y luego no lo cumpliste y destrozaste *dos* corazones con tus cigarrillos, Hy Feldman. ¡También rompiste el mío! ¿Te has parado alguna vez a pensar en ello? ¿Sabes cuánto daño nos hiciste a todos los que te queríamos al seguir con algo que te arrancó tan pronto de nuestro lado? ¡Y por un motivo tan estúpido!

Agachó la cabeza, avergonzado, y me miró por entre las pobladas cejas.

–¿Arreglaría algo si te dijera que lo siento?

–¡No! –Le hice una mueca de enojo–. Hy, hubieras podido morir por una buena causa, por un motivo válido, y yo lo habría entendido, ya lo sabes. Habrías podido morir luchando por los derechos humanos, o para salvar los océanos y los bosques... o para salvar la vida de un desconocido. ¡Pero te moriste por fumar cigarrillos después de haber prometido que lo dejarías!

–No lo haré más. –Me sonrió–. Te lo prometo...

–¡Vaya promesa! –No pude evitar echarme a reír.

–¿Te parece que ha pasado mucho tiempo?

–Como si hubiera sido ayer –respondí.

Me tomó la mano, la apretó y nos volvimos hacia la luz.

–Vamos. Te espera alguien que se fue mucho antes que yo.

Me detuve. De pronto, no pude pensar en nada más que en Richard.

–Hy –le dije–, no puedo, tengo que volver. Richard y yo nos hallamos en mitad de una extraordinaria aventura, estamos viendo cosas, aprendiendo... ¡Apenas puedo esperar para contártelo! Pero acaba de sucedernos algo horrible. Cuando le he dejado, estaba frenético. –También yo empezaba a ponerme frenética–. ¡Tengo que volver!

–Leslie –comenzó, al tiempo que sujetaba con firmeza mi mano–, Leslie, detente. Debo decirte una cosa.

–¡*No!* No, Hy, por favor. Vas a decirme que estoy muerta. ¿No es eso?

Asintió, con aquella triste sonrisa suya.

–Pero, Hy, no puedo dejarlo así, desaparecer por las buenas y no volver a verlo nunca más. No sabemos cómo vivir el uno sin el otro.

Me contempló con una dulce y comprensiva expresión, borrada ya la sonrisa.

–Solíamos hablar sobre la muerte, sobre lo que debe de ser –le expliqué–, pero no le teníamos miedo; lo que temíamos era estar separados. Nos hicimos la idea de morir juntos, de un modo u otro, y así habría sucedido de no ser por este absurdo... ¿Puedes imaginártelo? ¡Ni siquiera sé por qué nos estrellamos!

–No ha sido absurdo –objetó él–. Había un motivo.

–Bien, pues no sé cuál puede ser ese motivo, y no me importa. ¡No puedo dejarlo!

–¿Has pensado que tal vez necesite aprender algo que jamás averiguaría si tú estuvieras a su lado? Quiero decir algo importante.

Sacudí la cabeza.

No hay nada que sea tan importante. Si lo hubiera, ya nos habríamos separado antes.

–Os habéis separado ahora –apuntó.

–¡No! ¡Me niego a aceptarlo!

En aquel momento, el joven avanzó hacia mí con la cabeza gacha y las manos en los bolsillos. Era alto y delgado, y tan tímido que se le notaba en la forma de andar. No podía apartar la vista de él, aunque el verlo me producía tal dolor en el corazón que apenas me resultaba posible soportarlo.

Entonces alzó la cabeza y me miró con sus maliciosos y risueños ojos negros, después de tantos años.

¡*Ronnie!*

Mi hermano y yo fuimos inseparables de pequeños, y al vernos de nuevo juntos nos arrojamos el uno en brazos del otro, sollozando desesperadamente de alegría.

Yo contaba veinte años y él diecisiete cuando se mató en un accidente, y había llorado su pérdida hasta cumplidos los cuarenta. Era tan intensamente *vital*, tan imposible de imaginar muerto, que no pude aceptar su desaparición. Su pérdida me transformó de una persona esperanzada y resuelta en un ser desamparado y deseoso de morir. ¡Qué poderoso era el lazo que nos unía!

Ahora volvíamos a estar juntos y nuestra felicidad era tan abrumadora como antes lo fuera el dolor.

—No has cambiado en nada —observé por fin, sin dejar de contemplarlo con asombro, recordando por qué nunca había podido ver una película de James Dean sin echarme a llorar, tanto se parecía su cara a la de Ronnie—. ¿Cómo puedes estar igual después de tanto tiempo?

—Lo he hecho para que pudieras reconocerme. —Se echó a reír, pues pensaba en las otras ideas que se le habían ocurrido para nuestro encuentro—. Primero pensé en venir bajo la forma de un perro viejo o algo así, pero... bueno, hasta yo podía darme cuenta de que no era el mejor momento para gastar bromas.

Bromas. Yo había sido siempre la chica seria, la que luchaba y se esforzaba sin detenerse ante nada. Él había llegado a la conclusión de que nuestra pobreza era insuperable y había elegido el consuelo de la risa, y bromeaba y me tomaba el pelo cuando yo más seria estaba, hasta que en ocasiones sentía deseos de estrangularlo. Sin embargo, era tan guapo, simpático y divertido que podía salirse siempre con la suya. Todo el mundo le quería, y yo más que nadie.

—¿Qué tal está mamá? —me preguntó. Tuve la sensación de que ya lo sabía, pero quería oírlo de mis labios.

—Mamá está bien —le aseguré—, excepto que aún te echa de menos. Yo finalmente llegué a aceptar que habías desaparecido... hace unos diez años, ¿te lo imaginas? Pero ella no lo ha admitido nunca. Nunca.

Suspiró.

Después de haberme negado a creer que hubiera muerto, ahora me resultaba casi imposible creer que se encontrara a mi lado. ¡Qué acontecimiento más extraordinario, estar de nuevo junto a él!

—Tengo tantas cosas que contarte, tantas cosas que preguntar...

–Ya te he dicho que había algo maravilloso esperándote
–intervino Hy. Me pasó un brazo sobre los hombros y Ronnie
hizo lo mismo. Yo los estreché a ambos por la cintura y, unidos los tres, avanzamos hacia la luz.

–¡Ronnie! ¡Hy! –Meneé la cabeza, ya otra vez serena–.
¡Éste es uno de los días más felices de mi vida!

Entonces tuve un atisbo de lo que había más adelante.

–¡Oh...!

Un espléndido valle se abrió ante nosotros mientras avan-
zábamos, con un riachuelo que serpenteaba entre campos y
bosques pintados con los rojos y los dorados del otoño. Más
allá, se alzaban imponentes montañas de nevadas cumbres.
cascadas de trescientos metros caían silenciosamente a lo
lejos. Era un panorama que cortaba el aliento, como la primera vez que había visto...

–¿El valle de Yosemite? –pregunté.

–Sabíamos que es uno de tus lugares preferidos –asintió
Hy–, de modo que hemos supuesto que te gustaría sentarte
aquí a charlar.

Dimos con un bosquecillo bajo el sol y tomamos asiento
sobre una alfombra de hojas. Permanecimos algún tiempo sin
decir nada, mirándonos gozosamente el uno al otro. ¿Por
dónde empezar?, me pregunté. ¿Por dónde empezar?

Una parte de mí lo sabía, y planteó la pregunta que durante tantos años me había acosado.

–¿Por qué, Ronnie? Ya sé que fue un accidente, ya sé que
no lo hiciste a propósito, pero he empezado a aprender lo
mucho que controlamos nuestras propias vidas y no puedo
por menos que pensar que, en un nivel u otro, tú elegiste partir cuando lo hiciste.

La respuesta llegó como si él hubiera pensado en la cuestión durante tanto tiempo como yo.

–Fue una mala elección –reconoció sin ambages–. Creía
que mi comienzo en la vida había sido tan malo que jamás lo-
graría enderezarla. A pesar de todas mis bromas, yo era un
alma desamparada, ¿no lo sabías? –Esbozó su característica
sonrisa de picardía para ocultar la tristeza.

–Me parece que, en lo más profundo, sí lo sabía –asentí,
mientras sentía que de nuevo se me desgarraba el corazón–, y

eso es lo que nunca logré aceptar. ¿Cómo podías sentirte desamparado si todos te queríamos tanto?

–Yo mismo no me apreciaba tanto como vosotros –explicó–. No me sentía merecedor de vuestro amor ni, para el caso, de nada. Ahora, al volver la vista atrás, comprendo que hubiera podido tener una buena vida, pero entonces no era capaz de verlo. –Desvió la mirada–. No quiero decir que saliera y me dijera «voy a matarme», ya lo sabes, pero tampoco me esforzaba mucho por vivir. No me aferraba a la vida como tú. –Meneó la cabeza–. Una mala elección.

Estaba más serio de lo que nunca le había visto. ¡Cuán extraño y consolador me resultaba oírle hablar así, disipando el dolor y la confusión de varios decenios con unas cuantas palabras de explicación!

Me sonrió con timidez.

–No he dejado de fijarme en ti –aseguró–. Al principio, creí que ibas a venirte conmigo inmediatamente. Luego vi que dabas la vuelta y me di cuenta de que también yo hubiera podido hacerlo, y sentí deseos de... bueno, fue una vida bastante dura. Tendría que haberla enfocado de otra manera. Aunque, de todos modos, aprendí mucho. Me ha resultado muy útil.

–¿Dices que no dejaste de fijarte en mí? –pregunté–. ¿Sabes lo que ha sucedido en mi vida? ¿Conoces a Richard, entonces? –Me parecía de lo más emocionante que pudiese conocer a mi marido.

Asintió.

–Es un gran tipo. ¡Me alegro por ti!

¡Richard!

De pronto, volví a sentir el pánico. ¿Cómo podía estar allí sentada, *hablando* de esa manera? ¿Se me había *estropeado* algo en la cabeza? Richard me había contado que, justo después de morir, la gente pasaba por un período de confusión, ¡pero esto era inconcebible!

–Está preocupadísimo por mí, como podéis imaginar. Cree que me ha perdido, que nos hemos perdido el uno al otro. No puedo quedarme, por más que os quiera a los dos. ¡No puedo! Lo comprendéis, ¿no es verdad? Tengo que volver a su lado...

–Leslie –objetó Hy–, Richard no podrá verte.

–¿Por qué no? –¿Qué cosa horrible iba a decirme que yo no había tenido en cuenta? ¿Sería yo ahora el fantasma de un fantasma? ¿Acaso...?

–¿Quieres decir... Significa eso que estoy realmente muerta? ¿Que no estoy en la zona límite, donde aún tendría la posibilidad de elegir el regreso, sino completamente... *muerta*? ¿Que no hay alternativa?

Asintió.

Me detuve, atónita.

–Pero Ronnie acaba de decir que estaba conmigo, que no me quitaba ojo de encima, que estaba siempre a mi lado...

–Pero no podías verlo, ¿verdad que no? –apuntó Hy–. No sabías que estaba allí.

–A veces, en sueños...

–Por supuesto, en sueños –admitió–, pero...

Sentí un súbito alivio.

–¡Bien!

–¿Es ésa la clase de matrimonio que deseas? –prosiguió–. ¿Que Richard te vea cuando esté durmiendo y te olvide por la mañana? En lugar de prepararte para recibirlo cuando llegue aquí y enseñarle lo que hayas aprendido, ¿prefieres revolotear junto a él sin que te vea?

–Hy, a pesar de todas nuestras conversaciones sobre la muerte y sobre ir más allá de la muerte, sobre nuestra misión conjunta a lo largo de distintas vidas, por lo que a él respecta me he matado en un accidente aeronáutico, y ahí se acabó Leslie. Pensará que todo aquello en lo que cree es una equivocación.

Mi viejo amigo me contempló con aire de incredulidad. ¿Por qué no podía entender?

–Hy, el motivo por el que vivíamos era estar juntos y expresar nuestro amor. ¡Aún no hemos terminado! Es como empezar a escribir un libro y dejarlo correr en mitad de una palabra del capítulo diecisiete, cuando el libro debía tener veinticuatro capítulos. ¡No podemos abandonar y limitarnos a fingir que ya hemos llegado al final! ¿Vamos a permitir que ese libro se publique, cuando no es más que una cosa inútil que carece de final? –Me resistía a aceptarlo–. Imagínate que llega un lector y desea

211

averiguar qué hemos aprendido, desea ver si supimos utilizar creativamente nuestros conocimientos para superar los desafíos que nos fueron planteados, y en mitad del libro queda todo interrumpido y una nota del editor explica: *Y entonces su hidroavión se estrelló y ella murió en el accidente, de modo que nunca llegaron a completar lo que habían empezado.*

–Muy pocas vidas están completas cuando llegan a su fin –observó Hy–. La mía no lo estaba.

–¡En eso tienes razón! –Le lancé una mirada de furia–. Conque ya sabes lo que se siente. ¡No vamos a interrumpir nuestra historia en la mitad!

Me sonrió con su cálida sonrisa de siempre.

–¿Quieres que tu historia diga que después del accidente Leslie regresó de entre los muertos y vivieron felices para siempre jamás?

–No sería la peor frase que he visto en un libro. –Todos nos reímos–. Naturalmente, me gustaría que dijera también cómo lo hicimos y qué principios utilizamos, para que cualquier otra persona pudiera hacer lo mismo.

Lo dije en broma, pero de pronto se me ocurrió que aquello podía ser otra prueba más, otro de los desafíos que nos planteaba el diseño.

–Mira, Hy –continué–, muchas de esas ideas de Richard que tan descabelladas parecen, al final resultan ser ciertas. Ya conoces su ley cósmica acerca de mantener las cosas fijas en el pensamiento para que se conviertan en realidad. ¿Es que nuestro accidente ha hecho cambiar de repente las leyes cósmicas? ¿Cómo es posible que ahora mismo tenga fijado algo en mi pensamiento, algo tan importante como esto, y *no* se haga realidad?

Advertí que comenzaba a ceder. Sonrió.

–Las leyes cósmicas no cambian nunca.

Extendí el brazo y le estreché la mano.

–Por un instante, me había parecido que ibas a intentar detenerme.

–Nadie en la Tierra fue nunca capaz de detener a Leslie Parrish. ¿Qué te hace pensar que puede lograrse aquí?

Nos pusimos en pie y Hy me dio un abrazo de despedida.

–Es curioso –comentó–. Si Richard hubiera muerto y tú no, ¿le habrías dejado ir, habrías confiado en que estaría bien durante todo el tiempo que hiciera falta para terminar tu propio lapso de vida?

–No. Me habría pegado un tiro.

–Eres obstinada.

–Ya sé que no tiene lógica. Nada tiene lógica, pero debo regresar con él. No puedo dejarlo, Hy. ¡Lo amo!

–Lo sé. Vete, pues...

Me volví hacia Ronnie. Mi adorado hermano y yo nos unimos en un prolongado abrazo. ¡Cuánto nos costó separarnos!

–Te quiero –prorrumpí, entre lágrimas, mordiéndome el labio inferior mientras retrocedía–. Os quiero a los dos, y os querré siempre. Volveremos a encontrarnos, ¿verdad?

–Ya lo sabes –respondió Ronnie–. Un día morirás y volverás en busca de tu hermano. Entonces aparecerá un perro viejo...

Me eché a reír sin dejar de sollozar.

–Nosotros también te queremos –concluyó.

En realidad, nunca había creído que llegaría a vivir aquel día. Bajo mi máscara de escepticismo, albergaba la esperanza de que Richard estuviera en lo cierto, de que la vida fuese algo más que el breve lapso entre la cuna y la tumba. Ahora ya lo sabía. Ahora, con todo lo que había aprendido en el diseño y tras la muerte, mi certidumbre era completa. Sabía también que algún día Richard y yo contemplaríamos aquella luz juntos. Pero todavía no.

Regresar a la vida no era imposible, ni siquiera difícil. Una vez cruzado el muro que da por supuesto que no osaremos lo imposible, empecé a distinguir la trama del tapiz, tal y como Pye nos asegurara. Hilo a hilo, paso a paso. No regresaba a la vida, sino a cierta concentración de la forma, a un punto de enfoque, un punto de enfoque que modificamos todos los días.

Encontré a mi querido Richard en un mundo alternativo que, por el motivo que fuese, él tomaba por real. Lo vi acurrucado en el suelo, encima de mi tumba. Su pena configuraba una sólida pared a su alrededor que le impedía ver y oír que yo me encontraba a su lado.

Empujé la pared.

–Richard...

Nada.

–*¡Estoy contigo*, Richard!

Siguió sollozando sobre mi lápida. ¿No habíamos dicho que nada de lápidas?

–Querido, en este mismo instante estoy a tu lado mientras sollozas en el suelo; estaré contigo cuando duermas y cuando despiertes. ¡Lo único que nos separa es tu creencia de que estamos separados!

Las flores silvestres que crecían sobre la tumba le decían que la vida cubre el punto mismo en que sólo parece haber muerte, pero su mensaje le pasó tan desapercibido como el mío.

Por fin se incorporó, pesadamente y anduvo, se arrastró casi, hacia la casa, rodeado por su muro de pesadumbre. No advirtió tampoco el crepúsculo que le gritaba que aquello que parece noche es el mundo preparándose para un amanecer que ya existe. Extendió su saco de dormir en el porche.

¿Cuántos gritos puede bloquear un hombre antes de que lleguen a su conocimiento? ¿Era aquél mi marido, mi querido Richard, el que estaba convencido de que nada ocurre por casualidad, desde la caída de una hoja al nacimiento de una galaxia? ¿Era aquel que sollozaba desgarrado en su saco de dormir, bajo la luz de las estrellas?

–¡Richard! –le grité–. ¡Tienes razón! ¡Siempre la has tenido! ¡El accidente no fue por casualidad! ¡Perspectiva! ¡Ya sabes todo lo que necesitas saber para hacer que nos reunamos de nuevo! ¿No recuerdas? ¡Concéntrate!

De pronto, descargó un puñetazo en la pared, enfurecido contra sus propias murallas.

–¡Aún no hemos terminado! –le grité–. ¡Nuestra historia no ha concluido! Tenemos... mucho... por lo que vivir... *¡Puedes cambiar ahora! ¡Querido Richard, AHORA!*

El muro que le rodeaba tembló, descantillado en los bordes. Cerré los ojos y me concentré con todo mi ser. Nos vi a

214

los dos juntos en la intacta cabina de *Gruñón*, suspendidos sobre el diseño, en pleno vuelo. Sentí que estábamos juntos de nuevo. Sin pena, sin dolor, sin separación.

Él también lo percibió y efectuó un gran esfuerzo para desplazar el acelerador hacia delante. Con los ojos cerrados, hasta la última fibra de su cuerpo se estremecía contra aquella sencilla palanca.

Como si hubiera estado hipnotizado y en aquel instante saliera del trance a pura fuerza de voluntad, contrajo los músculos y aplicó hasta el último gramo de su fuerza contra sus propias creencias de hierro. Las creencias cedieron medio centímetro. Un centímetro.

Mi corazón estaba a punto de estallar. Sumé mi voluntad a la suya.

—¡No estoy muerta, querido, ni lo he estado nunca! ¡Me tienes a tu lado en este mismo momento! ¡Estamos juntos!

Las paredes se desmoronaron a su alrededor y se hicieron pedazos. El motor de *Gruñón* despertó y empezó a ronronear. Las agujas de los indicadores dieron un pequeño salto.

Richard contuvo el aliento. Vi cómo palpitaban las venas de su cuello, vi su mandíbula apretada mientras luchaba por cambiar lo que hasta entonces consideraba como la verdad. Rechazaba el accidente. Contra toda evidencia de las apariencias, rechazaba mi muerte.

—¡Richie! —insistí—. *¡Es verdad! ¡Sí, por favor! ¡Todavía podemos volar!*

Y en ese instante la palanca cedió, y el motor aumentó las revoluciones con un rugido atronador, y por debajo de nosotros se alzó una nube de espuma.

¡Qué glorioso fue verle entonces! Sus ojos se abrieron al tiempo que *Gruñón* se elevaba sobre las olas.

Oí su voz, por fin, en un mundo que volvíamos a compartir.

—¡Leslie! ¡Has regresado! *¡Estamos juntos de nuevo!*

—¡Richie, amor mío! —exclamé—. ¡Lo has logrado, te quiero, LO HAS LOGRADO!

diecinueve

CUANDO SE pilota un avión, un buen modo de caer en barrena es tirar del volante de control hacia atrás después de ganar altura y mantenerlo ahí. Pero nos sentíamos arrebatados por la alegría de la resurrección, y aunque se hubieran desprendido las alas de *Gruñón* seguiríamos subiendo como cohetes.

La abracé y sentí sus brazos en torno a mí mientras todavía ascendíamos.

–¡Leslie! –exclamé–. ¡No estoy soñando! *¡No estas muerta!*

No se había matado en el accidente, no estaba enterrada en la ladera de la colina, se encontraba a mi lado, radiante como un amanecer. No era entonces cuando soñaba, sino en todos aquellos meses anteriores en los que había creído que estaba muerta, cuando la lloraba, solitario, en aquel tiempo alternativo.

–Sin ti, todo era... –comencé–. El mundo se detuvo. ¡Nada importaba! –Le acaricié el rostro–. *¿Dónde* estuviste?

Se rió entre las lágrimas.

–¡Estaba contigo! –respondió–. Cuando nos hundimos, te contemplaba por debajo del agua. Vi cómo sacabas mi cuerpo del hidroavión. Al principio creí que buscabas tu cazadora, y cuando vi lo que era no podía creérmelo. Estaba a tu lado, pero no me veías; sólo podías ver mi cuerpo.

Verdaderamente, *había* estado allí.

Después de todo lo aprendido juntos, ¿qué me había hecho olvidar de repente y tomar las apariencias por realidad? Mi primera reacción ante su muerte fue la de gritar ¡*NO!* Una palabra, la única verdad. ¿Por qué no había escuchado? ¡Qué diferente habría sido todo si me hubiese negado a creer la mentira desde el primer momento, en lugar de esperar tanto tiempo!

–Si me hubiera aferrado a lo que yo sabía que era cierto –observé–, habría podido ayudarte...

Sacudió la cabeza.

–Habría sido un milagro que no te concentraras en lo que viste en el accidente. Y luego el dolor fue como una muralla que te aislaba. No podía atravesarla. Si hubiera sido más rápida, quizás habría podido...

–¡Qué vergüenza! ¡Fracasar en una prueba así!

–¡No has fracasado! –Me abrazó otra vez–. ¡Has estado maravilloso! A pesar de todo, has acabado por ver la verdad. Tú has accionado la palanca de *Gruñón*, tú solo nos has sacado de ese mundo, ¿no te das cuenta? ¡Lo has conseguido!

En aquel terrible mundo de su muerte, ¡con qué presteza había comenzado a olvidar el sonido de su voz, hasta su propia imagen! Tenerla de nuevo a mi lado era como hallar el amor por primera vez.

–¡Tengo tantas cosas que contarte! –exclamó–. Ya sé que sólo ha pasado una hora o así, pero hay tantas cosas...

–¿*Una hora?* ¡Han pasado *meses*, Wookie! ¡Tres meses y una semana!

–No, Richie. ¡Como mucho una hora y media! –Me miró, desconcertada–. Me fui justo en mitad de... –Se interrumpió y sus ojos chispearon–. ¡Oh, Richard, he visto a Ronnie! Es como si no hubiera muerto, estaba igual que siempre. ¡Y el bueno de Hy! Hy fue el primero en salir a recibirme y me dijo que no me preocupara, que tú y yo no tardaríamos en reunirnos de nuevo, pasara lo que pasase. Y justo después del accidente vi una luz hermosísima, como en los libros que hablan de la muerte...

Cuando estábamos en casa, me iba en coche a la ciudad a hacer la compra y al regreso tardábamos más de una hora en ponernos al corriente de lo que había ocurrido mientras nos encontrábamos separados. Este último viaje, de una hora según su percepción, y tres meses según la mía, ¿cuánto tiempo iba a llevarnos?

–¡Es un sitio maravilloso, Richie! –prosiguió–. De no haber sido por ti, no habría querido volver. –Reflexionó unos instantes–. Dime, ¿habría sido distinto para ti de haber sabido que yo estaba bien, que era feliz, que me hallaba con personas a las que amo?

–Si supiera que eras feliz y estabas segura, sí –respondí–. Creo que sí. Habría podido tomármelo como... como una mudanza, como si tú te hubieras adelantado a nuestra nueva ciudad, nuestro nuevo hogar, para aprender las costumbres, conocer las calles y la gente mientras yo terminaba nuestro trabajo aquí. Sí, habría sido una ayuda. Pero no es como una mudanza. No hay correo, no hay teléfono, no hay manera de *saber*.

–Sin la pesadumbre –opinó–, creo que hubiésemos podido comunicarnos. Habríamos sido capaces de reunirnos en meditaciones, en los sueños... Pero estabas tan envuelto por el dolor...

–Si en alguna ocasión vuelve a suceder, lo tendré presente. Sabré que estás ahí, sean cuales fueren las apariencias. ¡Recuérdalo tú también!

Ella asintió.

–Hay tanto que podemos aprender de esto, tantos rompecabezas que solucionar... Han pasado treinta años desde que Ronnie murió. ¿Cómo es posible que estuviera allí esperándome? Con tantas vidas como existen, ¿por qué no estaba en alguna otra... encarnación?

–Y lo estaba, igual que nosotros –contesté–. Mira ahí abajo. –El diseño cambiaba sin cesar bajo nuestro aparato. No tenía fin, ni jamás lo tendría–. Todas esas vidas al mismo tiempo, y también postvidas y entre-vidas. ¿Aún no te lo crees? ¿No te parece real?

–Ahora mismo, no estoy segura de lo que creo. –Sonrió–.
Pero sé que he visto otra vez a mi hermano. Siempre lleno de
bromas, y tan tontas como de costumbre. Me dijo... –Empezó
a reír, sin poderse contener–. Me dijo que la próxima vez que
nos veamos... va a presentarse... en forma de un... –Siguió
riéndose hasta quedar sin aliento.
    –¿En forma de qué?
    –... ¡de un perro viejo!
    No lo entendí, pero, fuera lo que fuese lo que Ronnie le
había dicho, resultó suficiente para conseguir que su hermana se desternillara de risa al recordarlo, y me reí con ella.
¡Qué extraño placer, poder reír de nuevo!
    En el diseño de abajo debe de haber otros aspectos alter-
nativos que no han logrado dar el salto y reunirse otra vez. No
quise expresar este pensamiento en voz alta para evitar su-
mirnos de nuevo en el desconsuelo.
    Hablamos de lo que había sucedido e intentamos compo-
ner las piezas. No todo encajaba, pero sí algunas partes.
    –¡Parecía todo tan real! –comenté–. No era un espectro
ni podía atravesar las paredes, la gente me veía y me conocía,
nuestra casa era la de siempre. –Volví a pensar en aquel
lugar–. Bueno, no del todo –me corregí, al advertir por
primera vez lo que me había podido advertir durante mis
meses de estancia en aquel mundo–. Era nuestra casa, pero
había diferencias y nunca me fijé en ellas. Y el coche... No
era nuestro viejo Chrysler, sino un *Torrance*. ¿No resulta
curioso?
    –Sin la práctica que adquirimos en el diseño, creo que
aún te encontrarías allí –dijo ella–. Si nos hubiéramos criado
en ese lugar alternativo, sin estar entrando y saliendo de una
decena de vidas distintas; si hubiésemos estado convencidos
de que el mundo con automóviles Torrance del 76 es el único
mundo que existe... Si yo hubiera muerto en ese mundo, ¿habrías conseguido salirte? ¿Nos habríamos vuelto a reunir?
¿Habrías podido superar jamás tu creencia en la muerte?
    –¡Vaya pregunta! –exclamé–. No lo sé.
    –Richie, ¡si apenas lo hemos conseguido! Después de
todo lo aprendido, ¡apenas lo hemos conseguido! –Contempló
el laberinto que se extendía bajo nosotros–. ¿Estamos atrapa-

dos aquí? ¿Es tan difícil salir de este lugar como lo ha sido *vencer a la muerte*?

Ahora que volvíamos a encontrarnos juntos y la peor prueba de nuestras vidas había quedado atrás, nos miramos con un único pensamiento compartido: debemos encontrar el camino de regreso antes de que nos suceda nada más.

–¿Recuerdas lo que nos dijo Pye? –le pregunté–. El diseño es psíquico, pero el camino de vuelta es espiritual. Tenemos que dejarnos conducir por la esperanza.

Fruncí el ceño, meditabundo. ¿Cómo nos dejamos guiar por la esperanza? Tenemos la esperanza de llegar a casa, conque, ¿por qué no estamos ya allí?

–No dijo la esperanza, Wookie –objetó por fin Leslie–. ¡Dijo el amor! ¡Dijo que nos dejáramos conducir por el amor!

veinte

POR SUPUESTO, Pye tenía razón: es
fácil dejarse guiar por el amor.

Aquella pareja que se dirigía a una reunión en Los Ángeles... Quizá su pequeño planeta fuese un espejismo, pero era
su espejismo, el lienzo que habían elegido para pintar la aurora tal como ellos la veían, y ambos amaban aquello que pin-
taban. Nos concentramos en este amor.

–¿Preparado? preguntó Leslie.

Cogí su mano y juntos accionamos los instrumentos
de control que teníamos delante. Con los ojos cerrados,
nos concentramos en aquella pareja que vivía en su mundo, de camino hacia nuevos descubrimientos y saberes.
Tal y como nos amábamos el uno al otro, también amábamos nuestro hogar y volábamos hacia él para poder darle
lo que habíamos visto y aprendido. No era mi mano la
que movía los controles, ni la de Leslie; eran los controles
los que movían nuestras manos, como si *Gruñón* se hubiera
convertido en algo vivo y supiese en qué dirección debía
volar.

Al cabo de cierto tiempo, nuestro hidroavión redujo la

velocidad y se ladeó en un amplio viraje. Abrí los ojos para ver cómo Leslie abría los suyos.

Lo divisamos de inmediato. Por debajo de nosotros, entre todas las vueltas y revueltas del diseño, se destacaba un dorado número ocho. Era el mismo trazado sinuoso que Pye había dibujado en la arena, entre la Ciudad de las Amenazas y el pueblo de Paz.

–Pye dijo que podíamos dar indicaciones a los otros aspectos de nosotros mismos... –recordé.

–¡... y aquí está nuestra indicación! –concluyó Leslie–. ¡Querida Pye!

En el mismo instante en que apartamos nuestros pensamientos del amor, volvimos a encontrarnos abandonados a nuestros propios recursos, como si se hubiera roto algún hechizo. *Gruñón* se transformó de un compañero a un sirviente que necesitaba nuestras órdenes. Moví el volante hacia la derecha para continuar nuestro círculo sobre la dorada señal, tiré hacia atrás del acelerador e inicié el último viraje hacia el punto de contacto. La brisa ondulaba la superficie, y el dorado temblaba con las olas.

–Las ruedas están subidas, y los flaps bajados.

Dirigir el aeroplano hasta aterrizar en el sitio elegido era una tarea sencilla. Volamos contra el viento a escasos centímetros de la superficie, apurando la velocidad crítica del Seabird. Justo antes de llegar al lugar, paré el motor y *Gruñón* cayó con un chapoteo.

El diseño desapareció de inmediato y nos vimos limpiamente transportados al otro *Gruñón*, en vuelo sobre Los Ángeles.

¡Pero no éramos nosotros los pilotos! Solamente pasajeros en el asiento de atrás, espectrales acompañantes en un viaje que no era el nuestro. Delante de nosotros se encontraban los dos que habíamos sido antes, oteando el cielo atentos a la presencia de otros aparatos, fijando el código del transpondedor para el descenso hacia Santa Mónica. A mi lado, Leslie se cubrió la boca para no chillar.

–¿Cuatro seis cuatro cinco? –preguntó Richard, el piloto.

–Eso es –asintió su esposa–. ¿Qué harías tú sin mí?

No habían advertido nuestra presencia.

En el instante en que empujé nuestra fantasmagórica palanca hacia adelante, sentí sobre la mía la mano de Leslie que me transmitía idéntico temor. Con insoportable lentitud, mientras aguardábamos sin respirar, la escena se hizo borrosa y desapareció.

De nuevo nos vimos remontándonos sobre las minúsculas olas del diseño, y un leve movimiento del volante de control nos elevó hacia lo alto.

Nos contemplamos, estupefactos, y respiramos al mismo tiempo.

–¡Oh, no! ¡Estaba convencida de que en esta ocasión íbamos a aterrizar sin convertirnos en fantasmas!

Dirigí la vista hacia abajo mientras describíamos una curva, y divisé el signo dorado.

–¡Está ahí mismo, pero no podemos volver a casa!

Miré hacia atrás de soslayo, con la esperanza de hallar a Pye. No era comprensión lo que nos hacía falta en aquellos momentos, sino unas sencillas instrucciones. Pero Pye no estaba en el avión para darnos ni lo uno ni lo otro. El signo visible bajo las olas era como una cerradura de combinación que nos abriría nuestro propio tiempo, pero desconocíamos los números.

–¡No hay salida! –exclamó Leslie–. ¡Aterricemos donde aterricemos, siempre somos unos espectros!

–Salvo en el lago Healey...

–En el lago Healey nos esperaba Pye –objetó ella–. Eso no cuenta.

–... y en el accidente.

–¿El accidente? –repitió–. ¡Yo sí que era un espectro! Ni siquiera tú podías verme. –Se quedó pensativa, intentando llegar a alguna conclusión.

Inicié un viraje a la izquierda alrededor del signo dorado para tenerlo bien a la vista en mi lado del aeroplano. Me pareció que fluctuaba bajo las aguas, que se difuminaba como si se tratara de una señal en mi mente más que en el dibujo, que se desvanecía conforme nuestra concentración en el amor iba siendo sustituida por la inquietud. Estiré el cuello hacia él, observándolo con toda mi atención.

Se difuminaba, no cabía duda. ¡Ayúdanos, Pye!, pensé.

Sin aquella marca, no tendría importancia que descubriésemos o no la combinación. Comencé a aprenderme de memoria la encrucijada múltiple sobre la que estaba situado. ¡No podíamos perder aquel lugar!

–... Pero no era un espectro observador –prosiguió Leslie–. Pensé que había muerto en el accidente. Creía que era un *auténtico* fantasma, y lo fui. ¡Tienes razón, Richie! ¡El accidente es la clave!

–Aquí somos todos espectros, Wookie –aduje, sin apartar la vista del diseño–. Todo es apariencia, hasta el último detalle. –Dos ramales a la izquierda, seis a la derecha, y otros dos que seguían casi directamente al frente. El signo desaparecía poco a poco, y no quería decírselo a ella.

–El mundo en que nos estrellamos también era real para ti –replicó–. Creías haber sobrevivido, y por eso no eras un espectro. Se trataba de un tiempo paralelo, pero enterraste mi cadáver, vivías en una casa, pilotabas aviones, viajabas en automóvil y hablabas con la gente...

De repente comprendí lo que me quería decir. La miré, atónito.

–¿Quieres que *volvamos a estrellar el hidroplano* para volver a casa? Pye nos aseguró que sería *fácil*, que sería como dejarse caer de un tronco. ¡No dijo nada de *estrellar* a *Gruñón*!

–No, no lo dijo. Pero en ese accidente hubo algo extraño... ¿Por qué no eras un espectro en aquel mundo? ¿Qué tuvo de diferente aquel aterrizaje?

–*¡Por la borda!* –respondí–. No éramos observadores indiferentes en la superficie, sino parte del diseño. ¡Estábamos en él!

Giré la cabeza ipara divisar el último resplandor del oro que acababa de disolverse, y empecé a volar en círculo sobre el punto que había memorizado.

–¿Lo intentamos?

–¿Intentar qué? ¿Quieres decir... quieres que *saltemos por la borda* cuando aún estemos en pleno vuelo?

Mantuve la vista fija en el punto donde había estado el signo.

–¡Sí! Empezamos a aterrizar, dejamos que el avión pierda

velocidad y luego, justo en el momento de tocar el agua, saltamos por la portezuela.

–¡Dios mío, Richard, eso es espantoso!

–El diseño es un mundo de metáfora, y la metáfora funciona, ¿no lo ves? Para convertirnos en parte de cualquier tiempo, para tomárnoslo en serio, debemos sumergirnos en él. ¿Recuerdas lo que dijo Pye acerca de flotar sobre el diseño, desapegados de él? ¿Y lo de dejarse caer de un tronco? ¡Estaba diciéndonos cómo podemos volver a casa! *¡El tronco es Gruñón!*

–¡No podré hacerlo! –exclamó–. *¡No podré!*

–Si volamos despacio, contra el viento –calculé–, iremos a treinta nudos apenas. Prefiero saltar por la borda que estrellarme otra vez... –Viré para iniciar la aproximación final y me dispuse a aterrizar.

Leslie siguió la dirección de mis ojos.

–¿Qué estás mirando?

–El indicador ha desaparecido. No quiero perder de vista el sitio donde estaba.

–*¿Desaparecido?* –Se inclinó para contemplar el lugar vacío que teníamos debajo–. Muy bien –asintió al fin–. Si tú saltas, yo también saltaré. Pero en cuanto lo hayamos hecho, ya no habrá manera de volver atrás.

Tragué saliva, con la vista fija en el punto donde debíamos tocar la superficie.

–Tendremos que desabrocharnos los cinturones, abrir la cubierta corrediza de la cabina, encaramarnos al costado y saltar. ¿Podrás hacerlo?

Quizá sea mejor que empecemos a desabrocharnos el cinturón y abrir la cubierta ahora mismo –sugirió.

Soltamos los cinturones y, un segundo después, oí el rumor del viento cuando quitó el seguro de la cubierta. Volví a sentir la boca seca.

Leslie se me acercó y me dio un beso en la mejilla.

–Las ruedas están subidas, los flaps bajados –anunció–. Lista para cuando tú quieras.

veintiuno

Estábamos tensos como un arco, la vista fija en el agua que ascendía a nuestro encuentro.

–Prepárate –le advertí.

–Cuando toquemos el agua, abrimos las puertas y saltamos al instante –dijo ella, como si lo ensayara mentalmente una vez más.

–¡Exactamente!

–¡No lo olvides! –me gritó, mientras sujetaba con firmeza el asidor de la cubierta.

–¡Ni tú tampoco –repliqué–, sean cuales fueren las apariencias!

La quilla del hidroavión rasgó la superficie. Cerré los ojos para no dejarme influir por lo que pudiera ver.

ABRIR LA CUBIERTA.

Sentí que Leslie tiraba de ella al mismo tiempo que yo, y el rugido del viento en mis oídos.

¡SALTAR!

Me lancé por la borda y, en ese mismo instante, abrí los ojos. No habíamos saltado al agua cercana, sino en pleno aire, y caíamos sin paracaídas sobre el centro de Los Ángeles.

–¡LESLIE!

Tenía los ojos cerrados, y el aullido del viento le impedía oírme.

Mentira, me dije. *Estoy viendo una mentira.* En el momento en que volví a apretar los párpados percibí un choque sordo, como si hubiéramos topado con un muro de almohadones. Los abrí de nuevo y vi que nos hallábamos los dos en la cabina de *Gruñón*, iluminados por un silencioso destello de luz dorada que se expandió rápidamente y desapareció. En esta ocasión, estábamos sentados ante los mandos, cruzando el firmamento, tan seguros como un gato sobre una alfombra.

–*¡Lo hemos logrado, Richie!* –exclamó, al tiempo que me rodeaba con sus brazos en un estallido de alegría–. ¡Lo hemos logrado! ¡Eres un genio!

–Cualquier cosa en la que hubiéramos creído habría dado el mismo resultado –objeté, modestamente, aunque no estaba del todo seguro. Si sigue insistiendo en que soy un genio, pensé, tendré que darle la razón.

–Eso ya no importa –respondió con jovialidad–. ¡Hemos regresado!

Volábamos en un rumbo de 142 grados, con la brújula magnética estabilizada en dirección sudeste, los instrumentos de navegación susurraban tranquilizadoramente y el lorán desgranaba refulgentes números de luz anaranjada. El asiento posterior se encontraba vacío. El único diseño que había por debajo de nosotros era el de las calles y los tejados, y la única agua que se veía era el azul destello de las piscinas de jardín.

Leslie me señaló dos aviones lejanos.

–Circulación por allí –apuntó–, y por allí.

–Los tengo.

Miramos el transmisor de radio al mismo tiempo.

–¿Probamos a ver...?

Ella asintió, con los dedos cruzados.

–Hola, control de aproximación de Los Ángeles –comencé–. Aquí Seabird Uno Cuatro Bravo. ¿Nos tienen localizados en su radar?

–Afirmativo. Uno Cuatro Bravo en contacto de radar, tienen circulación a la una, a tres kilómetros, rumbo norte, altitud desconocida.

El controlador no nos preguntó de dónde salíamos, ni dio a entender que hubiéramos desaparecido de su pantalla de radar durante más de tres meses. Tampoco oyó el coro de vítores y exclamaciones en la cabina de *Gruñón*.

Leslie me tocó la rodilla.

–Dime lo que viste después que...

–Un cielo tan azul como las flores, un océano de aguas poco profundas que se extendía sobre el diseño, Pye, Jean-Paul, Iván y Tatiana, Linda y Krys...

–De acuerdo –asintió–. No lo hemos soñado. Ha ocurrido realmente.

Seguimos volando en dirección a Santa Mónica como un par de Scrooges redivivos y deleitados ante la perspectiva de la mejor Navidad de esta vida.

–¿Y si todo es cierto? –inquirió Leslie–. ¿Y si verdaderamente todo el mundo es otro aspecto de nosotros, y nosotros somos otro aspecto de ellos? ¿Cómo afectará eso a nuestra forma de vivir?

–Buena pregunta –admití. En aquel momento, la señal de diez millas se encendió en el lorán. Incliné un poco más el morro y ladeé el aparato para mantenerlo en posición–. Buena pregunta...

Tras tomar tierra en la única y amplia pista del aeropuerto de Santa Mónica, hice rodar el hidroavión hasta su lugar de estacionamiento y paré el motor. Cuando nos detuvimos, casi esperaba que la escena retrocediera un millar de años, pero no fue así. Todo siguió en su lugar: docenas de aviones aparcados en silencio junto al nuestro, el rumor del tránsito en Centinela Boulevard, el aire salino y la luz del sol.

Ayudé a mi esposa a descender del avión. Permanecimos un largo rato inmóviles sobre la superficie de nuestro propio planeta, en nuestra propia época, estrechamente abrazados.

–¿Estás impresionada? –susurré, mientras rozaba su cabellera con mis labios.

Ella se echó hacia atrás para mirarme a los ojos y asintió con un gesto.

Saqué nuestro equipaje del avión, y entre los dos cerramos la cubierta de la cabina y la aseguramos en su lugar.

Al otro lado de la rampa de aparcamiento, un muchacho dejó a medio lavar un Luscombe Silvaire, trepó a una furgoneta de combustible y la llevó frente al Seabird.

Se trataba casi de un chiquillo, no mayor de lo que yo era cuando hacía ese trabajo, y llevaba una cazadora de cuero como las que a mí me gustaban entonces, aunque la suya mostraba la palabra DAVE bordada sobre el bolsillo del pecho. ¡Qué fácil me resultaba reconocerme en él, pensé, y cuánto podríamos contarle de sus futuros ya existentes, de las aventuras que en aquel mismo instante aguardaban su decisión!

–Buenas tardes, señores –nos saludó–. ¡Bienvenidos a Santa Mónica! ¿Necesitan un poco de combustible?

Nos echamos a reír. ¡Qué extraño nos parecía necesitar combustible de nuevo!

–Desde luego que sí –respondí–. Ha sido un largo viaje.

–¿Dónde han estado? –quiso saber.

Miré a mi esposa para pedirle ayuda, pero se hizo la desentendida en espera de ver qué le respondía.

–Oh, volando por ahí –contesté al fin, de forma poco convincente.

Dave accionó una palanca y puso en marcha la bomba de combustible de la furgoneta.

–Aún no he podido pilotar ningún Seabird –comentó–, pero he oído decir que son capaces de aterrizar casi en cualquier sitio. ¿Es verdad?

–¡Y tanto! –asentí–. Este aparato puede llevarte a cualquier lugar que se te ocurra.

veintidós

NINGUNO DE los dos formuló la pregunta hasta que nos hallamos tranquilamente en el coche de alquiler, camino del hotel.

–Bueno –comenzó Leslie, mientras conducía por la rampa de acceso a la autopista de Santa Mónica–. ¿Debemos hablar de todo esto o no?

–¿En la conferencia?

–En donde sea –respondió.

–¿Y qué les diremos? Cuando veníamos hacia esta reunión nos ha ocurrido una cosa muy curiosa: hemos permanecido suspendidos en pleno aire durante tres meses, encerrados en una dimensión donde no existe el tiempo ni el espacio, aunque a veces parece que sí existen, y hemos descubierto que todas las personas son aspectos distintos de todas las demás personas porque la conciencia es una, y además el futuro del mundo es subjetivo y nosotros determinamos qué va a ocurrirle al mundo según las elecciones que pongamos en práctica para nosotros mismos, muchas gracias, ¿alguien tiene algo que preguntar?

Leslie soltó una carcajada.

233

–Apenas unas cuantas personas de este país empiezan ahora a admitir que, después de todo, quizá no sea imposible que la gente tenga más de una vida, y aparecemos nosotros diciendo que no, que todo el mundo tiene un *infinito* número de vidas y que todas se desarrollan simultáneamente. Vale más no meterse en eso. Guardémonos para nosotros lo que hemos descubierto.

–No es nada nuevo –observé–. ¿Recuerdas lo que afirmó Albert Einstein? *Para nosotros los físicos*, dijo, *la distinción entre pasado, presente y futuro no es más que una ilusión, por muy pertinaz que sea.*

–¿*Albert Einstein* dijo eso?

–¡Y mucho más! Cuando quieras oír algo increíble, acude a un físico. La luz se dobla; el espacio se alabea; un reloj en un cohete funciona más despacio que el mismo reloj en casa; divide una partícula y obtendrás dos del mismo tamaño que la inicial; dispara tu rifle a la velocidad de la luz y la bala no saldrá del cañón... Nosotros no hemos realizado ningún nuevo descubrimiento. Cualquiera que haya leído algo de mecánica cuántica, cualquiera que haya jugado con el gato de Schrödinger...

–Pero, ¿a cuánta gente conoces que le interese el gato de Schrödinger? –objetó ella–. ¿Cuánta gente se mete en la cama en una noche fría con su libro de cálculo y su física cuántica para leer un poco antes de dormirse? Me parece que no debemos hablar del asunto. Estoy segura de que nadie nos creería. Si nos ha ocurrido a nosotros e incluso a *mí* me resulta difícil creerlo.

–Mi querida escéptica... –musité. Pero a mí también me resultaba difícil. ¿Y si todo hubiera sido un sueño, un desacostumbrado sueño compartido? El diseño, y Pye, y... ¿Y si fuera todo fantasía?

Con ojos entrecerrados, contemplé los automóviles que nos rodeaban, mientras intentaba poner a prueba nuestra nueva perspectiva. ¿Éramos nosotros los que viajábamos en aquel Mercedes de cristales oscuros? ¿Nosotros los ocupantes de aquel Chevrolet desvencijado que se había detenido en el arcén, con el radiador echando humo? ¿Y aquellos recién casados? ¿Y aquellos otros con el ceño fruncido, de camino hacia la escena de un futuro crimen, con el asesinato en nuestros corazones? Tratamos de verlos como si fuésemos nosotros en distintos cuerpos, pero no dio resultado. Todos eran ajenos y desconocidos, envueltos en sus cápsulas de acero rodante. Me resultaba tan difícil imaginarnos en el lujo como en la pobreza, a pesar de que habíamos vivido en ambas situaciones. Nosotros somos nosotros, pensé, y nadie más.

–¿No estás *muriéndote* de hambre? –preguntó Leslie.

–Hace meses que no como.

–¿Podrás aguantar hasta Robertson Boulevard?

–Si tú puedes, yo también –respondí.

Leslie aceleró por la autopista y enfiló la salida que conducía a las calles de su vida en Hollywood. A juzgar por la nula añoranza que Leslie aseguraba sentir por ella, aquella vida estaba más lejana que la de Le Clerc.

En ocasiones, cuando nos acurrucábamos en la cama a altas horas de la noche para contemplar viejas películas en el televisor, me abrazaba de improviso y me decía: «¡Gracias por haberme rescatado de todo eso!» Sin embargo, yo sospechaba que una parte de ella todavía lo echaba de menos, aunque nunca lo admitía a menos que se tratara de una película muy buena.

El restaurante seguía en el mismo lugar: vegetariano, sin tabaco y con música clásica, era una especie de paraíso para hambrientos escrupulosos. Su clientela había ido en aumento durante los años que llevábamos fuera de la ciudad, y el aparcamiento más cercano que encontramos estaba a una manzana de distancia.

Mi esposa salió del coche y anduvo a paso vivo hacia el restaurante.

–¡Yo vivía aquí antes! ¿Te lo imaginas? ¿Cuántas vidas hace de eso?

–¡Vaya si hace! –asentí, y la tomé de la mano para aminorar su marcha–. Aunque debo admitir que me resulta más fácil comprender el concepto de vidas sucesivas que el de vidas simultáneas. Primero, el antiguo Egipto; luego, una escapada por la dinastía Han, y acto seguido, a conquistar el Salvaje Oeste...

De camino hacia el restaurante pasamos ante una nueva

tienda de electrodomésticos con el escaparate lleno de televisores en funcionamiento, la confusión servida de cuatro en fondo.

–... pero lo que acabamos de aprender se me hace más difícil.

Leslie miró el escaparate de soslayo y se detuvo tan bruscamente que al principio creí que había olvidado el bolso o que se había roto un tacón. En un momento parecía muerta de hambre y corría hacia el restaurante; al siguiente, se paraba en mitad de la acera para ver la televisión.

–¿Todas nuestras vidas al mismo tiempo? –repitió, absorta en aquellas pantallas–. Las vidas de Jean-Paul le Clerc, y las del fin del mundo, y las del universo de Mashara... ¿Todas discurriendo al mismo tiempo sin que sepamos cómo decirlo, ni siquiera cómo concebirlo?

–Mmm. No es fácil –admití–. ¿Y si fuéramos a comer algo?

Dio unos golpecitos en el cristal.

–Mira.

Cada uno de los televisores estaba sintonizado con un canal diferente, y a aquella hora de la tarde casi todos transmitían viejas películas.

En una pantalla, Scarlett O'Hara juraba que no volvería a comer; en la siguiente, Cleopatra realizaba proyectos con Marco Antonio; más abajo danzaban Fred y Ginger, un floreo de chisteras y velos; a su derecha, Bruce Lee parecía volar mientras ejecutaba la venganza del dragón; allá, el Capitán Kirk y la encantadora Teniente Paloma burlaban a un dios del espacio; a su izquierda, un caballero de resplandeciente armadura arrojaba unos cristales mágicos que dejaban su cocina como los chorros del oro.

Otras pantallas con otras historias llenaban el escaparate por completo. De cada una de las pantallas colgaba una etiqueta carmesí: ¡CÓMPRAME!

–¡Simultáneamente! –exclamé.

–De modo que el pasado y el futuro no dependen del año en que nos encontremos –concluyó ella–, sino del canal que esté sintonizado... *¡Depende de lo que elijamos contemplar!*

–Hay un número infinito de canales –proseguí, interpretando el mensaje de aquel escaparate–, pero ningún televisor puede captar más de uno a la vez, ¡por eso todos están convencidos de que son el único canal que existe!

Leslie me señaló una esquina.

–Un aparato nuevo.

Al otro extremo del escaparate, una consola de alta tecnología mostraba a un Spencer Tracy desconcertado por Katharine Hepburn, mientras un recuadro de diez centímetros permitía ver una multitud de coches de carreras que corrían hacia la línea de meta.

–¡Ajá! –salté yo–. ¡Si estamos lo bastante adelantados, podemos sintonizar más de una vida!

–¿Y cómo podemos llegar a estar tan adelantados? –preguntó ella.

–¿Siendo más caros?

Se echó a reír.

–¡Sabía que tenía que existir una manera!

Seguimos adelante, cogidos del brazo, hasta llegar a nuestro lugar predilecto.

Leslie ojeó la carta y se relamió.

–¡Mi ensalada favorita!

–Hay cosas que no cambian nunca –observé.

Y ella asintió alegremente.

veintitrés

MIENTRAS COMÍAMOS, no podíamos dejar de hablar. La tienda de electrodomésticos, ¿había sido mera casualidad? ¿O acaso nos encontrábamos siempre rodeados de respuestas y no sabíamos verlas? Con toda el hambre que llevábamos, se nos olvidó seguir comiendo.

—No es casualidad —sentencié—. Si lo miramos bien, todo es una metáfora.

—¿Todo?

—Ponme a prueba —la reté—. Después de lo que hemos aprendido, puedes nombrar lo que quieras y yo te explicaré qué lección nos enseña. —Incluso a mí me pareció una fanfarronada.

Leslie se fijó en una marina que colgaba de la pared.

—El océano —me propuso.

—El océano tiene muchas gotas de agua —comencé, casi sin pensar. La idea estaba tan clara en mi mente como si fuese uno de los cristales de Atkin que flotara ante mí—. Gotas hirvientes y gotas heladas, gotas oscuras y luminosas, gotas que flotan en el aire y gotas aplastadas por toneladas de presión. Hay gotas que cambian de un instante al siguiente, gotas

239

que se evaporan y se condensan. Cada gota es una con el océano. Sin el océano, las gotas no pueden existir. Sin gotas, no habría océano. Pero una gota en el océano no puede llamarse gota. ¡No hay un límite entre las gotas hasta que alguien lo traza!

–¡Muy bien! –se sorprendió ella–. ¡Eso ha estado muy bien, Richie!

Miré el mantel individual que tenía delante, un mapa de Los Ángeles.

–Calles y carreteras –propuse yo.

Cerró los ojos.

–Las calles y carreteras conectan cada lugar con todos los demás, pero es el conductor quien elige adónde quiere ir –explicó lentamente–. Puede dirigirse a una hermosa campiña o a los bajos fondos, a una universidad o a un bar; puede seguir la ruta hasta más allá del horizonte o ponerse a dar vueltas sin salir de su calle, o puede aparcar y no ir a ninguna parte.

Leslie sopesó la idea en su mente, examinándola desde todos los ángulos. Resultaba evidente que la cosa le divertía.

–Puede elegir el clima según a dónde vaya, ya sea a Fairbanks, a México o a Río; puede conducir con prudencia o con temeridad; puede conducir un deportivo, un coche familiar o un camión; puede conservar su automóvil en perfecto estado o dejar que se caiga a pedazos. Puede conducir sin mapa, convirtiendo cada giro en una sorpresa, o planear de antemano el lugar exacto al que irá y el camino que seguirá para llegar hasta allí. Todas las carreteras que va a tomar existen ya, antes de que llegue a ellas y después de haberlas dejado atrás. Todos los viajes posibles existen ya, y el conductor es uno con ellos. Lo único que hace es elegir cada mañana la ruta que seguirá ese día.

–¡Muy bien! ¡Perfecto!

–Y todo esto, ¿acabamos de aprenderlo, o lo sabíamos ya y nunca nos lo habíamos planteado? –Antes de que pudiera pensar en la pregunta, ya estaba poniéndome a prueba otra vez.

–Aritmética.

No pudimos hallar una enseñanza en todas las palabras,

pero sí en casi todos los sistemas, intereses y aficiones. Programación de ordenadores, cinematografía, ventas al por menor, bolos, aviación, jardinería, ingeniería, arte, educación, navegación... Tras cada vocación se encontraba una metáfora con la misma visión serena de cómo funciona el universo.

–Leslie, ¿no tienes la sensación...? ¿Seguimos siendo los mismos de antes?

–Creo que no –respondió–. Si no hubiéramos cambiado en nada después de lo que nos ha ocurrido, seríamos... Pero no es eso lo que quieres decir, ¿verdad?

–Quiero decir si no seremos *verdaderamente distintos* –le expliqué, en voz baja–. Mira a la gente que nos rodea, los clientes del restaurante.

Así lo hizo, durante lo que se me antojó un largo instante.

–Quizás esté a punto de desvanecerse, pero...

–... conocemos a todos los que hay aquí –terminé yo.

En la mesa contigua a la nuestra había una mujer de Vietnam, agradecida a la amable cruel odiosa cariñosa Norteamérica, y orgullosa de sus dos hijas que trabajaban como prodigios en los primeros lugares de sus respectivas clases. Comprendimos y nos sentimos orgullosos con ella, y también de lo que había hecho para que la esperanza se convirtiera en realidad en sus vidas. Al otro lado de la sala, cuatro adolescentes reían y se daban palmadas el uno al otro, sin hacer caso de nadie más, pidiendo algo de atención por razones que ellos mismos ignoraban. Aquellos difíciles y dolorosos años de nuestras propias vidas despertaron un eco en nuestros corazones, y nuestra inmediata comprensión.

Más allá, un joven preparaba los exámenes finales, ajeno a todo lo que no fuera la página que tenía delante, y repasaba unas gráficas con la pluma. Sabía que probablemente no volvería a vivir momentos como aquéllos, pero sabía igualmente que lo importante es el camino y que todos los pasos que se dan por él son significativos. Nosotros también lo sabíamos.

Una pareja pulcramente ataviada, de cabellos encanecidos, conversaba en susurros en uno de los compartimientos. ¡Cuántas cosas que recordar de lo que habíamos hecho con nuestras vidas! ¡Qué cálida sensación la de haber obrado lo mejor que sabíamos y de proyectar futuros que nadie más podía imaginar!

–Qué extraña sensación –observé.

–Sí –admitió ella–. ¿Había ocurrido alguna vez antes?

Unas cuantas experiencias fuera del cuerpo, pensé, poseían cierta unidad cósmica. Pero jamás me había sentido uno con la gente mientras me hallaba completamente despierto, sentado en un restaurante.

–De esta manera, no. Creo que no. –Recuerdos dispersos de hasta donde alcanzaba la memoria, una telaraña de relaciones con todos los demás que subyacía a lo que parecían ser nuestras diferencias.

Uno, había dicho Pye. Es difícil criticar, pensé, es difícil juzgar cuando somos nosotros mismos quienes nos sentamos en el banquillo. No hay necesidad de juzgar cuando ya se comprende.

Uno. En lugar de desconocidos, ¿son estos chicos los adolescentes que fuimos, las almas experimentadas que aún hemos de llegar a ser? Un foco de expectante e íntima curiosidad nos conectaba al uno con el otro, con un sereno deleite sin palabras ante nuestro poder de construir vidas y aventuras y anhelos de conocer.

Uno. En toda la ciudad, ¿éramos también nosotros? ¿Anónimos y superestrellas, traficantes de drogas y policías, abogados y terroristas y músicos?

Esta confortadora comprensión permaneció con nosotros mientras seguíamos la conversación. No es la sabiduría lo que va y viene, pensé, sino nuestra conciencia de que existe. Lo que vemos es nuestra propia conciencia y, cuando ésta se eleva, ¡cómo cambian nuestras escenas! Todas las personas del mundo, todos somos reflejos, espejos vivos el uno para el otro.

–Creo que nos ha sucedido mucho más de lo que alcanzamos a imaginar –observó Leslie.

–Es como si nuestro tranvía rodase sobre un millón de intersecciones –añadí yo–, y nosotros viéramos cómo cambian las agujas a nuestro paso. ¿En qué parada bajaremos? ¿Cuál es nuestro destino?

Mientras hablábamos empezó a caer la tarde. Nos sentíamos como unos enamorados que se reencuentran en el paraíso: éramos los mismos de siempre, pero habíamos tenido un atisbo de lo que fuimos antes, de lo que podía sucedernos en vidas que aún no conocíamos.

Por fin, abandonamos el restaurante. Cogidos del brazo, nos zambullimos en la noche y la ciudad. Las calles estaban llenas de automóviles que se desplazaban en todas las direcciones; un muchacho en un monopatín pasó a toda velocidad por nuestro lado, describiendo una grácil curva que hizo chirriar las ruedas; una pareja joven avanzaba hacia nosotros en silencioso arrobo, fundidos en un estrecho abrazo. Todos nosotros nos dirigíamos al encuentro de las decisiones de este minuto, de este atardecer, de esta vida.

veinticuatro

A LAS nueve menos cuarto de la mañana siguiente recorrimos una avenida bordeada de árboles hasta lo más alto de la colina y entramos en un jardín con espacio para aparcar automóviles entre las flores. Seguimos uno de los muchos senderos hacia el edificio donde iba a celebrarse nuestra conferencia, y rodeamos arriates de jacintos, tulipanes y narcisos entre los que brillaban minúsculas florecillas plateadas. El aire estaba impregnado de suaves aromas.

Ya en el interior, vimos una amplia sala con numerosos ventanales que se proyectaba en voladizo sobre el mar. La luz del sol danzaba sobre las aguas y formaba cambiantes reflejos sobre el cielorraso.

En la sala habían dispuesto dos hileras de sillas que trazaban un amplio arco, con un espacioso pasillo entre ambas. Más allá de las sillas vimos una tarima baja, tres pizarras de color verde lima y un micrófono sobre un soporte plateado.

Nos detuvimos ante la mesa de la entrada. Sobre ella sólo había dos tarjetas de identificación y dos paquetes de información con sendas plumas y libretas de notas: los nuestros.

245

Habíamos sido los últimos en llegar, los últimos de la cincuentena de personas que habían recorrido miles de kilómetros para tomar parte en aquel encuentro de mentes.

De pie entre las sillas, hombres y mujeres intercambiaban saludos y comentarios; una de las asistentes se inclinó sobre la pizarra central y escribió su nombre y el tema de discusión que proponía.

Un caballero, de complexión fornida y oscura cabellera veteada de gris, subió a la tarima.

–Bienvenidos –dijo ante el micrófono, con voz firme que se impuso sobre las conversaciones de la sala–. Bienvenidos a Spring Hill. Parece que ya estamos todos aquí...

Efectuó una pausa mientras localizábamos nuestras sillas y tomábamos asiento. Leslie y yo terminamos de prendernos las etiquetas con el nombre y alzamos simultáneamente la vista hacia el presentador. La sorpresa hizo que se desdibujara la habitación.

Me giré hacia mi esposa al mismo tiempo que ella volvía la cara hacia mí.

–¡Richard! ¡Pero si es...!

El presentador se situó ante la pizarra del centro y cogió una tiza.

–¿Hay alguien que no haya anotado el título de su charla? Los Bach, que acaban de llegar...

–¡*ATKIN!* –exclamé.

–Llamadme Harry –nos pidió–. ¿Tenéis un título para vuestra charla?

Me sentía como si volviéramos a estar en el diseño, como si hubiésemos aterrizado en algún anexo de la fundición de ideas. Salvo por una diferencia de edad, se trataba de la misma persona. ¿Acaso no era aquél el de Los Ángeles que suponíamos? ¿Habíamos vuelto a equivocar...?

–No –respondí, alterado–. No hay título, ni charla.

Algunas cabezas se volvieron por un instante. Caras desconocidas, y sin embargo...

Leslie me tocó la mano.

–No puede ser –susurró–. ¡Pero vaya coincidencia!

Naturalmente. Harry Atkin era quien nos había invitado a participar; en la carta que nos había llevado hasta allí figuraba su firma; conocíamos su nombre desde antes de salir de casa. ¡Pero se parecía tanto a Atkin!

–¿Alguien más? –preguntó–. Recordad que en la primera tanda de charlas hay un límite de quince minutos. Seis intervenciones y un descanso de quince minutos, seis más y una hora para almorzar. ¿No hay más títulos?

Unas sillas más adelante se levantó una mujer.

Atkin asintió con la cabeza.

–¿Marsha?

–¿Es artificial la inteligencia artificial? Una nueva definición de la humanidad.

El presentador escribió el título en la pizarra central con grandes caracteres de imprenta, al final de una lista con otros diez títulos. Mientras escribía, pronunciaba en voz alta las palabras.

–... LA... HU... MA... NI... DAD –concluyó–. MARSHA BA... NER... JEE. –Levantó la cabeza–. ¿Alguien más?

Nadie respondió.

Leslie se inclinó hacia mí.

–¿Una nueva definición de la humanidad? –susurró . ¿No te recuerda eso...?

–¡Sí! Pero Marsha Banerjee es una *celebridad* –repliqué, también en un susurro–. Es una autoridad en el campo de la inteligencia artificial, y hace años que escribe. No puede tratarse de...

–Me parece que son demasiadas coincidencias –afirmó–. ¡Fíjate en los otros títulos!

Harry Atkin echó un vistazo a una hoja de papel.

–El concejo me ha pedido que os explique que Spring Hill es una reunión informal de sesenta de las personalidades más originales que han encontrado en la ciencia y las comunicaciones de hoy. –Se detuvo y alzó la vista, con una ligera sonrisa en sus labios... ¡La misma sonrisa!–. Sesenta de las personalidades más *inteligentes* constituirían probablemente una lista distinta...

Se oyeron risas entre los participantes.

El primer tema de la lista correspondía al propio Atkin: ESTRUCTURA E INGENIERÍA DE LAS IDEAS. Me volví hacia Leslie, pero ya lo había leído y asentía con la cabeza.

–Habéis sido invitados a participar porque sois diferentes –explicó Harry–, porque el concejo os ha visto patinar en los límites de vuestro hielo. Esta reunión ha sido organizada con el único fin de poneros en contacto con otros patinadores tan próximos al límite como vosotros mismos. No queremos que os sintáis solos allí...

Leímos los títulos de la pizarra con creciente asombro.

FUTURO SIN FRONTERAS: EL AUGE DE LA NACIÓN ELECTRÓNICA

EXPERIMENTOS EN LA FÍSICA DE LAS PARTÍCULAS MENTALES

¿QUÉ HACE UNA PERSONA COMO TÚ EN UN MUNDO COMO ÉSTE?

DESIGNACIÓN DE IMPUESTOS: CÓMO AVERIGUAR LA VOLUNTAD DEL PUEBLO

¿QUÉ PASARÍA SI...?: DECISIONES VIVIDAS DE ANTEMANO

SUPERORDENADORES HIPERCONDUCTORES PARA LA RESTAURACIÓN ECOLÓGICA

METAS INDIVIDUALES: UNA TERAPIA PARA LA MISERIA Y LA DELINCUENCIA

CAMINOS HACIA LA VERDAD: DONDE LA CIENCIA Y LA RELIGIÓN SE ENCUENTRAN

LOS DESTRUCTORES COMO EXPLORADORES: NUEVAS FUNCIONES PARA LOS MILITARES

CAMBIAR EL AYER, CONOCER EL MAÑANA

PARIENTES ELEGIDOS: LA FAMILIA EN EL SIGLO XXI

COINCIDENCIAS: ¿EL HUMOR DEL UNIVERSO?

-... recordad que cualquiera, en el curso de cualquier conferencia –decía Atkin–, puede acudir a las pizarras laterales y anotar las relaciones, interconexiones, campos de investigación y demás ideas que el conferenciante pueda haber suscitado en nuestras mentes. Cuando las pizarras estén llenas, borrad la idea de arriba y anotad la vuestra, luego la siguiente, y así...

¿ES NECESARIO MORIR?

HOMO AGAPENS: REQUISITOS PARA UNA NUEVA RAZA

APRENDIENDO DE LOS DELFINES

ALTERNATIVAS CREATIVAS A LA GUERRA Y LA PAZ

¿MUCHOS MUNDOS SIMULTÁNEOS? ALGUNAS PAUTAS DE POSIBILIDAD

–¿Te das cuenta, Richie? ¡Mira la última!
Atkin se sacó un cronómetro del bolsillo y lo graduó –CHEEP-CHEEP-CHEEP– como un exigente canario eléctrico.
–Quince minutos pasan muy deprisa...
Leí y parpadeé. ¿Podía ser que alguien más hubiera encontrado el diseño? No habíamos supuesto en ningún momento... *¿Y si no éramos los únicos que habían estado allí?*
... tendréis que rozar ligeramente la superficie de vuestros últimos trabajos tan deprisa como podáis –prosiguió Atkin–, lo que habéis descubierto, adónde os dirigiréis a continuación. Podemos reunirnos durante las pausas para solicitar más detalles, intercambiar datos o concertar citas posteriores en otro lugar. Pero hay que terminar cuando suene esto. –Accionó de nuevo el canario–. Porque eso significará que le toca el turno de hablar a otra persona que es tan asombrosa como vosotros. ¿Alguna pregunta?
Era como un gran motor que aumentase de revoluciones

para arrancar a toda velocidad. Percibíamos el funcionamiento de las mentes a nuestro alrededor, cómo cogían impulso y rechinaban, listas para partir. A Atkin sólo le faltaba la bandera a cuadros para dar la salida.

Se volvió y consultó el reloj.

–Empezamos dentro de un minuto. A la hora en punto. Habrá grabaciones de la reunión para quien las desee. Ya conocéis los nombres y los números de los demás asistentes. La pausa para almorzar será a las doce y cuarto, y la cena de cinco a seis en la sala de al lado. Terminaremos las sesiones a las nueve y cuarto de la noche, para reanudarlas mañana a las ocho cuarenta y cinco. Y ahora, basta de preguntas porque empieza mi turno.

Consultó otra vez el reloj, faltaban escasos segundos para la hora, y accionó el cronómetro.

–Ya. Las ideas no son pensamientos, sino estructuras de ingeniería. Observadlo, prestad atención a la forma en que están construidas vuestras ideas y advertiréis un aumento espectacular en la calidad de lo que pensáis. ¿No me creéis? Elegid vuestra mejor y más reciente idea. Ahora mismo, cerrad los ojos y mantened esa idea en vuestra mente...

Cerré los ojos y pensé en lo que habíamos aprendido, que cada uno de nosotros es un aspecto de todos los demás.

–Contemplad la idea y levantad la mano si os parece que está hecha de palabras. –Una pausa–. ¿De metal? –Otra pausa–. ¿Espacio vacío? –Pausa–. ¿Cristal?

Alcé la mano.

–Abrid los ojos, por favor.

Así lo hice. Leslie tenía la mano levantada, y también cada uno de los presentes. Se produjo un murmullo de sorpresa, risas y exclamaciones por parte de todos.

–Hay una razón para que sea de cristal y una razón para la estructura que véis –prosiguió Atkin–. Todas las ideas de éxito obedecen a tres leyes fundamentales de ingeniería. Verificad si una idea las cumple y sabréis de inmediato si va a dar resultado o se saldará con un fracaso. –La sala se hallaba tan silenciosa como un amanecer.

–La primera es la ley de simetría –explicó–. Cerrad otra vez los ojos y examinad la forma de vuestra idea...

La última vez que había sentido aquella sensación fue la última vez que conecté el quemador auxiliar de un caza a reacción cuando volaba con el acelerador a fondo: un estallido de energía salvaje a mis espaldas, apenas controlable.

Mientras Atkin seguía hablando, un hombre de la segunda fila se puso en pie y se acercó a la pizarra de la izquierda para escribir en rápidas mayúsculas: DISEÑO Y CODIFICACIÓN DE IDEAS DE ORDENADOR A ORDENADOR PARA UNA COMPRENSIÓN DIRECTA SIN PALABRAS.

Por supuesto, pensé. ¡Sin palabras! Las palabras son un crudo auxiliar de la telepatía. ¡Cómo nos estorbaban las palabras cuando hablábamos con Pye acerca del tiempo!

–¿Y si en lugar de ordenador a ordenador fuese de mente a mente? –sugirió Leslie en voz baja, sin dejar de escuchar y tomar notas al mismo tiempo–. ¡Algún día tendremos que superar el lenguaje!

–... la cuarta regla para que cualquier idea funcione –decía Atkin– es el encanto. De las tres reglas, la más importante es la cuarta. Sin embargo, la única medida del encanto está en... –CHEEP-CHEEP-CHEEP-CHEEP-CHEEP-CHEEP-CHEEP-CHEEP-CHEEP-CHEEP...

Entre el público se alzó un rumor de frustración y desencanto.

Atkin levantó la mano para indicar que no tenía importancia, detuvo el cronómetro y se hizo a un lado. Un joven avanzó hacia la plataforma, empezando a hablar aun antes de llegar al micrófono.

–Las naciones electrónicas no son un experimento descabellado que puede o no dar resultado –afirmó–. Ya han comenzado a existir, ya están en marcha y las tenemos a nuestro alrededor en este mismo instante, como redes invisibles compuestas por todos aquellos que comparten los mismos valores e ideas. ¡Muchas gracias Harry Atkin por allanarme tan bien el camino! Los ciudadanos de estas naciones pueden ser norteamericanos, españoles, japoneses o lituanos, pero lo que da cohesión a sus invisibles países es más poderoso que las fronteras de cualquier geografía...

La mañana pasaba volando, rayos de luz que centelleaban en diamante, esmeralda y rubí, que ganaban fuego con cada quiebro y cada viraje.

¡Qué solos nos habíamos sentido con nuestros extraños pensamientos, y qué alegría nos causaba sentirnos miembros de aquella familia de desconocidos!

–¡La adorable Tink! –exclamó Leslie–. ¿No crees que esto le encantaría, si lo supiera?

–Por supuesto que lo sabe –le susurré–. ¿De dónde crees que salió la idea de esta reunión?

–Pero, ¿no dijo que era *nuestra* hada de las ideas, otro aspecto de nosotros?

Toqué la mano de Leslie.

–¿Dónde terminamos nosotros y empieza la demás gente de esta sala? –pregunté.

Yo, al menos, no lo sabía. ¿Dónde empiezan y terminan la mente y el espíritu? ¿Dónde surge y dónde se extingue el interés? ¿Cuáles son los límites de la inteligencia, de la curiosidad y del amor?

¡Cuántas veces habíamos deseado disponer de más de un cuerpo! Con unos cuantos cuerpos, podríamos ir y quedarnos al mismo tiempo. Podríamos vivir tranquilamente en la naturaleza para ver en paz la salida del sol, domesticar la vida silvestre, cuidar nuestro huerto y vivir cerca de la tierra, y al mismo tiempo podríamos ser gente de ciudad, sumergirnos en las multitudes, ver películas y filmarlas, asistir a conferencias y pronunciarlas nosotros. No tenemos suficientes cuerpos para estar reuniéndonos con otras personas a cada momento y vivir retirados los dos, para construir puentes y refugios al mismo tiempo, para aprender todos los idiomas, para dominar todas las disciplinas, para estudiar, practicar y enseñar todo lo que nos gustaría saber y hacer, para trabajar hasta caer rendidos de cansancio y para no hacer nada en absoluto.

–... descubierto que los ciudadanos de estas naciones crean lealtades entre sí que son más fuertes que la lealtad a sus correspondientes países geográficos, y eso sin haberse encontrado cara a cara ni pensar siquiera en hacerlo. Si llegan a sentir un amor mutuo es por la calidad de su pensamiento, por su carácter...

–¡Toda esta gente somos nosotros en otros cuerpos! –prorrumpió Leslie, en voz baja–. Siempre han deseado pilotar un hidroavión, y nosotros lo hemos hecho por ellos. Siempre hemos deseado hablar con los delfines, explorar las naciones electrónicas, y ellos lo están haciendo por nosotros. ¡Las personas que comparten un amor no son desconocidas, aunque jamás se hayan visto!

CHEEP-CHEEP-CHEEP-CHEEP-CHEEP-CHEEP-CHEEP-CHEEP-CHEEP-CHEEP...

–... con los mismos valores no son desconocidas –concluyó el joven, al tiempo que se apartaba del micrófono–, aunque jamás se hayan visto.

Nos miramos de soslayo y nos unimos a la breve salva de aplausos que le despidió. A continuación, comenzó la siguiente conferenciante, sopesando sus palabras contra el reloj.

–Al igual que las menores unidades de materia son energía pura –explicó–, también es posible que las menores unidades de energía sean pensamiento puro. Hemos realizado una serie de experimentos que parecen indicar que el mundo que nos rodea es tal vez, y muy literalmente, una construcción de nuestro propio pensamiento. Hemos descubierto una entidad, asimilable a las partículas, a la que denominamos *imajon*...

Nuestras libretas de notas empezaban a cubrirse de líneas apresuradamente garrapateadas. Cada vez que sonaba el avisador del cronómetro se producía un estallido de frustración y de nuevas promesas. ¡Había tanto que decir, tanto que aprender! ¿Cómo era posible que tantas ideas asombrosas convergieran en un mismo lugar?

¿Era posible, me pregunté, que todos los presentes en aquella sala fuésemos una única persona?

Por el rabillo del ojo vi que Leslie estaba mirándome, y me volví hacia ella.

–Tenemos algo importante que decirles –declaró–. ¿Podemos vivir en paz con nosotros mismos si no lo decimos?

Sonreí.

–Mi querida escéptica...

–... de la mayor diversidad surge esta notable unidad –decía la conferenciante–. Hemos advertido muy a menudo que aquello que imaginamos es exactamente lo que descubrimos...

Mientras ella hablaba, me levanté y me encaminé a la pizarra central. Tomé la tiza y escribí con letras de imprenta, al final de la lista, el título de lo que íbamos a decir en nuestros quince minutos.

UNO.

Luego, dejé la tiza en su sitio y volví a sentarme junto a mi esposa, a cogerla de la mano. El día apenas acababa de empezar.